탄탄한 글쓰기 ㅇㅓ

고 급 글 쓰 기 의 이 론 과 실 제

탄탄한 글쓰기 공부

곽수범 지음

행성B

목차

2부 | 공간과 도구로 바라보는 글쓰기 공부

3부 | 글쓰기로 바라보는 글쓰기 공부

이 책은 두려움과 호기심을 해소하기 위해 쓰였다. 먼저 글쓰기에 대한 **두려움**이다. 우리는 일상생활 속에서 어떤 형태로든 글을 쓰면서 산다. 휴대전화 메모장으로 작성하는 장바구니 목록이라든지, 문자 메시지, 인스타그램과 페이스북을 비롯한 각종 SNS, 이메일도 당연히 글쓰기의 범주에 포함된다. 그런데도 많은 이가 글을 써야 하는 상황을 피하고 무엇을 어떻게 써야 할지 곤혹스러워한다. 그다음은 글쓰기 학습에 대한 **호기심**이다. 글쓰기는 어떤 식으로 접근하고 공부할 수 있는 것일까. 다른 이들은 어떤 과정을 거쳐 글을 쓰기 시작한 걸까. 특히 공교육 과정에서 이렇다할 글쓰기 교육을 체계적으로 받아본 기억이 없을수록 이러한 궁금증은 쉽사리 풀리지 않는 영역으로 남는다.

이 책은 글쓰기를 두려워했고 여전히 어려워하는 내가 글쓰기를 마주했던 개인적인 여정을 소개하고 있다. 특히 고등학교 국어 교사로 근무하며 만났던 학생들, 대학원에서 자국어 쓰기 이론과 쓰기 교육을 공부하고 영미권과 한국의 학부생과 대학원생을 각각 가르치면서 겪었던 시행착오, 영어와 한글 사이를 가로지르며 되짚어 본 글쓰기의 본질에 대한 개인적인 관심에서 출발했다. 내가 영국과 미국에서 석사와 박사과정을 거치는 동안 줄곧 천착했던 연구 주제는 독서와 쓰기 교육이었다. 그래서 이 책은 정규 학문 영역이라는 입장에서 바라본 글쓰기 책이기도 하다. 하지만 다른 글쓰기 책과 비교하여 위계를 설정하려는 의도는 없다.

건방지게도 나는 여러 자리에서 독서와 글쓰기를 가르쳤다. 그리고 이렇게 글쓰기에 관한 책을 묶었지만, 내 문장력은 실은 미문美文의 반대편에 있다. 거칠게 써왔고, 여전히 글감과 문장을 고르고 매만지는 솜씨는 투박하다. 나는 깊은 사유가 두드러지는 글, 재치가 넘치는 글, 웃음을 자아내는 글을 써내는 이들을 여전히 우러러보고, 흠모하고, 부러워한다. 글쓰기를 가르치고 있지만 나도 글쓰기가 어렵고, 이미 출판한 글을 다시 읽어볼 일이 있으면 뒤늦게 비문을 발견하거나 왜 표현을 이렇게밖에 못했을까, 하는 안타까움을 느낄 때가 많다. 여러 번 깁고 더하였지만 아마 시간이 지나면 이 책도 그럴 공산이 크다.

대학원 공부를 위해 영국에 처음 발을 디딘 지 9년이 지났다. 그래, 한 분야에서 10년 가까운 시간을 보냈으면 책 한 권 쓸 수 있겠다며 인정할 수도 있다. 그러나 학계에서 바라볼 때 석사과정은 독립적인 연구를 수행하는 단계가 아니라 다른 학자의 연구를 읽고 통합적으로 이해하는 경험을 차근차근 쌓기 시작하는 시기에 가깝다. 독립적인 연구자로 발돋움하기 시작하는 박사과정 입학은 6년 전이었다. 6년? 고개가 갸우뚱하기 시작한다. 심지어 박사학위를 받은 것은 불과 2년 전이었다. 하지만 그동안 글을 쓰고 글쓰기를 가르치면서 배우고 느낀 생각을 풀어내기에는 지금이 꼭 알맞을 수 있다.

언제부터인가 영미권 대학은 교수만 수업을 담당해서는 제대로 굴러가기 힘든 체계가 되었다. 박사과정생은 수업을 듣고 배우는 학생이지만 동시에 배정된 교과도 가르친다. 달리 말하면, 학부생과 석사과정생은 수강신청할 때 재주껏 과목을 선별하지 않으면 학위과정 내내 박사과정생의 수업만 듣다 졸업할 수도 있다는 뜻이다. 나 역시 박사과정 동안 누군가의 수업을 듣는 학생이면서, 동시에 다른 누군가를 가르치는 강사였다.

대학원 과정은 매 학기가 새롭다. 어느 정도 익숙해졌다 싶으면 꼭 새로운 과목 강사로 배정되어 새로운 교수법에 적응해야 한다. 또 매번 반복되는 일도 있다. 학생을 위한 취업 추천서를 작성하고 학회 발표를 위해 원고를 마감일까지 작성해 투고하고, 연구 기금이며 장학 정보를 모아 각 세부 조건에 맞추어 연구계획서와 지원서를 쓴다. 학기 시작 직전, 마칠 무렵, 학기가 끝난 직후에는 행정절차와 서류 작업이 밀려온다.

지긋한 기억도 시간이 흐르면 희미하게 흩어지고 새로운 경험이 반복되면 일상이 된다. 글쓰기에 대해 내가 할 수 있는 이야기가 있을까? 아직 멀었지만 어쩌면 글쓰기가 더욱 자연스러운 일상이 되기 전에, 그러니까 분투했던 경험과 생각이 흩어지기 전인 지금이야말로 글쓰기의 과정과 내막을 조금이라도 더 생생하게 드러낼 수 있지 않을까.

이 책은 이제 막 글쓰기에 관심을 두기 시작한 이들, 글쓴이의 개인적 체험이나 성공담에 기댄 진부한 조언, 또는 여러 글쓰기 책에서 반복되는 비슷한 일화로는 만족하기 어려운 이들에게 글쓰기와 관련된 **답답함, 호기심, 궁금증**을 차근차근 해결하도록 안내한다. 독자는 이 책에서 글쓰기와 얽힌 삶부터 습관, 공간, 도구에 관한 이야기뿐만 아니라, 정교하게 검토하고 실험한 연구 결과를 바탕으로 한 글쓰기 방법론까지 만날 수 있다.

글쓰기를 둘러싼 삶, 습관, 공간, 도구, 이론과 관련된 이야기를 적었지만 소개한 내용이 정해진 답은 아니다. 이 책의 내용과 대치되는 이론이나 다루지 않은 관점도 많다. 나의 목적은 글쓰기에 관한 몇 가지 생각과 시각을 제안하는 것이지 글쓰기 이론을 망라하거나 고수해야 할 원칙을 규정하는 것이 아니다. 그렇기 때문에 이 책에 실린 내용은 개인적인 선택 또는 우연한 발견에 가깝다.

이 책에는 이대로만 따라 하면 뽑히는 글을 금방 작성할 수 있는 공식 같은 것도 없고, 이렇게만 하면 누구든 쉽게 글 한 편을 완성할 수 있다는 식의 비법도 없다. 하지만 글쓰기를 더 깊게 이해하고 새로운 시각으로 바라보는 데에는 분명히 도움이 될 수 있도록 썼다. 이 책은 처음부터 순서대로 차분히 읽어도 좋고, 손이 가는 대로 펼쳐서 읽어도 좋다. 이 책에서 설명하는 방법이나 조언을 상황에 따라 다르게 적용할 수도 있다. 나는 각각의 내용이 나름의 의미와 장점이 있도록 이 책을 썼다. 이 책의 면면을 독자들이 자유롭게 받아들이고, 나누고, 비판적으로 해석하고 적용하기를 기대한다.

1부

삶과 습관으로 바라보는 글쓰기 공부

나에게 글쓰기란
무엇일까

마치 은하수가 끝없는 것만 같았다若河漢之無極.

— 천주학 강의를 처음 들은 다산의 첫 반응,

《파란1》(정민, 천년의상상, 2019) 중에서

스토너는 미국 미주리주의 작은 농가에서 태어났고, 아주 어린 시절부터 농사를 거들어야 했다. 농사에 도움이 되는 새로운 방법을 배워오라는 부모의 결정으로 스토너는 고등학교 졸업 후 농과대학에 입학한다. 처음 대학 건물을 마주했을 때 그는 놀라움과 감탄으로 꼼짝하지 않고 건물들을 바라보았고 동시에 안정감과 평온함을 느꼈다. 토양화학 수업을 들으며 흙에 대해 잘 배우면 농사에 유용하리라 생각한다. 스토너는 교양 과목으로 영문학 개론을 듣는데 저자의 이름, 연대, 영향력 등을 모두 외워 답안을 작성했지만, 낙제에 가까운 점수를 받는다. 그래서 교수가 지정한 작품들을 읽고 또 읽는다. 그러나 자신이 읽는 텍스트의 의미가 무엇인지 도저히 알 수 없었다. 단어는 그냥 그 자리에 있는 단어일 뿐이었다. 셰익스피어를 배우던 어느 날, 교수가 스토너를 지목하며 말한다.

"셰익스피어가 300년의 세월을 건너뛰어 자네에게 말을 걸고 있네, 스토너 군. 그의 목소리가 들리나?"

그날 스토너는 우물쭈물 제대로 대답하지 못했다. 하지만 그때부터 독서의 의미가 다르게 다가왔다. 그는 대학 도서관의 서가를 누비며 이 책 저 책을 한 문단씩 읽어보았다. 그렇게 그는 시간을 초월한 것 같은 느낌으로 책을 읽고, 그리스어와 라틴어를 공부했다. 급기야 전공을 영문학으로 바꾼다. 시간이 흘러 4학년이 되었다. 영문학 개론 수업을 가르쳤던 교수가 그를 연구실로 불러 성공적으로 석사과정을 마치고, 박사과정을 밟을 그의 모습을 말한다. "아직도 자신을 모르겠어? 자네는 교육자가 될 사람일세." 스토너는 허공에 떠 있는 기분이었지만 교수의 눈에는 이미 박사학위까지 받고 계속 글을 읽고 쓸 스토너가 보였다.

스토너는 자신이 속했던 세계로부터 점점 멀어지는 것을 느꼈다. 졸업식이 끝난 후에야 그는 농장으로 돌아가지 않겠다고 선언한다. 부모는 그의 결정을 받아들였지만, 마음 깊이 소리 없이 울었다.

존 윌리엄스John Williams의 소설 《스토너》(김승욱 옮김, 알에이치코리아, 2020)는 영국 유학 중 대학원이라는 생소한 공간에 차츰 익숙해질 무렵의 내 모습과 교차하는 지점들이 있어 앉은 자리에서 단숨에 읽은 책이다. 어떤 만남 이후 우리는 그 이전으로 돌아갈 수 없다. 우리 내면은 예측이 어렵고 어지럽다. 선택 이면에 확고한 고찰이나 촘촘한 조사가 따르는 경우는 드물다.

나는 이십 대 이전에는 우리나라 밖을 나가본 적이 없었다. 사범대학 국어교육과에 진학하면서 평생 우리말, 우리글, 우리 문학을 우리나라, 좁게는 서울이라는 공간 안에서 공부하고 가르치게 될 줄 알았다. 학부 시절 외국인 유학생을 만나고 교생실습을 해외로 다녀오면서도 정작 외국에 사는 내 모습을 그려보지는 않았다.

내겐 어떤 일을 하더라도 기왕 같은 시간을 보낼 거라면 조금 다른 길을 걸어보려는 마음이 있다. 그러다 자꾸만 전혀 예상치 못한 갓길로 빠지는 경향이 있다. 그렇게 나는 곧잘 비주류가 된다. 입대를 고민할 무렵 전공에 맞추어 병과를 분류한다는 홍보를 믿고 학군사관(ROTC) 후보생이 되었다. 정작 대학 졸업을 앞두고 국어교육 전공으로 지원 가능한 병과 1순위는 포병이라는 사실을 알게 되었다. 위에서 그렇게 판단한 연유가 있을 텐데 내 얕은 지식은 그에 미치지 못했다. 지금도 그런지 궁금해 찾아보니 2020년 기준으로 국어교육계열에서 포병 병과는 전공 무관 병과로 분류되어 있다. 10년 전에는 전공 1순위일 정도로 포병과 국어교육은 밀접한 연관이 있었는데 왜 이제는 전공과 무관한 병과가 되었을까.

대학 졸업 후 중등 국어 교사 자격증, 대학 졸업장, 소위 계급장을 갓 받은 나는 포병학교에서 포술학을 배우며 거리와 장약에 따른 사각 계산법을 익혔다. 공학용 계산기를 그때 처음 만져봤다. 전역 후 곧바로 영국으로 건너가기로 했다. 고등학교 교편을 잡으면 그 안에서 평생을 보낼 텐데 석사과정까지는 공부해보자는 생각이 들었고, 이번에도 비주류를 자청했다.

'한 번뿐인 유학인데 미국은 조금 평범하지 않나.'

학문적 전통을 고려하면 미국 외의 선택지 중에서 영국이 가장 매력적이었다. 영국 작가 조지 오웰은 영국인의 국민성을 두고 추상적 사고를 두려워하는 데다, 꽃을 좋아하고, 지나치게 점잖으면서 음담패설을 좋아하는, 그야말로 모순이 뒤엉킨 양상이라며 냉소했다. 그런 그가 영국인이 가장 사랑하는 작가가 되었으니 재미있는 일이다. 또 시

종일관 영국의 모든 것을 비꼬고 놀리기에 바쁜 빌 브라이슨(미국 작가인 그는 영국인과 결혼해 영국에서 20년을 살았다)은 영국의 고등교육만큼은 크게 칭찬했다. 빌 브라이슨은 영국 대학들이 미국 대학에 비하면 초라하기 짝이 없는 예산으로도 세계적인 수준의 성과를 낸다며 놀라워했다.

충분히 준비된 상태에서 유학길에 오르지는 못했다. 군생활 중에는 오다가다 마주치는 미군과 예의상 기계적으로 몇 마디 하는 것이 그나마 영어를 사용해보았다고 할 만한 경험의 전부였다. 살면서 여러 시험을 보고 자격증을 취득해야 했지만, 돌이켜보면 어떤 시험이든 정말 만반의 준비가 되었다는 느낌으로 시험 당일을 맞이한 기억은 없다. 가끔 궁금하다. 완벽하게 준비가 되었다는 느낌으로 시험에 임하는 사람이 있는지. 세상은 넓으니 어떤 이는 완벽한 느낌으로 충만한 시험일 아침을 맞이할 것이다. 난 아직 그런 부류에 속해본 적은 없다. 부족하지만 부족한 대로 네 학교에 지원했고, 세 학교에 합격했다. 그중 합격증서를 장학금 소식과 함께 전해온 학교로 진학했다.

영국 대학원 학기는 10월 중순에 시작되었다. 개강을 하루 앞두고서야 영국으로 들어갔다. 공학용 계산기는 전역과 동시에 쓸모가 없을 줄 알았으나, 석사과정 안내서에 적힌 준비물과 참고문헌 목록에는 공교롭게도 공학용 계산기가 포함되어 있었다. 통계학 수업에 필요하다는 이유에서였다. 국방의 의무로만 짧게 소진될 뻔했던 공학용 계산기의 수명은 그렇게 또 연장되었다. 영국 대학 도서관에서 계산기를 누르며 통계학을 공부하는 국어 선생은 진귀한 풍경이다.

　책이나 영화, 혹은 짧은 여행으로 접했던 영국은 현실의 환영에 가까웠지만, 짐을 풀고 이불이며 생활용품을 장만해야 하는 영국은 실재하는 세계였다. 가을은 짧았고 겨를 없이 다가온 겨울은 길고 스산했다. 해는 오전 10시는 되어야 떠올랐고 네다섯 시간을 채우지 못하고 저무는 날도 많았다. 짧은 낮마저 구름이 많거나 비가 내려 어둡고 음울했다. 언젠가 밤새워 페이퍼를 쓰고 아침에 잠이 들었다가 눈을 떴는데 밤이었다. 놀라 시계를 보니 겨우 오후 2시 반이었다. 고작 서너 시간 낮잠을 청한 대가로 내리 이틀간 햇빛을 못 보게 된 것이다.
　어제도, 오늘도 밤은 길었다. 내일도 밤이 길 것이다. 눈발이 잦아들다가도 창밖을 보면 다시 흩날리곤 했다. 밤은 길었지만 잠은 부족했다. 매주 읽어가야 할 논문이며 책 분량이 수백 쪽이 넘었다. 6,000단어 페이퍼 세 개를 제출해야 하는 마감일이 성큼성큼 다가왔다. 한번은 지도교수가 낸시 소머스(Nancy Sommers, 하버드 대학에서 20년간 글쓰기 프로그램을 운영했다)의 글이 내 글쓰기 과정을 숙고하는 데 도움이 될 거라며 권했다. 처음에는 스크린으로 대강 읽다가 모조리 출력해서 밤새 읽었다. 대학원 입학 전부터 연구 주제를 대조수사학 관점에서의 교과서 분석으로 가닥 잡고 있었는데, 낸시 소머스의 글에 흠뻑 빠진 이후 자꾸만 독서와 쓰기 교육쪽 논문을 찾아 읽었다. 천주학을 처음 접한 다산은 멍하고 놀란 마음을 은하수에 빗대어 적었다. 나는 생각의 타래가 엉킨 느낌이 들면 한밤에 뒤뜰로 나가서 빽빽한 밤하늘의 별을 보다 들어오곤 했다. 밤공기는 차고 습윤했다. 몇 차례 지도교수와의 면담 후 내 연구 방향을 완전히 틀기로 했다.

"처음 계획했던 주제가 교수님 연구 분야와 더 밀접한데 이렇게 바꾸어도 될까요?"

지도교수는 괜찮다며, 대학원 과정에서 연구 주제와 분야를 바꾸는 일은 흔한 일이라고 답해 주었다.

모두가 끔찍하게 여기는 어느 긴 겨울밤, 창가 너머로 흩날리는 눈발을 바라보다 문득, 평생 이렇게 읽고 쓰는 일을 직업 삼는 것도 괜찮은 일이라는 생각이 들었다. 내 학부 성적은 한심했다. 전공 서적 내용을 외워서 옮겨야 하는 시험, 혹은 문학적 소질이 어느 정도 요구되는 시험에 취약

했다. 하지만 학술적인 텍스트에는 주눅 들지 않았다. 건조하고 멀게만 여겨지던 학술적인 글쓰기가 지향하는 논리와 정확성, 타당성이 매력적으로 다가왔다. 학술적인 글쓰기는 예술보다 기술과 공예에 가까웠다. 시카고 대학에 재직하던 시절 문체, 학술적 글쓰기, 논증에 관한 책을 꾸준히 펴낸 조셉 윌리엄스Joseph Williams는 자신의 책에 기꺼이 '공예(craft)'라는 제목을 달아두었다. 문학은 우아하고 학술은 정교하다.

학술적인 독서와 글쓰기는 매혹적이었고, 내게 맞았다. 스토너가 익숙했던 시공간으로부터 점점 멀어지고 새로운 세계에 빠져든 것처럼, 내 일상도 점차 도서관이며 논문으로 들어찼다. 처음 영국행 비행기에 오를 때만 해도 공부는 딱 학위를 받을 정도까지만 적당히 하고 이곳저곳 돌아보며 재충전하는 시간을 보낼 셈이었는데, 계획과 반대로 눈을 뜨고 감을 때까지 도서관과 집을 전전하며 학업에 전념했다.

글을 쓴다는 것은 모든 공부를 마친 후라거나, 지식의 완결이나, 관련 내용을 모두 섭렵했다는 의미가 아니었다. 글쓰기는 배움의 방법이고, 불완전한 나를 기록하며 내가 가진 한계를 겸손하게 인정하는 것이기도 했다.

일기,
쓸수록 나를 찾는다

치유와 위로의 기록법, 일기 쓰기

2007년 여름, 나는 배낭 하나와 카메라만 가지고 런던에 갔다. 영국을 포함한 서유럽 도시 몇 군데를 돌아볼 예정이었다. 한인민박에서 첫 사흘을 묵었는데 면세점에서 담배를 사 오면 조금 할인을 해주는 조건이었다. 나중에야 영국은 담배 가격이 한국보다 많게는 네 배 이상 비싸다는 사실을 알게 되었다. 그리고 민박 주인들이 한인 커뮤니티를 통해 면세점 담배를 웃돈을 받고 팔아 짭짤한 부수입을 올리는 것도, 많은 한인민박이 신고 없이 불법으로 영업한다는 것도 알게 되었다.

민박은 코벤트가든 역 근처에 있어서 런던을 둘러보기에 편했다. 그런데 늦은 밤 노크도 없이 나와 동생이 묵는 방 문을 연 주인은 또래 여학생 두 명을 데려왔다. 남는 침대가 있으니 그래도 된다는 논리였다. 유스호스텔 도미토리룸도 아니고 이게 무슨 경우인가. 상대방도 당혹감이 역력했다. 잠결에 두 사람이 짐을 풀고 씻고 정리하느라 부스럭거리고 속닥이는 소리가 한참 들렸다. 나도 불편했지만 어둠 속에서 필요한 물건을 찾고 정리하느라 그쪽도 많이 불편했으리라. 그렇게 처음 만난 형제 둘과 자매 둘은 그저 돈 벌 궁리만 하는 민박 주인의 발싸개 같은 논리 때문에 하릴없이 같은 방을 썼다. 이때의 기억 때문에 그 이후로는 한인민박을 이용할 생각을 해본 적이 없다.

2012년 가을, 이번에는 큰 이민 가방을 가지고 맨체스터행 비행기를 타러 인천공항에 갔다. 항공권을 받으면서 이민 가방을 저울에 올렸는데 허용 무게의 10kg 가까이 웃돌았다. 그전의 여행에서 무게를 신경 쓸 만큼 큰 짐을 싸본 적이 없어 저지른 실수였다. 난처한 표정의 나를 보던 직원은 이민 가방이 온갖 책과 출력물로 가득한 것을 보고는 영국에 가는 목적을 물었다. 대답을 들은 그는 잠시 뜸을 들이더니 공부 열심히 하라고 조용히 속삭이고는 가방을 그냥 컨베이어 벨트 위로 올려주었다. 그날 이후로는 공항에 가기 전에 휴대용 저울로 여행 가방의 무게를 미리 측정하는 습관이 생겼다. 여행지에서 사들인 물건 때문에 집으로 돌아오는 가방의 무게가 달라질 수도 있기에 아예 저울을 캐리어에 넣고 다녔고, 집에서 그랬던 것처럼 비행기 타기 하루 전 호텔 방에서 가방 무게를 꼭 한번 재봐야 마음이 편했다. 추가 요금을 내더라도 이번에는 얼마쯤 더 내겠네, 하고 예상했을 때와 무방비 상태에서 갑자기 추가 요금을 내라는 요청을 들었을 때의 느낌은 다르기 때문이다.

2017년 여름에 아내와 런던을 방문했다. 2019년 5월부터 대한민국 국민을 대상으로 자동 입국심사를 시행했지만, 그전의 영국 입국심사는 악명이 높았다. 그러고 보면 대학생일 때는 히스로 공항 입국심사에서 내가 가진 현금 액수는 얼마이며, 직접 보여줄 수 있냐는 말까지 들었다. 직원이 엔화, 위안화, 원화 단위를 헷갈리면서 통과가 지연되기까지 했다. 히스로 공항 자체가 민영화 실패의 대표 사례로 거론될 만큼 비효율적인 것은 알고 있었지만 직접 겪어보니 끔찍한 기억이었다. 다른 사람들한테도 그런 식이었을 테니 줄은 길고 좀처럼 줄어들지 않았다. 그런데 드디어 만난 입국심사 직원은 여권 한쪽에 유효기간은 지났지만 영국에서 공부했음을 나타내는 학생비자가 붙어 있는 것을 보고는 반색하며 "영국에서 살았었구나?", "어떤 분야를 공부했어?"

와 같은 질문만 던졌다. 그러고는 영국이 좋아 아내와 와보고 싶었다는 대답에 부연 질문 없이 도장을 찍어주었다.

아주 생생한 순간일지라도 시간이 흐르면 기억할 수 있는 추억은 아주 적다. 그러니 기록해야 한다. 박사과정을 시작할 때 여러 선배와 동기들이 한 줄만이라도 일기를 쓸 것을 조언했다. 롤러코스터 같은 감정의 기복을 매해 겪는 대학원 과정에서 일기를 꼬박꼬박 쓴다면 분명 큰 자산이 될 것이 분명했다.

"그래서 선배님은 일기를 그동안 잘 적으셨나요?"

"아니, 난 그러지 못했지만, 너만은 실천하면 좋겠다."

나는 대학원 진학을 앞두고 조언을 구하는 후배에게 같은 말을 건넸다. 일기를 써보라는 내 조언에 물음표로 화답하는 후배를 보니 내게 조언해주었던 이들의 얼굴이 스쳐 지나간다. 역시 인간은 같은 실수를 반복한다.

"나는 그러지 못했지만 너는 기록을 잘했으면 좋겠다."

날마다 기록하지는 못했지만, 간헐적으로 글을 이곳저곳에 끼적이기는 했다. 2007년부터 5년 간격으로 영국 땅을 밟았던 순간에 대한 회상의 대부분은, 어쨌거나 당시의 기록에 상당 부분 의존했다. 일기를 비롯한 개인적인 기록으로서의 글쓰기가 심리 치료나 치유의 방법으로 활용되는 이유는 많지만, 핵심을 요약하면 다음과 같은 이로운 점이 있기 때문이다.

글쓰기는 스트레스와 긴장 해소에 도움이 된다.
글쓰기는 자신의 인생을 내다보는 데 영감을 준다.
글쓰기는 고립감에서 벗어나게 한다.
—《나를 위로하는 글쓰기》(셰퍼드 코미나스 지음·임옥희 옮김, 홍익출판사, 2018) 중에서

글쓰기가 어떻게 스트레스와 긴장 완화에 도움이 될까? 바다 건너 새로운 장소에 막 도착했다는 기대감은 어느 정도의 긴장감을 동반한다. 목적지까지 가는 동안 안내 방송은 외국어로만 들려오고 매표기에서 열차표 한 장을 사는 일도 여러 메뉴를 눌러보며 맞게 설정한 것인지 확인하게 된다. 하루 일정을 마친 후 침대맡에서 그날 있었던 일을 적는 시간은 긴장을 풀고 평화로움을 만끽할 수 있는 순간이다. 그날의 일을 써내려가는 것은 기록의 의미를 넘어 자신의 감정을 마음껏 표출할 수 있는 통로이기도 하고, 골몰하고 있는 여러 문제에 대한 고민을 적어보며 해결책을 모색하는 순간이 되기도 한다.

당장은 그날의 일상을 적어두는 일이 인생을 관조하는

데 큰 도움이 되지 않을 수 있으나 기록하는 과정에서 주변의 세세한 일에 구체적인 관심을 기울이게 된다. 또 일정한 시간이 지난 후 글을 다시 읽어보면 삶의 의지가 되살아나기도 하고, 당시에는 알지 못했던 의미를 깨닫기도 한다. 그리고 무엇보다 당시의 내가 어떤 생각을 하며 살았는지를 돌이켜보게 된다. 타인의 평가를 신경 쓰지 않고 기록하는 일은 문제의 핵심으로 다가가는 지름길이 될 수 있다. 포장할 필요가 없다. 많은 이가 그 과정에서 치유를 경험하거나 치유의 방법을 찾는 것도 그런 이유에서 비롯된다.

글을 쓰는 일은 앞만 보고 달리느라 미처 돌보지 못했던 스스로와의 대화이기도 하다. 걱정과 고민을 하다 보면 겹겹이 둘러싸인 문제들에 휩쓸리는 느낌이 들 때가 있다. 누구나 마음속 문제를 직시하고 솔직하게 털어놓을 대상과 공간이 필요하다. 일기를 비롯한 글쓰기가 바로 그런 공간이 될 수 있고, 그런 공간으로서의 일기는 오늘과 내일의 버거운 삶을 견디는 버팀목이 된다.

글쓰기의 위로와 치유 효능에 주목했던 셰퍼드 코미나스Sheppard B. Kominars는 글쓰기의 부담을 덜어내고 편안하게 시작할 수 있는 질문 세 가지를 다음과 같이 제시했다. 이 질문에 대한 간단한 답으로 일기를 써볼 수 있다.

오늘 가장 나를 놀라게 한 일은 무엇인가?

오늘 나를 가장 감동시킨 일은 무엇인가?

오늘 내가 가장 기억하고 싶은 일은 무엇인가?

―《나를 위로하는 글쓰기》 중에서

독자가 있는 일기, SNS

일기는 철저하게 혼자 기록하는 것일까, 아니면 누군가에게 보여주는 글일까. 위에서 공개한 2007, 2012, 2017년의 영국 방문기는 혼자만 볼 수 있는 글이었다. 요즘에는 SNS를 일기장처럼 활용하는 사람들이 부쩍 늘었다. 타인이 볼 수 있는, 한 마디로 독자가 있는 일기인 셈이다. 이런 현상에 향한 우려의 목소리도 없지 않다. 앨라배마 대학교수 앰버 벅Amber Buck은 블로그나 SNS에 글 쓰는 행동은 독자를 의식하는 만큼, 물리적 세계에 실존하는 존재와 가상 공간의 존재 사이의 부조화를 걱정하기도 하였다. 일기에 독자의 존재란 일장일단이 뚜렷한 문제이다. 독자를 고려한, 명료하고 친절한 글쓰기 연습이 될 수도 있지만, 정말 남기고 싶은 속 깊은 이야기가 그릇된 사람의 귀에 들어갈까 속으로 삼키게 될 수도 있다.

그럼에도 일기처럼 활용하는 SNS는 그냥 지나치기에 아까운 장점이 많다. 식단, 공부량, 운동 일지를 꾸준히 올리면서 특정한 주제를 중심으로 일기를 써나가는 모습도 흥미롭지만, 무엇보다 글을 읽은 사람들이 코멘트를 남기거나 정보를 교환하는 매개가 된다는 점이 재미있다. 그렇게 소통하는 일기는 본문을 물꼬로 피드백을 주고받는 장이 된다는 면에서 의미가 크다. 피드백 없는 글쓰기는 외롭고, 발전이 더디기 때문이다.

물론 SNS에 적어둔 일기를 두고 "이럴 때 문장은 이렇게 써보는 것은 어떨까요"라거나, "이런 주제는 이렇게 접근해보는 것은 어때"라며 한 줄 한 줄 정성껏 첨삭해주는 사람은 나타나지 않으므로 쓰기 능력 발달에는 큰 의미가 없다고 생각할 수도 있다. 그래도 독자를 의식한 글쓰기와 독자를 고려하지 않는 글쓰기는 분명히 다르다. 독자의 관심을 끌 수 있는 글, 독자가 쉽게 읽어 내려갈 수 있는 글, 독자의 눈높이에 맞춘 글을 쓸 줄 아는 것은 굉장히 크고 놀라운 능력이다. 아무런 관심이 동하지 않는 수많은 텍스트를 떠올려 보면 더욱더 그렇다.

다양한 모바일 기기, 스마트폰의 보급과 SNS의 조합은 글을 쓰는 이와 물리적·디지털 공간과의 관계를 계속해서 달라지게 한다. 일기에 있어 스마트폰과 SNS는 무척 흥미로운 매체인데 장소, 시간, 양식의 제한을 뛰어넘게 한다.

SNS에 적는 일기는 공공의 공간을 개인적인 디지털 정체성으로 재구성해 드러내는 매개가 된다. 언제 어디서든 글을 쓰고 영상과 사진을 금방 첨부할 수 있어서 가능한 일이다. 한국에서 올린 인스타그램 사진과 글을 보고 미국과 포르투갈에 사는 관심사가 비슷한 이가 의견을 더하거나 메시지를 보내기도 한다. 내 글을 보는 이가 있다는 독자 인식은 혼자 노트에 끼적이는 글쓰기와는 다른 측면을 고민하게 하고, 꾸준히 일기를 쓰는 동력이 되기도 한다. 이미지를 곁들이면서 상상력을 더 멀리 날려 올리고 디지털 소통의 가능성과 한계를 같이 이해하는 데 도움이 된다.

　더 자주 쓸수록, 결과적으로 더 많이 쓰게 된다. 글쓰기도 운동과 마찬가지로 습관성이다. 제대로 된 문장을 구사해야 할 것 같다거나, 자세 잡고 앉아 워드프로세서를 열어야 글쓰기를 시작할 수 있다는 고정관념은 일단 오늘은 아니라는, 준비를 마친 후 글을 쓰겠다는 착각으로 흘러가기 쉽다. 일기는 마음에 드는 노트나 다이어리든, 일기 앱이든, 편한 곳에 쓰자. 처음에는 하루 한 문장을 써보자. 일기를 쓴다는 것은 그날의 경험, 감정, 관찰을 기록하는 일이다. 삶은 우리에게 계속 숙제와 넘어야 할 관문을 던져준다. 우리 모두 일기를 써야 하는 이유이기도 하다. 삶이 생각만큼 간단하지 않아서 일기를 쓴다.

글쓰기의 과거, 현재, 미래

파피루스부터 아이패드까지

매체와 목적이 변화하는 글쓰기

글쓰기의 중요성을 힘주어 이야기하는 작가가 많지만 우리는 글쓰기 없이도 아무렇지 않게 일상을 꾸려 갈 수 있다. 실제로 인류는 글쓰기의 존재 없이 수만 년을 살았고, 지금도 글을 쓰지 않고도 어려움 없이 지내는 사람들이 곳곳에 있다. 그러나 일단 글쓰기가 마음속 깊이 들어오면 그전으로 돌아갈 수는 없다.

글쓰기는 인류 문화의 발달에 따라 서서히 형성되고 변화하였다. 생각을 전달하는 방법은 여럿이었는데, 오랜 시간 말하기와 듣기가 그 역할을 담당했다. 그리스·로마 시대 글쓰기는 받아쓰기에 가까웠다. 구술하는 내용을 필경사가

받아 적었기 때문이다. 그리스·로마 시대 글쓰기는 '구어
(spoken language)를 표준화된 기호를 사용해 반영구적인 형태
로 시각화한 매체'로 정의해야 더 쉽게 이해할 수 있다.

매체 발달은 글쓰기의 변천에 큰 영향을 미쳤다. 기독교
인이 등장하고 교회가 세를 얻기 이전에는 두루마리와 파피
루스가 종이 역할을 했다. 로마 시대의 혼란을 배경으로 등
장한 기독교인들은 코덱스와 양피지를 사용했다. 교회를 기
준 삼으면 역사가 간단해 보이지만 실은 수백 년에 걸쳐 서
서히 진행된 것이다. 역사 내내 글쓰기는 고유의 방식을 유
지하는 동시에 다양한 양식과 매체로 이동하고 변화하였다.

부서진 토기 조각인 사금파리는 고대의 포스트잇이라
고 할 수 있는데, 오늘의 투 두 리스트(To-do list)처럼 해야 할
일 목록이나 사적인 글이 적혀 있기도 했다. 이 깨어진 토
기 조각 표면을 갈대로 긁어 글씨를 새겼을 모습을 상상하
면, 오늘날 우리의 관점에서 사금파리는 거칠고 투박한 고
대 글쓰기 문화의 낯섦과 변하지 않는 글쓰기의 본질을 동
시에 느끼게 하는 매체가 된다. 해야 할 일이나 장보기 목
록을 스마트폰을 터치해 기록하는 일과 사금파리에 글씨를
새기는 행동은 기록이라는 본질 면에서 큰 차이가 없다. 그
러나 매체의 차이와 이로 인한 구체적인 생활 양상은 많이
다르게 느껴진다.

16세기의 글쓰기란 서체를 익히고 필사하는 행동을 의미했다. 당대 필사 교본을 들춰보면 깃털 깎는 법, 잉크 만드는 법, 좋은 종이 고르는 법, 올바른 글쓰기 자세 등을 안내한다. 17세기 프랑스 철학자 볼테르는 글쓰기를 두고 '목소리를 평면에 그려낸 미술'로 표현했다. 18세기 제인 오스틴이 살아 있을 때는 금속 펜이 존재했지만 깃털 펜보다 가격이 비싸다는 문제가 있었다. 제인 오스틴은 주로 거위털로 만든 깃털 펜을 사용했다. 깃털 펜과 잉크는 주로 직접 만들어 사용했을 것으로 추정된다. 깃털 펜은 거위에게서 깃털을 얻어 끝을 불에 달궈 단단하게 만든 후 끝부분을 칼로 다듬어 사용하고, 잉크는 떡갈나무 팽대부를 짓이겨 아라비아검과 녹반, 김빠진 맥주, 설탕을 넣고 매일 뒤섞으며 2주 정도 벽난로 한구석에 보관하는 방법이 주로 사용되었다. 우스워 보이겠지만 이것은 그 당시 첨단 재료와 기술의 집약체였다.

지금 애플스토어에서 한창 팔리는 최첨단 아이패드도 백 년이 지나면 후손들이 박물관 유리 벽 너머로 관찰할 수 있을 테고, 그 밑에는 '2000년대 초반 선조들이 사용했던 일종의 점토판'이었다는 설명이 적혀 있을 것이다. 그 옆에는 애플펜슬도 나란히 놓여 있고, 마음속으로 중얼거리는 관람객도 예상해볼 수 있다.

'저렇게 멍청해 보이는 도구로 아이패드라는 점토판 위에 글을 썼다고?'

나는 겨우 나보다 열두세 살 어린 고등학생 제자들을 가르치면서 종종 본문의 이해를 돕기 위해 15년 전이었던 1999년 여름에 모뎀으로 인터넷을 연결하던 이야기, 고작 1MB 파일을 다운로드하는 데 5분씩 걸리던 이야기를 해주었다. 그럼 꼭 못 믿겠다는 표정이 교실 안에 가득 차곤 했다. 휴대전화가 일상화되기 전에는 친구 집 전화번호를 줄줄이 자연스럽게 외웠는데, 부모님이 전화를 받으시면 공손하게 내 소개를 하며 친구를 바꾸어 달라고 부탁했다. 그때 이야기를 해주면 아이들은 흡사 고전설화를 듣는 표정과 눈빛으로 변하였다. 나는 그쯤에서 멈추지 않았다. 전화를 받을 수는 없고 걸기만 할 수 있었던 시티폰이라든지 번호 약어로 소통하는 삐삐 이야기를 꺼내면, 그 의사소통 양상과 원리를 도무지 이해하지 못하는 눈치였다.

"선생님, 어디서 그런 듣지도 보지도 못한 고대 유물 같은 이야기를 하세요."

매체와 양식은 점차 훨씬 더 빠른 속도로 변한다.

풍경이 달라져도 변하지 않는 것
글은 '문화'이자 '탐험'이다

글쓰기의 역사는 학술적으로 여러 계통과 분류, 가설이 있는데, 우리가 기억할 만한 한 가지는 그림으로부터 자연스럽게 '진화'하지는 않았다는 점이다. 언어가 자연스럽게 태동한 것과는 상당히 다르다. 문자와 글쓰기 문화는 의도적으로 차용하거나 만들어졌고, 시간이 지나면서 사회적 또는 심리적 이유로 바뀌거나 버려졌다. 살아남은 문자와 이제는 쓰지 않게 된 문자 간 차이는 우월성에 있지 않다. 글쓰기 역사에는 국제 정세와 정치학이 깊숙이 개입되어 있다. 서남아시아의 아제르바이잔은 러시아 제국과 소련의 지배를 받았는데, 1929년 스탈린은 아제르바이잔인이 러시아식 키릴 문자를 쓰도록 강제했다. 1991년 독립 이후에도 그 상흔은 여기저기에 남아 있다. 멀리 갈 필요도 없다. 한글 역시 창제 때부터 여러 국내외 부침을 겪으며 오늘에 이르렀다.

과거를 향수하는 것은 우리 고유의 속성 중 하나다. 과거에는 책을 더 많이 읽었다거나 지저분한 인쇄물은 존재하지 않았던 것처럼 추억하기도 한다. 마치 그전의 낭만적인 시대에는 지켜야 할 것은 지켜졌는데 오늘날 문자 메시지, 이모티콘, 인스타그램, 트위터를 비롯한 인터넷 문화가 모든 것을 망친 주범처럼 몰아세우는 것이다. 문제는 이런 변화가 역사적으로 계속되어 왔다는 점이다. 인터넷의 발명은 획기적인 진보이지만, 그것을 불법적인 정보를 퍼뜨리는 수단으로 쓰는 사람들을 탄생시켰다. 이와 마찬가지로 인쇄기의 발명은 고상한 책의 인쇄에만 사용되지는 않았다. 인쇄기의 발명은 대단히 인상적이지만, 저마다 어떻게 활용할 것인가는 일상의 철칙, 관심사, 금전적 이익에 달려 있었다. 오늘날의 가짜 뉴스에 해당하는 가짜 정보, 오늘날의 저급한 음담패설과 비스름한 통속 소설, 오늘날의 난잡한 사진과 맞먹는 저급 삽화가 인쇄기를 통해 대량으로 생산되고 유통되었다. 그 결과 드니 디드로와 루소의 시대에는 질 낮은 삽화, 터무니없는 종말론, 유명인을 근거 없이 비방하는 이야기가 넘쳐흘렀다. 글쓰기의 빛나는 가능성 이면에는 어두운 측면이 함께 했다.

우리는 읽기와 쓰기의 역사가 다양한 형태로 이어져 내려왔고, 한편으로는 악취가 나거나 음험한 모서리가 있음을 기억해야 한다. 결국, 글쓰기 역시 다른 사물과 마찬가지로 진화의 산물이고 꾸준히 확장되어 왔다. 글쓰기는 점점 더 빠르게 변할 것 같다. 개인용 컴퓨터와 다양한 디지털 기기의 보급은 지금도 글쓰기 풍경을 계속 바꾸고 있다.

태블릿PC를 콘텐츠를 소비하는 기기로만 생각했는데, 막상 미국 중고등학교 교실에서는 태블릿PC를 무척 능숙하게 다루며 콘텐츠를 생산하는 아이들을 쉽게 볼 수 있었다. 이미 공교육 과정에서 5년 넘게 태블릿PC로 글을 쓴 학생들은 엄청나게 빠른 속도로 손가락을 움직여 문장을 구성하고, 태블릿PC에 달린 카메라로 사진을 찍고 그 자리에서 편집하더니 곧바로 문서에 포함했다.

코로나19의 확산으로 사람들이 실내에서 보내는 시간이 늘어남에 따라 구어(spoken language)보다 문어(written language)를, 아니 문어보다도 키보드 언어(keyboard language)를 훨씬 많이 쓴다. 키보드 언어는 구어와 문어의 특성이 이리저리 중첩되어 있다. 중세 시대에는 전체 인구의 극히 일부에 불과한 필경사들만 수도원 기록실에 틀어박혀 글을 썼다. 그런데 이제는 너도나도 걸어 다니면서 손바닥만 한 화면을 들여다보며 SNS를 통해 국가의 경계를 넘나들며 실시간으로 타인의 글을 읽고 적는다. 이는 무척 놀라운 변화라고 할 수 있다.

'글쓰기'의 의미는 지금도 계속 바뀌고 있다. 동시대를 살아도 '글쓰기'의 정의는 세대마다 달라진다. 1984년 2월 23일 자 조선일보에서는 '비디오시대' 영향으로 글쓰기 수준이 떨어졌다는 비판이 실렸고, 국문학과 석사 논문을 심사하는 자리에서도 논문 내용의 타당성과 창의성을 평가하기에 앞서 표현의 부정확성, 문장 구성의 미숙이 문제가 되는 일이 잦다는 지적이 이어졌다. 한양대 국문과 서정수 교수는 리포트와 함께 동봉된 편지 내용이 '이 숙제물을 보냅니다'가 전부였던 경험을 들어 자신이 잘못 가르쳤다는 자책감에 젖었다고 적었다.

나는 이번 학기에 처음으로 연구실로 걸려온 컬렉트콜, 그러니까 수신자 부담 전화를 받아보았다. 컬렉트콜 안내 메시지를 들을 때 아주 잠깐이었지만 과거로 추억 여행을 떠나는 것 같았다. 컬렉트콜은 군 복무 시절에나 잠깐 경험했던 서비스였기 때문이다. 수업을 듣는 학생이 오죽 급한 일이면 컬렉트콜로 전화를 했을까 하는 내 예상과 달리, 그는 더듬더듬 전날 출석 현황을 확인해달라고 하였다.

'이 숙제물을 보냅니다'라고 적은 편지를 두고 어처구니없었다는 표현을 쓴 35여 년 전 신문 기사를 보며 그런 편지를 함께 동봉했다면 그래도 꽤 성의가 있는 편은 아닌가 하는 생각이 든다. 나는 제목도 내용도 없이 첨부파일만 달랑 들어 있는 메일을 학기가 지날수록 점점 더 많이 받기 때문이다. 지금은 '이메일'이라는 표현을 더 많이 쓰지만, 예전에는 이메일을 '전자 우편'으로 부르며 손 편지를 컴퓨터 화면으로 옮겼을 뿐이라는 뉘앙스를 풍겼다. 1020세대에게 이메일은 어쩌면 귀찮은 카카오톡에 불과할지도 모른다. 1020세대가 장년층이 되면 그들도 윗세대와 아랫세대 사이에 끼어 의사소통 수단, 내용, 양식의 변화를 짚어볼 때가 종종 있으리라.

미래의 글쓰기가 어떤 형태로 다가올 것인지, 혹자의 주장처럼 글쓰기는 소멸하거나 힘을 잃을 것인지는 누구도 확언하기 힘들 테지만, 글은 이제까지 그래왔던 것처럼 우리의 경험과 의미를 남기는 수단이 될 것은 확실하다. 글쓰기는 단순히 글 자체만의 문제가 아니다. 글 한 편을 완성하는 것 자체가 글쓰기의 끝은 아니다.

때로 글은 세상 속에서 나만의 독자성을 여과 없이 보여주는 장場이다. 글은 곧 문화다. 행간에 역사, 스포츠, 음악, 미술이 스며들곤 한다. 글은 곧 탐험이다. 익숙한 공간에서 익숙하지 않은 공간으로, 유럽의 서쪽 끝 포르투갈에서 지구 밖까지 독자를 끌어들인다. 때로 글은 갈망을 드러내는 수단이고, 견결히 지켜야 할 신념을 표현하는 도구이다. 글과 글쓰기의 의미는 이토록 다양하다. 글의 역할을 해냈지만 글은 아니었던 적도 있다. 구석기 시대 사람들은 스페인 알타미라와 프랑스 라스코 동굴에 사냥감, 인간, 포식자를 그렸다. 글을 읽고 쓰는 능력은 남과 다른 목소리, 조용히 삼켜야 했던 슬픔, 금지된 물음, 존중받지 못한 인간성을 증명하는 방법이다. 인공지능의 발달로 기계가 인간을 아무리 대체하고 부품 취급해도 인간은 부품이 되지 않는다. 과거를 피할 수 있는 존재는 없다. 주변인이나 외부인으로 머물러도 글을 쓸 때만큼은 누구나 철저하게 주체가 된다.

백인 약탈자들은 아메리카 원주민들로 하여금 걸어서 대륙을 횡단하게 만들어 그들이 파리나 소 떼처럼 죽는 모습을 지켜보았지만 원주민들은 소 떼가 되지 않았다. 유대인들은 산 채로 아궁이 속에 던져졌지만 금수가 되지 않았다. 흑인들은 대대로 노예로 살았고 쌀, 타르, 테레빈유와 함께 화물 취급을 받았지만 화물이 되지 않았다.
—《보이지 않는 잉크 》(토니 모리슨 지음·이다희 옮김, 바다출판사, 2021) 중에서

글쓰기는 때로
반성과 성찰의 통로

영국에서 석사과정을 마칠 즈음 부모님과 같이 오스트리아를 여행했다. 왜 하필 오스트리아를 택했는지는 잘 기억이 나질 않는다. 아버지가 이렇게 재확인하셨던 기억만 남아 있다.

"오스트레일리아를 말하는 거냐, 아니면 오스트리아에 가자는 거냐?"

우리는 영국과 한국에서 각각 출발해 오스트리아 수도 빈에서 만나기로 했다. 나는 부모님보다 하루 일찍 빈에 도착해 호텔에서 묵은 다음 빈 국제공항에 마중을 나갈 계획이었다.

빈으로 가는 날의 하늘은 더없이 맑았다. 비행기는 정시에 이륙했고, 경유지인 독일 프랑크푸르트에 도착했다. 문제는 프랑크푸르트에서 갈아탄 비행기가 도무지 뜰 생각을 하지 않았다는 사실이었다. 날씨 문제라고 했다. 창으로 보이는 날씨는 너무나 좋았다. 사람들의 볼멘소리가 늘어지자 프랑크푸르트가 아니라 빈의 날씨가 안 좋다는 추가 설명이 붙었다. 이미 비행기에 탑승까지 시킨 걸 보면 조금 지연은 되겠지만 어쨌든 이륙할 예정인 것 같아 잠을 청했다.

갑자기 비행기 내부의 소란스러움에 잠이 깼다. 사람들이 짐을 챙겨 내리고 있었다. 이 비행기 일정이 취소되었다는 것이다. 나는 그제야 겁이 덜컥 나기 시작했다. 다음날 부모님이 빈 공항에 내려서 출국장으로 나오면 내가 미리 도착해 기다리고 있을 터이니 여권과 항공권만 잘 챙겨서 오시면 된다는 게 내가 드린 설명의 전부였다. 여러 시나리오가 꼬리에 꼬리를 물었다.

분명히 나와 있겠다던 아들을 찾을 길이 없을 때 부모님은 어떤 선택을 하실까?

로밍도 안 해오시는데 내 휴대전화 번호를 아신다 한들 무슨 수로 전화를 하실 수 있을까?

전화할 수 있게 지폐를 동전으로 바꿔 달라는 정도의 의사소통은 가능하시겠지?

오스트리아에서 영국 전화번호로 연락하려면 먼저 국가번호를 눌러야 하는데 부모님이 그런 것까지 고려해서 연락하실 수 있을까?

나는 항공사 카운터로 황급히 뛰어갔다. 여차하면 프랑크푸르트에서 예정에 없던 숙박을 하게 생겼다. 이미 나보다 빠른 사람들이 줄을 서서 이용 가능한 비행기 편을 묻고 있었다. 항공사 직원이 목적지를 묻고는 다음 날에나 탑승할 수 있다는 대답을 할 때마다 사람들의 표정에 실망한 기색이 역력했다. 목이 탔다. 내 차례가 되었다. 내 목적지는 빈인데 늦은 시각에 도착하더라도 꼭 오늘 비행기를 타고 싶다고 이야기했다. 꼭 오늘 가야 하는 이유가 있느냐고 물었다. 상투적인 질문일 수도 있지만 최선을 다해 대답했다.

"멀리 한국에서 부모님이 출발해 내일 빈 국제공항에 내리는데 제가 먼저 도착해서 도와드리기로 했어요. 그런데 지금 제가 처한 상황을 부모님께 알려드릴 방법이 없어서 무척 난처하네요. 저 한 명만 타면 되니까 꼭 자리가 있으면 좋겠습니다."

컴퓨터 자판을 두드리고 화면을 응시하는 직원이 입술을 깨물고 있었다. 한쪽으로 입술을 깨문 모양이 어쩐지 느낌이 좋지 않다는 생각이 들었다. 침묵이 어떻게 깨질지 너무나 초조했다.

"오늘 밤에 뜨는 마지막 비행기에 마침 자리가 하나 있네요. 그런데 맨 뒷좌석이라 의자를 뒤로 젖힐 수가 없어요. 그래도 괜찮으시겠어요?"

오늘 출발할 수만 있다면 무슨 문제가 있겠는가. 나는 아무 문제가 없다며 그 자리에서 새로운 항공권을 발급받았다. 내 차례가 끝난 후 바로 내 뒤에 서 있던 사람도 목적지가 '빈'이라고 말하는 소리가 들렸다. 안타깝지만 오늘 출발하는 좌석은 더는 없다는 직원의 대답이 귓등으로 들렸다. 그날 묵을 호텔에 전화해 항공편 지연으로 새벽에 도착할 것 같다고 말했다. 담당 직원이 프런트는 그보다 일찍 닫으니 도착하면 연락하라며 번호를 알려주었다.

늦은 밤 빈 국제공항에 내렸다. 공항 내 상점 대부분이 문을 닫았고 오가는 사람도 많지 않았다. 열차를 타고 중앙역으로 이동했다. 낯선 도시에 도착해 새벽에 캐리어를 끄는 일은 아무래도 마음 편한 상황은 아니었다. 호텔까지 가는 길은 내내 어두웠다. 호텔 주인은 졸린 눈을 비비며 문을 열고 예약한 방으로 안내해주었다. 씻고 침대에 누우니 새벽 2시였다. 긴 하루였다. 안도감이 밀려왔다. 안도감이 느껴지니 갑자기 배고픔도 함께 느껴졌다. 이리 뛰고 저리 뛰느라 저녁때를 놓쳤다. 그래도 날이 밝으면 문제없이 부모님을 맞이하러 공항에 나갈 수 있을 터였다.

관광객 사이에서 인기를 끄는 식당은 부모님의 흥미를 그다지 끌지 못했다. 그러다 작은 호숫가 마을의 동네 식당 문을 열고 들어섰는데, 주인을 포함한 모든 사람의 시선이 우리를 향했다. 동양에서 온 외지인에 대한 호기심과 예기치 못함을 온몸으로 느끼면서 받아 든 메뉴판은 독일어로만 적혀 있었다. 영어 메뉴판이 없느냐는 질문에 당황해하던 주인은 더듬거리면서 자기가 설명해줄 수 있다고 말했다. 우리는 그 불편함이 더 좋았다. 관광객의 발길이 닿지 않은 현지인의 애호 식당을 우연히 찾은 데에 흡족했다. 화덕에 구운 피자는 맛있었고 파스타 식감도 풍성했다.

아버지는 그 식당에서 받은 느낌이 무척 좋은 눈치였다. 사진을 찍지 못했다고 그 식당 앞에 다시 가서 다 같이 사진을 찍고 싶어 하셨다. 어머니는 뭐하러 그 사진 한 장 찍으러 다시 가느냐 타박했고, 왜 그랬는지 모르겠지만 나도 말없이 동조했던 것 같다. 다음 날 아버지는 혼자 산책을 다녀오겠다 하시고는 기어이 그 식당 앞에 혼자 가셔서 사진을 찍어 오셨다.

어머니는 오스트리아 여행 내내 투명할 정도로 맑은 냇가에 호감을 보이셨다. 그리고 냇가에서 손바닥만 한 차돌멩이 하나를 집어오고 싶어 하셨다. 왜 그렇게 돌멩이 하나를 가지고 싶어 하시는지 여쭈었더니 이렇게 공기 좋고 맑은 마을 돌멩이를 김장할 때 다른 돌멩이와 같이 얹고 싶다 하셨다. 오스트리아 마을 돌멩이를 얹어 익힌 김치 맛은 기분이라도 색다르지 않겠냐는, 어머니의 소박한 희망이었다. 냇가가 보이거나 저녁에 동네 어귀를 산책할 때마다 어머니는 돌멩이 이야기를 꺼내셨다. 그때마다 아버지는 냇가에 내려가기 귀찮으신지 심드렁하셨고, 나는 여행 마치기 전에 한번쯤은 냇가에 같이 가볼 수 있지 않을까요, 라는 대답을 건성건성 건넸다. 그러고는 한국에 돌아와서야 오스트리아에서 돌멩이를 건져오지 않았다는 사실이 퍼뜩 기억났다. 비싼 물건을 가지고 싶다 하신 것도 아니고 그저 냇가에 같이 내려가 돌멩이 하나 골라보자는 이야기를 나는 왜 흘려들었을까. 돌멩이 하나가 무어라고 나는 그 자그마한 생각을 넙죽 실행으로 옮기지 못했을까.

글쓰기는 때로 반성과 성찰의 통로에 가깝다. 비행기와 호텔도, 오스트리아와 돌멩이도 삶을 잠시 숙고하는 매개와 구간이다. 여행지에서 먹은 음식에 대한 기억이 각별한 편인데 빈에서 먹은 슈니첼은 돌멩이에 눌려 그러지 못한다. 송아지 갈비를 망치로 두들긴 다음 달걀에 적시고 빵가루를 입힌 후 버터 녹인 팬에 지진 슈니첼에 레몬즙을 뿌려서 한 입 먹은 순간보다 돌멩이를 주우러 가보자고 하셨던 그 순간으로 돌아가고 싶은 마음이 크다. 그 이후로 나는 이베이에서 오스트리아 돌멩이를 검색해본 적도 있다. 아버지는 그냥 함께 사진 한 장을 찍고 싶으셨던 걸, 어머니는 돌멩이 하나를 찾아보고 싶으셨던 걸, 그 사소한 바람을 왜 못 받아들였나 하는 아쉬움이 끝끝내 감돈다.

미술 치료나 상담에서 그러하듯, 한 개인의 정신적 성숙 상태는 그림을 그리는 방식을 통해 추정해볼 수 있다. 실재하는 대상을 그리면서 기억을 더듬어 상상력을 동원해 그리거나 원시적으로 묘사하는 데에서 출발해 점차 정확하거나 축약적으로, 때로는 추상적 의미를 담아 그린다. 어린아이의 그림에서는 인식과 표현이 다른 탓에 원근감, 비율, 거리의 개념이 제대로 나타나지 않는다. 우리는 지적으로든 정신적으로든 성숙해지면서 주변 사물을 면밀히 관찰하고, 눈에 보이지 않는 사물이나 생각까지 구체적으로 표현할 수 있게 된다.

언어는 그림과 마찬가지로 지적 성숙도의 간접적 지표이자, 동시에 지적 성장에 영향을 미치는 요인이다. 글로 생각을 정확하고 구체적으로 표현하는 능력은 저절로 늘지 않는다. 아주 오래전 구술 문화에서는 높은 수준의 예술적 가치를 지닌 아름다운 공연을 만들어냈지만, 지적인 면에서 보았을 때 오늘날보다 더 피상적이다. 기억력이라는 틀 안에 머무르기 위해 암기를 용이하게 하는 형식적인 구조나 리듬에 얽매였기 때문이다.

때로 글쓰기는 반성과 성찰의 기록이기도 하다. 기록하는 과정에서 반성과 성찰이 이루어지기도 하고, 기록한 내용을 둘러보며 의미를 재발견하기도 한다. 지혜도 그렇지만, 지식과 정보의 축적은 관찰과 기록에서 비롯된다. 우리는 자신, 주변, 세계를 세심하게 관찰할 수 있어야 한다. 관찰은 수동적으로 보는 행위가 아니라, 대상과 경험에 깃든 의미를 찾는 일이다. 무엇을 주의 깊게 들여다보아야 하고, 어떻게 바라보아야 하는지 알아야 집중할 수 있다. 들여다본 내용을 기록하지 못하면 제대로 들여다보지 못한 것이다.

많은 사람이 무신경하게 지나치는 면면을 참을성 있게 바라보고 의미를 발견해야 하는 이유는 작게는 어제와 똑같은 오늘, 작년과 똑같은 내년을 보내지 않기 위함이고 크게는 평생 배우는 사람이 되기 위해, 큰 깨달음으로 나아가기 위해서이다. 느리고 티가 나지 않지만, 어제보다 더 자세히 관찰하는 하루를 꾸준히 보낼 필요가 있다. 시간이 지나면서 더 정밀하게 관찰할 수 있게 될 것이며 반성과 성찰도 하게 될 것이다. 반성하지 않는 사람은 발견과 발전이 없는 사람이다. 욕조에 몸을 담그면 수면이 높아지는 것은 누구나 경험한 일상이지만, 이를 물질의 비중과 연결한 것은 아르키메데스였다. 당연한 사실인 하늘이 푸른 것을 두고 대기 중의 입자에 주목한 것은 물리학자 존 틴달이었다. 무용가 머스 커닝햄은 창문으로 내다본 거리 사람들의 걷는 동작에서 작품 아이디어를 얻었다.

관찰, 반성, 성찰이 너무 거창하고 뜬구름 잡는 것처럼 느껴진다면 이런 방법도 시도해볼 수 있다. 어떤 물건이라도 좋다. 바로 수집이다. 미시간 주립대학 교수 로버트 루트번스타인과 역사학자 미셸 루트번스타인은 우표, 동전, 단추, 돌, 조개껍데기, 만년필, 카드, 커피, 와인, 책을 수집하는 것도 관찰력을 키우는 방법으로 추천했다. 수집을 취미 삼으면 물건의 종류와 품질을 세밀하게 보고 장단점을 식별하는 관찰이 자연스럽게 이루어지기 때문이다. 수집을 정당화할 수 있는 좋은 핑계도 된다.

"난 지금 관찰 훈련 중이야."

글 쓸 시간을 못 찾겠어요

아침 6시 30분에 눈을 떠 시리얼을 먹고 샤워실로 들어간다. 7시 15분에 자동차 트렁크에 삼각대며 캠코더, 오디오 녹음 장비를 싣고 시동을 건다. 막힌 길을 뚫고 고등학교에 도착하면 7시 50분이다. 첫 수업이 끝난 후 9시 20분에 교사와 잠깐 대화를 나누고 옆 교실로 이동해 다음 수업을 촬영한다. 11시 30분에 멕시칸 식당에 들러 늘 먹는 부리토를 바삐 먹고 대학으로 돌아가 12시 프로젝트 회의에 참석한다. 회의가 끝나는 대로 늦을세라 운전대를 잡고 다음 학교에 서둘러 가서 촬영 장비를 설치한다. 수업 중에는 캠코더 각도를 계속 바꿔가며 주요 학생과 모둠 활동을 최대한 담고, 참관일지를 부지런히 작성한다. 오후 4시에는 학부생을 가르치는 세미나를 인도한다. 세미나를 어찌어찌 마친 후 녹초가 된 몸을 이끌고 집에 도착해서 시계를 보니 저녁 6시를 가리키고 있다.

박사과정생 3년 차 때의 일과였다. 저녁식사 후 한 시간 남짓 운동을 하고 남은 몇 시간이 겨우 온전한 나만의 시간 이었다. 박사과정 첫 2년 동안은 여기에 일주일에 세 번은 저녁 7시부터 10시까지 대학원 수업을 들어야 했다. 대부분의 시간을 내가 주도적으로 통제할 수 없다는 인식이 강해서였는지 주경야독이 따로 없다는 말을 달고 살았다. 온종일 저녁에 읽고 싶은 책이며 논문, 쓰고 싶은 글을 생각했지만, 막상 저녁이 되면 내 안에 남은 힘이 없어 키보드를 누르기 싫었다.

나는 그래도 형편이 나은 편이었다. 동기 T는 첫 학기에 둘째 아이를 가졌다. 학기가 지날수록 그녀의 배는 점점 더 불렀고 마침내 건강한 딸을 출산했다. 이제 막 시작한 대학원 과정을 어떻게 헤쳐나갈지 막막함을 털어놓기도 했지만, 곧 그녀는 씩씩한 모습으로 돌아왔다. 멍하니 앉아 있다가도 눈이 마주치면 언제 그랬냐는 듯 밝게 화답했다. 하지만 회의 때마다 대용량의 커피를 들고 참석했다. 회의가 조금이라도 길어진다 싶으면 테이블 밑에서 휴대전화로 베이비 시터와 연락을 주고받았고, 다른 도시에서 열리는 학회에 참석하려면 여러 사람의 도움과 헌신이 필요했다.

칼럼니스트 니콜 굴로타Nicole Gulotta는 아들 헨리를 키우며 동시에 글을 쓰느라 고군분투하다가 급기야 결혼 전의 석사과정 생활을 아예 피정避靜으로 부르며 '나를 위한 선물'이었다고 명하기에 이른다. 나 역시 그녀의 명명에 동의한다. 그만큼 자유롭게 활용할 수 있는 시간은 귀한 법이다. 충분한 시간이 있어도 제대로 계획하고 사용할 줄 몰라서 허송하거나, 문득 정신을 차리고 보니 직장, 가족, 학업, 생계, 건강 등 여러 제한으로 쓸 수 있는 시간이 많지 않은 경우가 비일비재하다.

글쓰기를 방해하는 가장 큰 요인은 시간이다. 글쓰기에 할애할 시간을 제대로 갖지 못해서 제시간에 매듭짓지 못했다거나, 시간이 조금만 더 있었더라면 더 나은 글을 쓸 수 있었다는 토로는 흔하다. 그만큼 시간 문제는 대처하기 어려운 장벽이다. 새해가 되면 올해는 글을 써보겠노라 다짐하고 계획도 세워본다. 그러나 이른 아침이나 퇴근 후 글을 쓰는 일이 생각만큼 쉽지 않다. "직장인도 나만 따라 하면 얼마든지 쓸 수 있어요" 부류의 손쉬운 주장에 선뜻 동의하기는 어렵다. 남은 시간을 쥐어짜서 뭔가 다른 일을 도모하기에 물리적 한계가 명확한 사람도 있기 때문이다. 말 그대로 숨 돌릴 틈 없이 바쁜 삶을 감내하고 있는 이에게

"이렇게 하면 되는 건데, 이게 안 돼?" 식으로 처방할 수는 없다.

전업 작가가 아닌 바에야 글쓰기 시간을 안정적으로 확보하는 일은 아득히 멀다. 그래서 흔히 글쓰기 시간을 찾아다닌다. 글을 읽고 쓰는 일이 본업인 대학원생이나 교수도 시간을 확보하는 데에 어려움을 겪는다. 주중에는 밀어닥치는 여러 일을 감당하다가 결국, 주말에 글을 쓰겠다거나 아예 방학 기간에 글을 써보겠다는 식이 된다. 글쓰기의 인지과정과 심리학을 연구한 켈로그Kellogg 교수는 일찍이 대부분의 대학 교수와 연구자들은 폭식하듯, 더는 미룰 수 없는 지경에 이르러서야 허겁지겁 글을 쓰는 패턴을 반복한다는 사실을 지적했다. 겨우 쥐어짠 원고를 마감 직전에야 제출한 그들은 탈진한다. 그리고 글쓰기가 싫어진다. 이러한 일련의 과정이 비슷하게 반복된다.

글쓰기 시간을 확보하기 위한 몇 가지 실천 방안을 소개한다.

글쓰기 시간을 고정하라

글을 쓸 수 있는 시간을 찾으려 하지 말 것. 이 말은 곧 처음부터 일정 시간을 글 쓰는 시간으로 정해두는 방법이다. 남들은 아직 자는 새벽(예를 들어 4시 반), 점심시간 직후, 퇴근해서 잠자리에 들기 직전 중 편한 시간대를 찾고 정해 매일 30분씩 글을 쓰는 것이다. 시간이 생기면 운동하겠다는 말은 운동하지 않겠다는 말과 마찬가지인 것처럼, 시간이 생기면 글을 쓰겠다는 계획으로는 한 편의 글을 쓰는 데 평생이 걸릴 수도 있다.

"장황하게 설명하더니 정작 해결책은 계획을 세우라는 건가요?"

이렇게 질의할 수 있다. 글쓰기가 언제나 쉽고, 재미로 가득 찬 일인 사람들은 계획을 세우지 않아도 좋다. 하지만 나를 포함한 대부분은 계획을 세우고 세운 계획을 꾸준히 실천하는, 실로 단순한 방법이 생각보다 퍽 어렵다는 사실, 그러나 몇 달 후 되돌아보면 완성한 글의 양에 놀란다는 사실을 경험한다.

시간을 찾는 대신 시간을 할당하는 것, 이 방법을 사용하면 글을 쓰기 위한 시간을 찾아다닐 필요도 없고, 모든 일을 마친 후 남는 시간에 글을 쓴다는, 희박한 희망에 기댈 필요도 없다. 급여일에 일정 금액을 먼저 저축하고 남은 금액으로 생활을 꾸려야 돈을 모을 수 있는 것처럼, 글쓰기 시간을 미리 배정해야 시간을 확보할 수 있다.

노스캐롤라이나 대학 심리학 교수인 폴 실비아Paul J. Silvia 는 대학원생과 교수를 위한 생산적인 글쓰기에 관한 실용적인 방법론으로도 유명세를 얻었는데, 글쓰기 시간을 규칙적으로 고정하는 방법의 열렬한 지지자이기도 하다. 그는 만약 다른 사람이 글쓰기 시간을 침범해서 약속을 잡으려 하면 그때는 글쓰기 시간이라고 말하는 대신 회의 핑계를 대라는 농담 반 진담 반의 조언을 곁들였다.

"회의가 있어서 안 되겠는걸."

개인적인 글쓰기 시간은 얼마든지 침범하거나, 융통성 있게 옮기고 미루어도 괜찮다는 인식이 사회 저변에 팽배하지만, 회의 앞에서는 일단 물러서기 마련이다.

"회의가 있다고? 그러면 다른 날짜를 찾아봐야겠네."

유머 섞인 일화로 그가 전달하려는 메시지는 자명하다. 일단 정한 일정은 어떻게든 고수하라.

매일 글쓰기의 이점 세 가지

매일 글쓰기는 글쓰기를 미루지 않게 하는 원동력이다

꾸준히 글을 쓰면 '글쓰기'라는 활동에 부담이 줄어 준비 과정도 단축되고 글쓰기에 몰입하기가 점차 더 쉬워진다. 얼마나 글쓰기가 어려운 일인지 불평하거나 낙담하는 대신 미리 정한 시간이 되면 책상에 앉아 그저 글을 쓰자.

매일 글쓰기는 글쓰기를 언제나 마음속 우선순위에 두게 한다

매일 글을 쓰며 글쓰기가 마음속에 자리한다면 부지불식간 관련 주제에 관한 새로운 아이디어가 떠오르기도 하고, 다른 활동 중에도 연결 고리를 찾아 글을 풍성하게 만들 수 있다. 매일 글을 쓰면 글쓰기의 끈을 오랜 기간 놓아버리는 일을 막고 조금씩이라도 주제에 파고들게 된다는 이점이 있다.

매일 글쓰기는 매일의 분량이 모여 장문을 이루게 한다

꾸준히 쓴 글을 한데 모으면 누구나 그 분량에 놀라게 된다. 규칙적인 글쓰기는 결국 긴 시간 동안 말하고 싶은 내용을 뚜렷하게 만들어 완성도 높은 한 편의 장문으로 이어진다.

매일 글쓰기에 반대하는 입장도 존재한다. 일단 나부터도 매일 쓰기의 장점은 인정하지만, 석사과정 이후로는 여러 이유로 실천하지 못하고 있다. 베스트셀러 작가 스티븐 킹Stephen Edwin King은 매일 아침 네다섯 시간씩 글을 쓴 것으로 유명하다. 심지어 크리스마스와 생일에도 같은 일정을 굳게 지켰다. 멋진 일화지만 일단 나는 스티븐 킹이 아니다. 앞으로도 아닐 것이다. 두 번째, 글쓰기가 항상 즐거울 수는 없지만 수도승이 수행 쌓는 일처럼 몰아가고 싶지 않다. 세 번째, 인생은 때로 글쓰기보다 더 중요한 일이 있는 법이다. 예를 들면 갓 튀긴 치킨을 먹는다거나, 풍성한 치즈가 쭉 늘어나는 피자가 눈앞에 있다거나, 아이가 상기된 얼굴로 장난감 피리를 불 때는 기꺼이 찰나의 즐거움을 누리며 살고 싶다.

매일 글쓰기의 힘이 강한데, 매일매일 글쓰기를 고수하기가 버겁다면 그 대안은 있는가. 치킨과 피자도 하루 이틀이지 글쓰기가 언제나 제자리라면 한숨이 나오고, 한숨이 쌓이면 고민과 스트레스가 된다. 매일 글쓰기의 핵심은 꾸준히 들이붓는 시간이다. 하루나 일주일에 쏟아부을 수 있는 시간의 양이 꼭 중요한 것은 아니다. 여기서 중요한 것은 습관이다. 일주일에 하루든, 사흘이든, 자신과의 약속을 지키는 것이다.

매일 글쓰기가 어려울 때 할 수 있는 방법

일정 기간 쓸 분량을 정하고 이를 지킨다
아주 적은 양이라도 만족한다. 정해진 시간을 지키는 대신 분량을 채우는 방법이 더 효율적인 사람도 있다.

쓰기 습관을 다시 생각해본다

매일 글쓰기를 할 수 있는 환경이 아니라면 지켜나갈 수 있는 쓰기 습관을 세세하게 살펴본다. 가족과의 시간, 담당하는 업무, 건강 상태 등 고려해야 할 요소는 저마다 다르다.

어쨌든 글쓰기를 우선순위로 둔다

아침, 저녁, 오후 언제 어느 때고 틈나는 대로 조금씩 쓰는 방법이다. 출장 가는 열차 안이나 잠시 들른 카페에서 휴대전화로 글을 적어두는 식으로도 적용한다.

학계는 재미있는 동네다. 특히 인문학이나 사회과학 분야는 언제나 반론의 여지가 있어서 더욱더 그렇다. 자연과학자들은 기초 개념에 대체로 동의한다. '양자'의 개념 정의에 혼선은 없다. 물론 과학자들이 공유하는 개념 역시 시대마다 다르다는 점을 토머스 쿤이 역설하였으나 동시대적 보편 개념에 이의가 없다는 것은 여전하다. 반면 인문학자나 사회과학자들은 기초 개념과 단어의 정의를 두고도 종종 공방한다. 글쓰기라고 다르지 않다.

매일 글쓰기의 중요성을 설파한 학자는 텍사스 A&M 대학 교수 패트리샤 굿슨, 쿠퍼 유니언 대학 교수 윌리엄 게르마노, 뉴멕시코 주립대학 교수 타라 그레이, 하버드와 브랜다이스에서 글쓰기를 가르친 조안 볼커, 프린스턴 대학 교수 웬디 벨처, 웨스트 스코틀랜드 대학 교수 로위나 머레이 등이 있다. 그만큼 매일 글을 쓰는 일정의 효과를 지지하는 층은 두텁고 견고하다. 우리나라 포털 검색 창에도 '매일 글쓰기'라는 키워드를 입력하면 셀 수 없이 많은 콘텐츠가 나온다.

오클랜드 대학 교수 헬렌 소드Helen Sword는 오래전부터 전해 내려온, 매일 글쓰기를 예찬하는 반복적인 메아리가 정말로 유일한 방법인지 궁금했다. 그녀는 생산적이고 능률 높은 글쓰기를 실천하고 있는 1,323명의 학자, 박사(후) 과정생, 연구원을 연구한 끝에 이들 중 대다수가 매일매일 글을 쓰지 않고도 꾸준히 다작하고 있음을 밝혔다. 소드 교수의 연구가 매일 글쓰기의 무효를 증명한 것은 아니다. 하지만 매일매일 글을 써야 한다는 강박을 내려놓아도 좋다는 의미로는 충분하다.

우리에겐 모두 글쓰기 전
습관이 있다

나는 싱글일 때 번거롭더라도 매번 밥을 새로 지어 먹는 습관이 있었다. 혼자일수록 대충 때우고 싶지 않았달까. 영국에서 지내던 시절, 아침으로 일주일에 세 번은 토스트를 먹기도 했지만, 절반은 밥을 지어 먹었다. 아침부터 밥솥에서 김이 뿜어져 나오는 광경을 보고는 영국인 하우스메이트는 한국인은 다들 이렇게 아침부터 쌀밥을 먹냐고 묻곤 했다.

외국에서 아무 쌀이나 사서 밥을 지으면 찰기가 없어 밥알이 흩어진다. 스페인이나 이탈리아 쌀로 밥을 지으면 제법 익숙한 밥맛이 났다. 많은 유학생이 밥을 잔뜩 얼려놓고 하나씩 꺼내 먹는 식으로 연명했는데 그렇게 먹자니 먹는 즐거움이 줄어들 것 같고, 막상 들이는 시간과 품도 밥을 새로 하는 것과 큰 차이가 없었다. 15분이면 충분했다. 점심은 보통 파스타였는데 이 역시 익숙해지면 고기를 손질해 볶는 시간까지 포함해도 10분 내로 후다닥 해 먹을 수 있어 좋았다.

글쓰기를 본격적으로 시작하기 전에 하는 의식적인 행동과 습관이 있다. 일종의 준비 운동이라고 볼 수 있다. 리추얼(rituals)이라고도 부르는 이 행위는 작가에 따라 존재 자체를 부정하거나 "글쓰기에 무슨 준비 운동이 필요해. 그냥 써"라는 식의 주장을 펼치기도 하지만, 한쪽에서는 많은 작가가 여러 경로로 자신만의 의식과 습관을 공유했다.

가장 흔한 리추얼은 시간이나 음식과 연관이 있다. 이를테면 커피나 책상 앞에 앉는 시간이 그렇다. 행동주의 심리학자 스키너는 하버드 대학 교수 시절 콘플레이크 한 접시가 아침 식사의 전부였고, 커피 한 잔을 마신 후 출근 전까지 책상에서 원고를 썼다. 《소로와 함께 강을 따라서(Down the River)》의 에드워드 에비는 아침에 글을 쓰기 전 파이프 담배를 피우는 습관이 있었다. 《마담 보바리(Madame Bovary)》의 귀스타브 플로베르는 배가 잔뜩 부른 상태로 책상 앞에 앉아 있는 걸 좋아하지 않아 달걀, 채소, 과일, 코코아 한 잔 정도로 식사를 대신한 것으로 알려져 있다. 《올리버 트위스트(Oliver Twist)》의 찰스 디킨스는 평일이면 아침 9시부터 오후 2시까지 책상 앞에 앉아 있었다. 글이 잘 써지지 않는 날이면 멍하니 창밖을 바라보면서도 디킨스는 책상 앞에 앉아 버티는 시간을 준수했다.《소피의 선택(Sophie's Choice)》의 윌리엄 스타이런은 한 시간 정도 음악을 듣고 서너 시간 글쓰기에 몰입했다.

여러 작가가 모범생처럼 매일 규칙적으로 글을 썼다는 이야기는 흔하다. 대학수학능력시험 고득점자, 고시 합격생 수기처럼 돌고 도는 일화는 어딘지 나와 다른 세계 사람 같은 느낌이 드는 것도 사실이다. 무라카미 하루키가 꾸준히 달리고 글 쓰는 시간을 지켰고,《양철북(Die Blechtrommel)》의 귄터 그라스 역시 아침 9시나 10시까지 음악을 듣고 아침 식사를 마친 후 저녁 7시까지 글을 썼다는 식의 이야기는 독자에게 일말의 죄책감을 안겨 주기도 한다. 다행스럽게도 이런 생활 방식을 고수하지 않고도 성공한 작가들을 쉽게 찾아볼 수 있다. 이런 사례를 알아두는 것도 중요한데, 아무래도 우리에게 큰 위안이 되기 때문이다.

미국 소설가 앤 비티는 밤 12시부터 새벽 3시까지 활발하게 글을 썼던 것으로 알려져 있고, 영화감독이자 작가인 데이비드 린치는 당분을 좋아해 설탕을 듬뿍 넣은 초콜릿 셰이크, 설탕을 잔뜩 넣은 커피를 즐겨 마시며 생각을 정리하고 글을 썼다. 미국 작가 도널드 바셀미는 줄담배를 피우며 글을 쓰는 습관이 있었고, 소설가 카슨 매컬러스는 보온병에 담은 술을 몰래 마시며 도서관에서 글을 쓰곤 했다. 영화 〈지니어스〉에서 주드 로가 열연하기도 했던《천사여, 고향을 보라(Look homeward, angel)》의 토머스 울프는 주로 자정 무렵부터 글을 썼고 커피를 수없이 마셔댔다. 울프는 잠자리에 들기 위해 옷을 벗었다가 느닷없이 글이 쓰고 싶어져 알몸인 상태로 날이 밝을 때까지 글을 쓰다 술을 마시고 잠이 드는 기행을 일삼기도 했다.

글쓰기와 관련된 리추얼은 평생에 걸쳐 특정한 방식을 고수하는 사람들도 있지만, 시간의 흐름이나 작업 환경의 변화에 맞추어 자연스럽게 바뀌는 경우도 있다. 노벨문학상 수상자이기도 한 소설가 토니 모리슨은 1980년대까지는 주로 저녁 시간에 글을 썼지만, 1990년대부터는 새벽 5시 무렵 커피를 끓이고 이른 아침에 주로 글을 쓴다고 밝혔다. 소설가 프랜신 프로즈는 아이들이 학교에 가 있는 사이에 글을 썼고, 아이들이 집으로 돌아오면 글쓰기를 중단했다.《오만과 편견(Pride and Prejudice)》의 제인 오스틴은 가족과 방문객에 치여 온갖 방해를 받으며 글을 썼다.

불규칙성을 기꺼이 끌어안고 글쓰기에 몰두한 작가들도 있다. 소설가 니컬슨 베이커는 사무직으로 근무하면서 점심시간을 활용해 첫 작품《구두끈은, 왜?(The Mezzanine)》를 썼는데, 90분씩 걸리는 출퇴근 시간에 소형 카세트에 이런저런 생각을 녹음하며 글감을 모으기도 했다. 영국 극작가 톰 스토파드는 무계획의 전형을 보여주기도 했다. 그는 가족이 모두 잠들면 부엌에 홀로 앉아 담배를 피우며 글을 썼다. 계획적으로 글을 써보려는 시도도 했지만 연거푸 실패로 돌아갔음을 고백하였다.

예전에는 여러 작가의 리추얼을 통해 글 잘 쓰는 사람들의 공통점이나 겹치는 습관을 찾아 내 것으로 만들어야겠다는 생각을 해보기도 했다. 그런데 시간이 지나면서 나의 글쓰기에 도움이 되는 습관을 잘 찾아야겠다는 생각이 들었다. 저마다 상황과 사정이 판이하기 때문이다. 내 삶의 궤적을 훑어보아도 글쓰기 습관은 계속 바뀌었다. 혼자 유학하던 시절에는 방, 도서관, 카페를 전전하며 종일 책을 읽거나 논문을 들여다보았다. 장소 이동에 특별한 규칙은 없었고, 잠이 오거나 지루한 느낌이 들면 자리를 옮겼다. 글을 읽거나 쓰는 일을 멈추고 싶지 않아서였다. 배정받은 기숙사 방이 남들보다 세 배 정도 커서 책상도 무척 넓었는데 책상에는 출력한 논문이 가득 쌓여 있었고, 그 틈으로 겨우 랩톱 한 대를 놓고 글을 썼다. 달리고 싶으면 운동복으로 갈아입고 숲길을 달리다 돌아왔고, 늦은 밤까지 책을 읽었다. 졸리면 침대에 누워 잠을 청했다. 일찍 눈이 떠지면 새벽부터 글을 쓰기도 했지만 전날 늦게까지 작업한 날엔 늦잠을 자기도 했다.

결혼을 하면서 이전의 무규칙 생활 패턴으로 살 수 없다는 사실을 알았지만, 거스를 수 없는 더 큰 파도는 역시 출산이었다. 발치에서 나를 붙들고 칭얼대거나 옹알이를 하고, 잠깐 시야에서 사라진 틈에 넘어지거나 어딘가 부딪혀 울음이 들리는 마당에 한가로이 독서나 글쓰기에 집중하기는 불가능하다. 아이가 없을 때는 펜과 출력본을 들고 소파에 누워 퇴고하는 습관이 있었지만 그것은 당분간 실천하기 힘든 추억으로 남았다.

나는 그래도 아내의 희생과 헌신 덕에 연구실에서 강의와 연구를 근근이 해나가는 편이다. 직접 격려의 말을 전하지는 못하였으나 아이가 있는 또래나 선배 여성 연구자들의 고충은 내가 감당하는 양보다 훨씬 더 많으리라 쉬이 짐작한다. 천문학자 심채경 박사는 저서에서 대한민국에서 엄마이자 연구자로서 감당해야 할 역할과 일정 사이의 고충, 아직은 아쉬운 사람들의 인식을 적어두었는데, 비슷한 처지에 있는 사람들은 행간에 숨은 현실의 무게감을 여실히 느꼈으리라.

글쓰기 리추얼 중에서 부모의 역할을 언급한 내용은 이

제 내 눈길을 사로잡는다. 미국의 노벨 문학상 작가 토니 모리슨의 글에서 아이들이 잠든 새벽 틈에 글을 썼던 고투를 읽으며, 인종도 문체도 나와는 많이 다른 그녀와 묘한 동질감을 느꼈다.

나는 원래 커피를 좋아했지만, 식구가 늘며 커피는 더욱 늘었다. 잠시 눈을 붙이고 싶은 몸을 몰아세우느라 연거푸 커피를 마시기 때문이다. 이전에는 물 온도를 90도에 맞추고 원두 굵기를 섬세하게 조절해서 드립용 주전자를 사용해 커피를 내린 다음 차분히 한 모금씩 마셨다. 이제 온도도 맞추지 않고 전용 주전자는 멀리한 지 오래이며 자동 그라인더에 원두를 간다.

출근길에는 대용량 카페라테를 테이크아웃하고 점심을 먹고 나면 또 큰 용량의 커피를 주문한다. 연구실에서도 모자란 커피를 더 내려 마신다. 그날 마신 커피의 양이 늘어갈수록, 안타깝게도 자꾸만 흐릿한 언어를 구사하는 나를 발견하지만 멈추지 못한다. 어려운 글이나 생각을 더 많이 정리해야 하는 글은 비교적 정신이 온전한 아침에 몰아서 쓰게 된다. 나만의 멋지고 고상한 리추얼을 재구성할 날을 소망해보며 커피를 내린다. 글쓰기 리추얼? 요즘의 내 글은 그야말로 커피로 온통 젖어 있다.

'쓰기'만큼 '읽기'가
중요한 이유

책을 읽지 않는 건 진공 상태에서 글을 쓰는 것이다.

—《작가의 시작》(바버라 애버크롬비 지음·박아람 옮김, 책읽는수요일, 2020)

고등학교 2학년일 때 한 선생님은 학생들이 읽고 이해하기를 어려워할 때마다 '집중'해서 다시 읽으라거나 책상 옆으로 와서 직접 문단을 하나 소리 내어 읽어 주고는 한마디 하셨다. "자, 이제 이해되지?" 내 친구 함이는 그게 무슨 말이냐고 시범 같은 걸 보여달라고 용기 내어 요청했다가 뺨을 맞았다. 어처구니없는 폭력에 나는 말을 잊고 상상의 나래만 펼쳤다. 상상 속의 나는 책상에 앉아 있는 선생님께 법률 서류나 산업 기계 설명서를 읽어드리고, 수미상관에 맞춰 여쭈어보며 내 손바닥을 매만진다. "이해되십니까? 어려우면 집중해서 다시 읽어보세요. 이해되십니까?"

학년이 올라갈수록 읽기는 어려워진다. 중학교와 고등학교에 진학하면서 텍스트 수준은 더욱 어려워지는데 독서지도라고 할 수 있는 교육을 받는 학생은 많지 않다. 학생은 스스로 책을 읽는 능력을 갖추어야 한다. 중학교에 진학했다고, 고등학생이 되었다고 해서 갑자기 상향된 수준의 텍스트를 읽고 이해하는 능력이 저절로 갖추어지는 것은 아닌데, 많은 교사가 텍스트 읽는 방법 대신 그 내용을 중심으로 수업한다. 대입 수능에 초점을 두기 시작하면 급기야 문제를 풀고 답을 맞혀보는 수업을 진행하거나, 독서 전략이라는 이름으로 지문을 읽는 방법, 특히 객관식 문제의 정답을 잘 찾기 위한 전략으로 독서 수업이 기울어진다. 독서가 어려운 아이들은 방향을 틀어 요령껏 회피하는 법을 찾는다. 제대로 책을 읽지 않고도 독후감 쓰는 방법, 수업에 참여하는 방법을 익혀 대학에 진학하고, 대학에서 내주는 과제도 같은 방식으로 해치운다.

영상과 SNS가 가져간 읽기 시간

읽는 능력은 타고난 재주가 아니라 후천적으로 갈고 닦아야 하는 역량에 가깝다. 읽기를 시간이 지나면서 자연스럽게 습득하는 능력으로 간주하면서 많은 부모와 아이가 고통스러운 상황에 직면한다. 후천적 역량이라는 것은 달리 말하면 인위적인 노력을 기울여야 발현된다는 의미이다. 바야흐로 독서는 점점 더 어려운 일이 되어 간다. 주의력을 끝없이 분산시키는 매체가 도처에 있기 때문이다. 스크린을 터치하면 눈과 귀를 끌어당기는 영상이 재생된다. 영상이 끝나면 알고리즘이 관심이 갈 만한 다른 영상을 자동으로 추천해준다. 글을 읽고 사유하고 추론하는 일은 많은 집중력을 요하는 일이고 고루하게 여겨진다.

책을 읽으려다가도 지적 부담이 적은 영상 매체로 눈과 손이 가는 것은 당연한 이끌림이다. 우리나라 웹상에서 흔히 보이는 "너무 길어서 읽지 않았습니다", "그래서 결론이 뭐죠? 물론 읽지는 않았습니다", "한줄요약좀"이나 해외 포럼의 "TL;DR(Too Long; Didn't Read)"은 소통 방식의 변화와 떨어지는 읽기 능력을 동시에 보여준다. UCLA 교육정보대학원 소속 학자 매리언 울프Maryanne Wolf는 전문가 수준의 독자도 스크린으로 읽는 단문 위주의 독서에 익숙해지면서 점차 더 길고 어려운 텍스트 독서에 어려움을 겪게 되는 것은 아닐지 우려를 표했다.

유튜브와 인스타그램은 재미있다. 수동적인 자세로 계속 콘텐츠를 소비하게 된다. 가끔은 그런 가벼운 오락도 필요하다. 문제는 일상의 모든 독서와 읽기가 그런 가벼운 오락으로 대체되는 상황이 점점 더 늘어난다는 데에 있다. 피상적인 수준의 가벼운 읽기는 얕은 인지 능력만을 필요로 한다. 결국 새로운 방식으로 삶을 바라보고 주변을 의심하고 숙고하는 기회는 점점 차단당하고 잠식된다. 그렇게 우리는 서서히 사고의 경계선을 넓히는 능력을 잃어간다. 과거의 생각을 반복하고 강화하며 그 테두리를 벗어나지 못한다. 소크라테스가 두려워했던 상황이다.

젊은 세대일수록 중장년 세대보다 점점 더 빠른 변화와 복잡한 문제를 맞닥뜨리며 살아가야 하는데, 이런 문제와 시류를 파악하고 대처하는 기반에는 '읽기'가 있다. 가짜 뉴스는 이미 일상뿐만 아니라 선거에까지 큰 영향을 미쳤다. 양극화된 사회에서 사람들은 자신의 신념에 부합하는 뉴스라면 사실 확인을 하지 않고 자발적으로 퍼 나른다. 진실을 가려내자는 목소리는 주목받기 힘들다. 오하이오 주립대학의 실비아 노블로치-웨스터윅Silvia Knobloch-Westerwick 교수와 그 동료들은 여러 사안에 관하여 다양한 입장을 취한 뉴스 기사를 제시하고 참여자들이 어떤 반응을 보이는지 관찰하고 분석하였다. 그 결과, 사람들은 평소 자신의 입장과 일치하는 기사를 더 많이, 그리고 더 오래 읽었다. 이제 우리는 가만히 앉아 뉴스를 보는 대신 선택적 노출에 따라 골라서 볼 수 있는 세상이므로 사람들의 편향은 더욱더 단단하게 굳어지기 쉬워졌다.

읽기의 '질'은 생각하는 힘과 맞닿아 있다

글쓰기 능력을 증진하기 위해서는 읽어야 한다. 독서가 빠진 글쓰기는 공허한 글로 이어진다. 교육심리학자 레프 비고츠키는 이미 문어(written language)가 우리의 사고를 반영할 뿐만 아니라 심화하는 통로라는 점을 지적했고, 버클리 주립대학 글쓰기 교수 찰스 베이저만은 풍성한 읽기 경험으로 형성된 문어 이해력, 곧 읽기의 질이 생각하는 힘과 밀접하게 맞닿아 있음을 밝혔다. 읽기가 생각하는 힘과 맞닿아 있으므로, 읽기와 글쓰기 역시 끈끈하게 연결되어 있다. 노스캐롤라이나 대학 질 피츠제럴드 교수와 일리노이 대학 티머시 섀너핸 교수의 연구에 따르면, 문어에 관한 메타 지식은 읽기와 글쓰기 양쪽에 영향을 미친다. 문어에 관한 메타 지식은 독서 과정에서 저자의 의도를 해석하고, 글쓰기 과정에서 메시지를 어떻게 전달할 것인지 고려하는 기반이기 때문이다. 나는 해묵은 책을 옹호하고 시대적 변화를 아쉬워하는 것이 아니다. 제한된 글자 수에 맞추어 글을 깎아낼 때 깊고 복잡한 사고를 함께 내려놓는 것은 아닌지, 구문의 다양성이 박제된 유물 취급을 받게 되지는 않을지, 미래의 글쓰기 책에는 독자가 이해하기 어려우니 비유적 표현을 자제하라는 권고가 등장하는 것은 아닐지 걱정과 공상을 하는 것이다. 물론 망상으로 그치길 바란다.

여러 생각이 유입되고 감돌면 어느 순간 생각끼리 연결되거나 충돌한다. 그 과정에서 새로운 사고가 탄생한다. 글을 읽는다는 것은 단순히 글씨를 읽는 것이 아니다. 개별적인 단어 하나하나의 뜻을 아는 것만으로 글을 제대로 이해하지는 못한다. 텍스트는 복잡하고, 다양한 사고 과정을 거쳐 이해해야 하는 대상이다. 스스로 질문하고, 파편 같이 흩어진 문장과 그 뒤의 맥락을 혼자서 연결하려는 노력을 들이지 않는다면, 단어 이해 수준의 독서만 반복할 따름이다. 글을 읽어도 의미를 구축하지 못하기 때문이다.

오늘날 독서와 글쓰기 연구자들은 읽기를 복잡한 의미 구성 과정으로 간주한다. 나는 글을 제대로 읽고 있을까?

제대로 읽지 못함을 나타내는 신호

글과 상호작용하지 않는다

글씨와 단어를 읽을 뿐 찬성하고 반대하거나 질문이 떠오르지 않는다. 책의 구조를 파악하지 못해 우선순위를 매

기지 못하고 무작정 읽는다. 글을 읽어도 독자 나름의 인식
체계가 없어 사고를 정교하게 다듬거나 축적하지 못한다.

시각적 이미지가 떠오르지 않는다

글을 잘 이해하는 독자의 머릿속에는 이미지가 그려지
기 마련이다. 이미지는 전혀 없고 낱말만 꾸역꾸역 읽는 것
은 의미가 구성되지 않고 있다는 뜻이다.

다른 생각을 한다

텍스트와 무관한 생각에 빠져든다. 목적이 없어서 그런
경우가 많다. 왜 읽는지 모르는 글을 읽으면서 집중하거나
무언가를 얻기란 대단히 어렵다.

읽은 내용이 기억나지 않는다

읽은 내용을 요약해서 다른 사람에게 전달할 수 있는가?

읽기 전략이나 충분한 배경 지식이 없다

텍스트가 단절되고 무의미해서 그저 난해하게만 여겨지
고 의지할 사전 지식이 없다.

나는 길을 자주 잃는다. 자주 다니던 사거리도 평소 걷던

방향이 아니면 이 동네에 이런 사거리가 있던가, 하는 착각에 잠시 빠진다. 미국에서는 5분 거리 대형 마트를 언제나 GPS를 켜고 다녔다. 아내에게 처음 집 근처 마트를 보여주겠노라 데려갈 때도 나는 당연히 자동차 내비게이션을 작동했다. 5분 만에 도착한 마트 주차장에서 아내는 황당함을 감추지 않으며 30분을 넘지 않는 운전 거리는 지도를 머릿속에 넣어두면 무척 편리하다고 조언을 해주었다.

나는 글을 읽으며 길을 잃어버린 느낌을 자주 받는다. 언제나 같은 수준, 같은 주제, 같은 저자의 글을 읽는 것은 아니기 때문이다. 일본어를 제대로 모르는 채 방문한 일본은 그야말로 나의 멍청함을 곳곳에서 뽐내는 대환장파티였다. 고베의 어느 허름한 식당 문을 열고 들어간 나는 식당 벽 나무판에 적힌 메뉴에서 玉子라는 글자를 보고 주저 없이 우선 저걸 한 접시 달라고 주문했다.

'옥자라니, 옥자는 임금의 아들 아닌가. 일본식 비유법인가? 어쨌든 귀하고 특별한 음식이겠지?'

살짝 우쭐해진 내 앞에 잠시 후 놓인 것은 노란색의 평범한 달걀 초밥이었다.

"옥자가 왜 달걀이지?"

나는 달걀 초밥을 바라보며 공손하게 혼잣말을 했다.

"형, 옥자玉子는 타마고(たまご)야. 달걀이라고. 알고 주문한

거 아니었어?"

참치 대뱃살을 주문한 내 동생은 세상에 이런 덜떨어진 형을 데리고 뭘 할 수 있을지 모르겠다는 듯이 대꾸했다.

나는 살아가면서 무시로 까막눈이 되는 편인데, 미국에서 처음 개인 세금 신고 시기가 다가왔을 때도 그랬다. 어찌어찌 관련 서류를 발급받고 세금 신고 절차 문서를 열람했지만 다음 해가 되면 다시 까막눈이 되곤 했다. 매번 세금 신고 시기마다 나는 처음 하는 것처럼 서류를 읽고 이해하려는 노력을 기울여야 했다.

내 위치는 어디쯤일까. 글마다 나의 읽기 수준과 능력은 다를 수 있다. 내가 제대로 글을 읽는지 여부를 확인해야 다음 나아갈 방향을 알 수 있다. 위에서 소개한 읽기 진단 신호는 지도나 GPS나 다름없다. 글을 읽을 때마다 묻는다. 나는 이 글을 제대로 읽고 있을까?

나는 타고난 독자는 아니다. 글을 읽을 줄 알았지만 꽤 오랫동안 글을 이해하지는 못한 채 살았다. 교과서나 학교 지정 필독 도서 낱말 하나하나의 뜻을 찾아보아도 여전히 글 전체가 뜻하는 바가 무엇인지 파악하지 못한 채 지나치는 순간도 있었다. 디지털 기술의 발전과 영상 매체 문화의 범람으로 젊은 세대일수록 글씨를 읽을 수 있지만 글을 이해하는 데에 어려움을 겪는 독자는 늘어난다. 디지털 문화에 휩쓸릴수록 차분히 독서에 집중하기란 점점 더 어려워진다. 당장 주변을 둘러보아도 책보다는 디지털 기기를 들여다보는 이들이 훨씬 더 많다.

정보 수집과 사유는 다르다. 목 건강을 위한 바른 자세나, 진짜 까르보나라 만드는 법 같은 정보는 활자 매체를 고집할 필요가 없다. 영상물이 훨씬 이해하기 쉽다. 책이 지루한 인쇄물로, 시대에 뒤떨어진 소통 방식으로 보일 수 있다. 하지만 인간의 행동 방식을 이해하거나 하나의 생각을 확장하기 위해서는 읽어야 한다. 어떤 문제 이면의 원인을 이해하는 데에는 유튜브 영상을 찾아보는 것만으로는 어렵다. 환기력 있는 사유는 때로 정확하거나 섬세하고, 때로 복작거리며 혼잡한 문장을 통해 표현되는데, 이는 종종 난해한 문장과 문단으로 발현된다. 생각하는 사람이 되기 위해서는 이런 문장과 분투해야 한다. 정보는 도처에 범람하고, 알고리즘은 계속해서 우리의 관심사에 맞는 영상을 연달아 보여주지만, 디지털 기기를 끄면 아무런 흔적도 없이 사라진다. 그리하여 책을 읽고 이해하는 능력은 점점 더 희소하고 중요한 능력이 되어간다. 이렇게 독서하는 능력은 앞으로 점차 사라져가는 미덕이 된다.

글쓰기도 어려운데
무슨 독서까지?

다들 책을 읽으라고 극성인데 꼭 책을 읽어야 할까. 가끔은 안 읽어도 된다고 생각해보기도 한다. 책을 읽으면 성공할 수 있고 이 험난한 세상에서 남들 위에 올라서는 사람이 된다는 메시지를 전하는 사람들은 참 많다. 그런데 책을 읽어도 우리 인생에는 크고 작은 어려움이 닥치고, 무례한 사람은 불쑥불쑥 침을 튀기며 머리를 들이밀 것이다. 성공을 위한 지혜를 얻으려면 성경을 읽으라 권하는 대목에서 나는 더 책을 읽지 못하고 내려놓았다. 예수님의 가르침에 부귀영화에 관한 약속이 있던가, 전승된 열두 제자들의 삶 면면에 세상의 젖과 꿀이 흘렀던가?

또 독서나 글쓰기보다 더 시급한 문제도 있다. 미용실 예약이라든지, 마스크를 주문하는 일은 언제나 시급하다. 새로운 드라마 시즌이 나오면 드라마도 봐야 하고, 비트코인을 사거나 팔아야 한다. 선물 받은 기프티콘은 일정 관리 앱에 입력해두고 유효기간이 지나기 전에 잘 써야 한다. 역시, 글을 쓰고 독서하기에 적합한 시기란 도무지 존재하지 않는다. 과연 글을 읽고 쓰기에 알맞은 시기란 존재하는가? 초서의 시대는 빈곤과 흑사병의 창궐, 소작농의 반란, 잉글랜드-프랑스 간의 백년 전쟁 시기였다. 이해조가 〈자유종〉을 발표하던 강제병합 시기는 적합한 시기인가? 피츠제럴드가 글을 쓰던 1차 세계대전 시기는 독서와 글쓰기에 알맞은 시기인가? 자유의 개념조차 모호했던 아리스토텔레스의 그리스 시대로 돌아가면 글을 읽고 쓰기에 더 적절한가?

아무리 봐도 독서의 효용과 글쓰기에 적당한 시기란 존재하지 않는 것처럼 보인다. 하지만 그럼에도 독서와 글쓰기를 하려는 것은 여러 관점에서 이해한 삶과 그 이야기를 나누고 전하기 위함이라 생각한다. 쓰고 나누고 읽는 일은 현실이 어떻든 세상을 더 많이 이해할 수 있게 하는 일이다. 사적인 일과 속사정, 문제적 물음의 무게가 여럿에게 나누어지고 점점 더 많은 이가 읽기와 글쓰기에 참여할 때 세상에 관한 이해가 풍성해진다. 세상에 관한 풍성한 이해는 곧 세상을 더 낫게 만들어가는 일이다.

미시간 대학 넬 듀크Nell K. Duke 교수와 버클리 대학의 데이비드 피어슨P. David Pearson 교수는 뛰어난 읽기 능력을 갖춘 독자가 주로 사용하는 읽기 전략을 다음과 같이 요약했다.

뛰어난 독자의 읽기 전략

- 뛰어난 독자는 '능동적으로' 읽는다.
- 뛰어난 독자는 읽을 때 분명한 '목적'이 있다. 그들은 읽는 중간중간 계속 텍스트를 평가하고 정해둔 목표에 부합하는지 확인한다.
- 뛰어난 독자는 본격적으로 읽기 전에 텍스트 전체를 '훑어보고', 읽기 목표에 맞추어 텍스트의 전체 구조와 세부 항목을 확인한다.
- 뛰어난 독자는 읽으면서 자주 다음 내용을 '예상'한다.
- 뛰어난 독자는 '선택적으로' 읽으며, 어디를 세심하게 읽을지, 빨리 읽고 지나갈 부분은 어디인지, 무엇을 다시 읽을지 결정한다.
- 뛰어난 독자는 글을 읽으며 의미를 '구성'하고, '수정'하고, '질문'한다.
- 뛰어난 독자는 '익숙하지 않은 단어와 개념'을 이해하고 결정하려 애쓴다.
- 뛰어난 독자는 텍스트를 이해하는 과정에서 기존 지식에 의존하는 동시에 기존 지식과 비교하고 '통합한다.'

- 뛰어난 독자는 '저자'에 대해, 저자의 신념·문체·의도·역사적 배경에 대해 생각한다.
- 뛰어난 독자는 텍스트 이해 정도를 '점검한다.'
- 뛰어난 독자는 '텍스트의 가치와 질을 평가하고', 지적으로든 감정적으로든 다양하게 반응한다.
- 뛰어난 독자는 '다양한 텍스트를 다양하게 읽는다.'
- 뛰어난 독자는 텍스트를 읽는 순간뿐만 아니라 읽기를 멈추거나 끝낸 뒤에도 그 의미를 숙고하고 재구성한다.

능동적으로 읽고, 비판적으로 사고하는 일은 독서에서 언제나 중요하다. 마음에 드는 글을 읽으면 온통 맞는 이야기처럼 느껴진다. 그런데 첫 장부터 마지막 장까지 시종일관 동의하고, 공감하고, 고개만 끄덕여서는 곤란하다. 이 책에서 전하는 조언에도, 다른 책에 실린 내용에도, 언제나 다른 관점이나 반대 의견이 존재하기 때문이다.

저자가 직접 제시한 생각 외에도 행간에 흐릿하게 담은 메시지를 함께 포착할 수 있어야 한다. 모든 문장에는 근거와 전제가 있는데 그 근거와 전제는 사회문화적·시대적·개인적 배경이 겹쳐 있다. 동시대, 비슷한 성장 배경을 가진 저자가 쓴 글이 아니라면 당연한 상식처럼 자리한 근거와 전제가 다르다는 뜻이다. 그래서 독자는 문장 뒤의 근거와 전제를 함께 이해해야 한다. 그래야 진짜 텍스트의 의미를 알게 된다. 왜 《위대한 개츠비》에서 어느 일요일 오후 톰 뷰캐넌과 두 친구가 말을 타고 개츠비의 집 앞에 등장했을 때 으리으리한 집 주인 개츠비는 눈치를 보며 안절부절못하게 되었는가? 파티에서 여유로운 미소를 머금던 개츠비는 왜 사라진 것일까? 이런 배경을 탐구할 때 진실로 글의 의미를 파악할 수 있게 된다.

아기에게도 독서 '취향'이 있다

위에서 제시한 읽기 전략은 뛰어난 독자들이 독서 과정에서 보여주는 공통의 특징이지만, 꼭 사용하려고 애쓰지 않아도 된다. 한 번의 독서에 모든 전략을 빠짐없이 사용하지 않아도 된다. 하나씩 단계별로 연습하거나 두세 가지를 복합적으로 시도해도 된다. 나름의 독서법을 적용하는 데에 자신이 있다면 그런 자신감도 좋다. 앞에서 설명한 제대로 읽고 있는지 감별하는 방법만 가끔 적용해보며 자신에게 맞는 방법을 찾아가면 되는 것이니까. 또한 자신이 좋아하는 분야의 책을 읽어가며 읽기 전략을 써보는 방식도 좋다. 사실 그것이 가장 재미있게 읽기 수준을 늘려가는 방법이리라.

놀랍게도 세상의 빛을 본 지 고작 일 년이 갓 넘은 나의 아들 준이에게도 벌써 독서 취향이란 것이 있다. 다양한 책을 읽어주고 싶어서 내 마음대로 책을 골라 가져가면 준이는 곧 책장을 획획 넘겨버리거나 다른 책을 집어 든다. 준이가 좋아하는 책은 몇 달째 몇 권으로 한정되어 있다. 준이가 많은 애정을 쏟는 책 중 한 권은 《지금은 바빠요》(프뢰벨. 영아다중프로그램)라는 책으로, 어디를 펼쳐도 "미안해! 지금은 좀 바빠, 똥을 누고 있거든"이라는 대사가 반복된다.

준이는 자야 할 시간이면 갑자기 이 책을 어디서 찾아 들고 침대에 앉아 무한 반복하며 30분씩 들여다본다. 다섯 번 넘기면 끝나는 분량인데 대체 무슨 독서 전략을 쓰길래 이리 오래 들여다보는 걸까? 했지만 이내 준이의 입체적인 독서 취향을 존중해주기로 한다. 나는 준이의 어깨너머로 보이는 《지금은 바빠요》의 매력이 무엇인지 생각해본다. 똥을 누고 있는데 벌컥 문을 열고 고개를 내밀며 놀자고 외치는 아기 오리의 선 넘는 행동에 의연하게 바쁘다고 대답하는 동물들은 제각기 별 모양, 꽃 모양의 응가를 보여준다.

우리 삶도 크게 다르지 않다. '염치'라는 것을 갖추지 못한 채 나이만 먹은 사람들은 세대를 가리지 않고 존재하며 쉴 새 없이 무례한 언행을 일삼는다. 친하지 않은데 반말을 한다. 돈을 던지며 음료를 주문한다. 지위를 이용하거나 약

점을 잡아 착취한다. 거절 의사를 밝혀도 술을 강권하거나 비난한다. 버스에서 별 중요하지 않은 시시콜콜한 통화를 하느라 목청을 높인다. 익명의 공간에서 함부로 키보드를 눌러 미성년자에게 은밀한 제안을 해댄다. 지하철 임산부 배려석에 앉은 젊은 남자나 여자는 정작 임산부 배지를 단 여성이 다가와도 휴대전화를 조작하느라 자리를 내어 주지 않는다. 언젠가 지하철 옆자리에 앉은 중년 남성은 야동을 보다가 블루투스가 끊기는 바람에 영상 소리가 요란하게 울렸지만, 표정 하나 변하지 않았다.

《지금은 바빠요》는 그냥 똥 누는 이야기나 배변 훈련에 관한 책이 아니다. 허락 없이 휘두르는 무례함을 접하면 당황하지 않고 거절할 줄 아는 호연지기를 반복적으로 보여 준다. 별과 꽃 모양 똥은 그냥 똥이 아니다. 무례함을 가볍게 거절하고 지켜낸, 망가지지 않은 일상과 기본권이다. 안타깝게도 우리가 사는 동안 무례함은 외양을 조금씩 바꿔 가며 파도처럼 계속 덮쳐올 것이다. 그때마다 나 역시 의연한 자세를 유지하리라. 나는 아들 준이가 잠든 틈을 타《지금은 바빠요》를 읽으며 호연지기를 기른다.

누구와 함께 쓸 것인가,
함께 쓰기

함께 글을 쓴다는 것은 어떤 의미일까. 두 명 이상이 하나의 초고를 쓰고 다듬는 과정에 참여하는 것도 함께 쓰는 것이고, 아예 한 문장 한 문장을 함께 만들어나가는 식으로 작업하는 것도 함께 쓰기다. 그런가 하면, 각자 맡을 부분을 나누어 글을 쓰고 합치는 방식으로 글을 쓰는 것도 함께 쓰기로 볼 수 있다. 혼자만의 글을 쓰지만 한데 모여 앉아 글을 쓰는 것도 넓은 의미에서 함께 쓰기라 할 수 있다.

각자의 경험이나 종사하는 분야에 따라, '함께 쓰기'의 정의는 다르다. 오클랜드 대학 교수 헬렌 소드는 학술적인 관점에서도 함께 쓰기란 무엇인지 한마디로 정의하기 어렵다고 적었는데, 학술적 글쓰기도 인문학·사회과학·자연과학·공학계열 안에서 다양한 형태로 이루어지기 때문이다.

학계에는 논문 공장 설이 있다. 종종 여러 명이 글을 써야 하는 이공계열에서 자행된다. 교수가 야심 차게 국가 과제나 연구 펀딩을 따내 그 돈으로 대학원생을 여럿 모집한다. 그는 제자들의 진로나 수강하는 과목, 앞으로의 계획에는 별 관심이 없다. 대학원생에게 월급을 주는 만큼 자신이 차린 논문 공장에 학생들이 빨리 적응하기를 원할 뿐이다. 교수는 새 대학원생과의 면담 시간에 장비 다루는 법과 글 쓰는 방법을 공장장(통상 '랩장'이라고 부르지만 여기서는 공장장이라 칭한다)을 통해 열심히 배우도록 지시한다. 신입 대학원생은 공장장이나 공장장이 지목한 다른 대학원생에게 도제식으로 실험 장비 다루는 법이며 글 쓰는 방식을 배운다.

내 친구 식이는 4년 내내 논문의 문헌 검토(Literature review)만 작성했고, 식이의 동기는 결과(Results)만, 선배 A는 논의(Discussion), 서론은(Introduction)은 후배, 결론(Conclusion)은 선배 B가 맡았다. 4년 내내 문헌 검토만 쓴 내 친구 식이는 타의로 문헌 검토의 달인이 되었다. 해당 분야의 주제를 던져주면 대강이나마 초기 연구부터 최근의 동향까지 탁탁 짚어가며 읊을 수 있다. 식이의 말을 그대로 글로 옮기면 논문의 문헌 검토가 완성된다. 식이는 잠꼬대로도 참고문헌 출판연도와 학자들의 이름을 읊었고, 어지간한 참고문헌, 출판연도, 학자들의 이름은 모두 머릿속에서 줄줄 나올 정

도였다. 첫 학기에 가져간 글을 보고 한숨을 쉬던 지도교수
는 시간이 지나면서 식이가 작성해 간 선행 연구 검토 부문
은 건드리지 않고 통과시킬 정도였다. 지도교수의 역할은
어딘가 막히는 부분이 있으면 한번씩 교통정리를 해주거나
참고할 만한 문헌을 일러주거나 정말 힘든 원고는 직접 손
을 보는 정도였다.

졸업을 앞둔 식이의 이력서는 과연 화려했다. 박사과정
내내 국제 학술지 수십 편을 공동으로 출판했다. 논문 출판
흐름이 빠른 분야임을 감안해도 탁월한 실적이었다. 나의
감탄에 식이는 손을 휘저으며 겸손한 태도를 취했다.

"나는 한 편의 논문도 혼자서는 제대로 쓸 줄 몰라."

식이의 말에 따르면, 대학원생들이 각자 맡은 부분을 작
성한 후 한데 모아 서론-문헌 검토-방법-결과-논의-결론
형식을 갖춘 한 편의 논문을 만든다. 다섯 명의 대학원생은
각자 맡은 분야의 달인이 되었다. 그런데 다섯 명의 대학
원생은 본인이 맡은 분야 밖의 글쓰기는 문외한이랄까, 까
막눈에 가까웠다. 자신의 이름이 인쇄된 원고를 들고 '과연
이것이 내 논문이랄 수 있는가?' 물음을 던지기 일쑤였고,
글과 글쓰기의 의미를 고찰할 틈도 없이 곧바로 다음 논문
작업에 투입되었다. 식이의 문제는 원자료(raw data)를 바탕
으로 결과는 어떻게 정리하고 작성해야 하는지, 논의나 결

론을 어떤 방식으로 기술해야 하는지, 새로운 실험은 어떻게 설계하고 진행해야 하는지 전혀 모르는 채로 졸업을 맞이했다는 사실이다. 그는 화려한 출판 이력을 바탕으로 졸업 후 모 사립대학에 금방 임용이 되었다. 하지만 식이의 출판 이력은 졸업을 기점으로 멈춰 있다.

'함께 쓰기'를 시작하며 참여자들은 나름의 기대와 목표를 정한다. 그중 최악은 다른 이가 나 대신 글을 쓰도록 만들기 위해 함께 쓰는 기회를 조직하는 일이다. 논문 공장이 모범적인 글쓰기 사례가 될 수 없는 이유가 여기에 있다. 노스캐롤라이나 대학 심리학 교수 폴 실비아는 이런 유형을 최악의 함께 쓰기 개념으로 꼽았다.

구체성은 떨어지지만 한발 물러서서 모두가 동의할 수 있는 정의를 내리자면 '함께 쓰기'는 일정한 대인관계 능력이 요구되는 글쓰기로 볼 수 있다. 다른 개념, 언어, 분야를 넘나들며 의견을 교환하거나 협의해야 한다. 함께 쓰기는 언뜻 보기보다 복잡하다. 우선 저마다 글쓰기 습관이 다르다. 함께 쓰고 다듬은 글을 두고 저자권(authorship), 권한, 기여도를 놓고 쉽게 합의에 이르지 못할 수 있다. 같이 글 쓰는 사람 간 사회적 위치가 불균형하다면 하고 싶은 말을 제대로 표현하지 못하는 이도 생기기 마련이다. 함께 글을 쓰다 보면 동의하기 힘든 표현이나 개념이 일부분 포함되기도 한다. 그렇다고 해서 이렇게 외치며 자리를 박차고 나갈 수는 없다.

"여기서 제 이름은 그냥 빼줄래요? 저는 그냥 없던 일로 하겠습니다."

내 이야기는 아니라는 점을 분명히 밝히고 싶다. 도무지 말이 통하지 않으니 아예 책에서 자신의 이름을 빼는 게 낫겠다는 어느 교수의 고백을 옮긴 것이다. 위에서 언급했듯, '함께 쓰기'는 대인 관계가 얽힌 사회적 활동이기에 혼자 쓰기와 다른 종류의 어려움이 있다. 노트르담 대학 교수 퍼트리샤 컬리건은 정말 기초 틀만 잡아서 함께 글 쓰는 동료에게 나누어주었는데도 너무 세세하게 통제하려 한다는 비난을 들었다. 하지만 함께 쓰기가 무서운 경험이나 단점으로만 똘똘 뭉친 활동은 아니다. 혼자 글을 쓸 때 놓칠 수 있는 허점을 쉽게 발견할 수 있고, 맞닥뜨린 난관을 쉽게 돌파하는 근간이 되기도 한다.

함께 쓰기의 장점

논리적 허점, 쓰기 막힘을 해결할 수 있다

혼자 글을 쓸 때는 문장이 막혀 더 이상 글이 써지지 않거나, 어떻게 풀어나가야 하는지 갈피를 잡기 힘든 상황을 종종 마주한다. 함께 쓰기는 그런 어려움을 손쉽게 타개할 수 있는 쓰기 방법이다. 유타 대학 교수 커트 알버틴은 다양한 이점을 설명하면서 독자에게 글이 가닿기 전에 논리적 비약과 허점을 보완할 수 있다며 함께 쓰기를 옹호했다. 인디애나 대학 교수 제니퍼 로빈슨은 글을 쓰다 막히는 부분에서 끙끙 앓지 말라며, 같이 쓰는 동료에게 넘기면 의외로 간단히 해결 가능한 문제일 수 있다고 조언했다.

표현 수준이 높아지고, 사고의 폭이 확대된다

대학원생일 때 모 교수님의 제안으로 함께 글을 쓸 기회를 얻었다. 익숙한 주제가 아니었지만 다 이유가 있어서 내게 제안하지 않았을까 생각했다. 내가 쓴 초고는 그의 손을 거치면 이색적이거나 대담한 문체로 바뀌었다. 문장이 전하는 메시지는 바꾸지 않으면서도 내 표현을 덧깁고 때로는 바꾸었다. 나는 같이 글을 쓰며 그전에는 크게 관심을 두지 않았던 분야 논문과 책을 많이 읽어야 했다. 덕분에 암묵리에 가졌던 편견을 걷어내고 혼자서는 관심을 두지 않았을 영역 지식을 가득 담았다. 많이 배웠다. 스탠퍼드 대학 인문학 교수 키스 더블린 교수도 잘 닦인 길이 아니라 실패를 무릅쓰는 일 같지만 함께 쓰기의 장점은 지평의 융

합과 확대에 있다고 언급했다. 프린스턴 대학 역사학 교수 앤서니 그래프턴 역시 아주 이질적인 분야 사람과 함께 글을 써보면 무척 놀라운 결과와 즐거움으로 이어질 때가 많다는 본인의 경험을 나누었다.

재미있다

마음이 맞는 누군가와 함께 공통의 목표를 달성하기 위해 협력하는 일은 즐거운 일이다. 스탠퍼드 대학 교수 안드레아 런스포드는 함께 쓰기가 즐거운 이유는 본질적으로 '사회적' 활동이기 때문이고, 함께 쓰기를 들떠서 몰두하는 순수한 기쁨에 빗대어 표현하기도 했다. 코네티컷 대학 영문학 교수 마거릿 브린은 다양한 시각을 지닌 이들이 모여 즐기는 파티가 생각난다며 함께 쓰기에 드는 시간, 노력, 물질보다 더 크게 돌아오는 이점을 강조했다.

'함께 쓰기'는 일부 학교를 제외하면 정규 교육과정에 포함되지 않아 대개 도제식으로 배우거나 맨몸으로 부딪치며 익히기 마련이다. 중고등학교는 물론 대학에서도 글쓰기는 개인적인 글쓰기나 개인의 능력, 성취 문제로 귀결되기 때문이다. 문제는 사회에 나가든, 대학원에 진학하든 갑자기 타인과 함께 공통의 문제를 두고 씨름해야 하는 상황이 주어진다는 점이다.

함께 쓰기는 필수적인가? 답은 예스 앤 노다. 이제까지 단점과 장점을 열거한 만큼 그 장단은 극명하다. 우리는 서로에게 힘과 위로가 되기도 하지만, 서로의 상처를 보듬어주는 상담사나 치료사가 아니기에, 때로는 상처를 주거나 받기도 한다. '함께 해서 더러웠고 다시는 만나지 말자'거나 '도비는 자유예요'를 마음속으로 외치며 뒤돌아서는 공동 프로젝트도 있을 수 있다.

성공적인 함께 쓰기를 위한 다섯 가지 원칙

① 함께 쓸 동료를 현명하게 고른다

함께 쓸 사람은 다양한 이유로 선별할 수 있다. 필요한 분야의 전문성이 있는가? 나와 다른 동료의 부족한 부분을 채워줄 수 있는 사람인가? 함께 글을 쓰는 절차에 관한 이해와 의지가 있는가?

② 함께 쓰기의 목표를 분명하게 정한다

명확한 공통의 목표는 효과적인 일의 진행, 분쟁 해결, 이견 조율의 기준이 된다. 일을 분담하거나 각자 맡아야 할 부분을 나누는 데에도 도움이 된다. 기대하는 결과, 일정,

분담 업무를 명시해야 한다. 애리조나 주립대학 안 네빈 교수와 동료들은 목표와 각자 맡은 바가 분명하지 않으면, 한 명은 최대한 빨리 초고를 완성하는 동안, 다른 한 명은 출판이 가능할 정도로 고치고 다듬은 글을 쓰려 애쓰는 상황이 생길 수 있다고 지적했다. 또 한 명은 전문 서적에 실을 만한 글을 쓰는 동안 다른 한 명은 대중의 눈높이에 맞는 글을 쓰는 상황이 벌어질 수 있다는 것도 언급했다.

③ 좋은 관계는 글쓰기만큼이나 중요하다

목표를 정하는 것만큼 서로를 알아가고 존중하는 것은 함께 쓰기에서 빼놓을 수 없는 중요한 요소이다. 텍사스 A&M 대학 교수 궨덜린 웹존슨은 공동으로 일할 때는 팀원 한 명 한 명이 서로 신뢰하는 긍정적인 관계를 형성해야 함을 기억하라고 조언했다. 어떻게 그런 관계를 형성할 수 있을까? 작은 행동 하나하나가 모여 신뢰할 수 있는 관계로 이어진다. 예를 들어, 시간 약속을 잘 지키고 회의 시간은 비워둔다. 느끼는 감정, 걱정되는 부분, 좋은 점을 충실히 표현한다. 동료가 한 말을 잘 기억하고, 목표와의 연결점을 찾는다. 동료를 비난하지 않고 생각을 비판한다. 새로운 생각을 제시하고, 이를 통합할 방법을 함께 모색한다.

④ 중간 점검을 한다

가끔은 멈춰서 중간 점검을 한다. 때로 길을 잃은 느낌이 들거나 왜 하는지 모르면서 그동안 참여했기 때문에 이번에도 한다는 마음으로 함께 하는 사람이 생길 수 있다. 그런 상황을 방지하기 위해 중간 점검이 필요하다. 특히 의견이 많이 엇갈리거나, 오랜 시간 진행하는 프로젝트일수록 중간 점검이 중요하다. 중간 점검은 일의 진척 상황뿐만 아니라 서로의 감정 상태를 들여다보는 것도 포함한다.

⑤ 책임을 다하며, 때로 개인적인 생각은 접어둔다

모임이 있다면 제시간에 참석하고 집중한다. 원활한 회의 진행을 위해 맡은 역할이나 돌아가면서 맡을 역할을 잘 이해한다. 진행 상황을 수시로 이메일 등으로 공유한다. 미리 정한 마감일을 지킨다. 간단해 보이지만 잘 지키는 사람이 많지 않다. 반대로 이런 기본만 잘 지켜도 돋보인다.

함께 글을 쓰는 데에는 언제나 다른 생각의 충돌, 논쟁, 대립이 있을 수 있다. 본인의 관점을 고수하려는 태도는 끝없는 반박-재반박으로 반복되고 좋은 글의 완성에 보탬이 되지 않는다. 논쟁이 격렬해지면 자신에게 물어보자. "새로운 시도에 내 생각이나 경험이 방해되는 것은 아닐까?"

함께 쓰기나 글쓰기 모임이 즐거운 경험으로 남으려면 모두의 노력이 뒷받침되어야 한다. 내게는 함께 쓰기가 항상 즐겁고 삶이 풍성해지는 경험이었다. 감사하고, 다행스러운 일이다. 대학원 과정에서 만난 동료들, 그중에서도 함께 글을 썼던 이들을 나는 종종 추억한다. 유일한 외국인이었던 나를 그들은 기꺼이 동료로 환영하며 많은 것을 알려주었다.

선배 B는 피해야 할 자동차 수리점 같은 지역 정보부터 처음 학부 수업을 맡았을 때 피와 살이 될 조언을 아낌없이 전해주었다. 선배 E는 내게 선입견이 생길까 걱정하면서도 자신이 느낀 교수 한 명 한 명의 성향과 특성을 처음 만난 날 운전하면서 몽땅 알려주었다. 같이 입학한 동기 T는 여전히 아이들 사진을 주고받으며 종종 안부를 묻고 때로는 같이 학회에서 발표한다. 그녀가 졸업 선물로 준 그림은 현관에 걸려 있다. 다른 동기 J는 가르치는 학생 문제로 내가 한창 골머리를 앓을 때 즉각 떠오르는 해결책을 자동차를 고치면서 전해주다가 휴대전화를 떨어뜨려 박살이 났다. 그런 일을 겪고도 같이 원고를 준비해 발표하자고 또 손을 내밀었다. 경력과 나이로는 든든한 선배 같은 후배 M은 유명한 저자의 책을 형편없는 책처럼 느껴지게 만드는 유머로 주변 사람을 폭소하게 만드는 재주가 뛰어났다.

성공적인 글쓰기 모임을 위한
여섯 가지 요소

천재지변과 함께하는 조별 과제

'팀플'이라는 약어로도 부르는 조별 과제는 교수나 강사가 정교한 시스템을 설계하지 않으면, 흡사 공산 국가가 무너진 이유—비효율성, 무임승차, 분업 실패, 부적절한 목표—를 고스란히 보여주는 소규모 사회를 재현한다. 혼자 하면 금방 해치울 일도 여럿이 함께하면 이상하게 질질 늘어진다. 원래 취지는 사라지고, 소수 인원의 분투로 게으른 나머지도 똑같은 혜택을 받거나, 다수의 태만함으로 열의가 있던 소수가 크게 봉변을 당한다.

내가 발견한 더 큰 문제는 어쩌면 조별 과제가 재앙을 몰고 다닐지도 모른다는 사실이다. 과제 마감일이 다가오면 건강하던 학생들이 갑자기 병마와 싸우고, 평온하던 집마다 온갖 갑작스러운 우환이 생기거나, 갑자기 인터넷 불통이나 컴퓨터 고장을 빌미로 읍소하는 이메일이 쏟아진다. 과제 마감 시간은 반드시 낮으로 정해야 한다. 자정을 마감 시간으로 정하면 새벽 내내 변명, 고자질, 눈물의 호소가 담긴 메시지와 메일 도착 알림에 시달린다.

외국인과 결혼하게 되어 조별 과제를 더 이상 함께할 수 없다는 한 줄 메시지를 남기고 홀연히 단체 대화방을 떠난 학생이 있었다. 조금만 생각해보면 알겠지만, 결혼 상대가 외국인이라는 사실과 과제 문제는 논리적인 인과관계가 전혀 성립하지 않는다. 어안이 벙벙할 같은 조 학생들을 대신해 내가 나서서 어려운 일이 있으면 말해보라고 했지만, 그 학생은 대답 없이 수강을 철회해버렸다.

구름떼처럼 몰려올 재앙을 예측하면서도 나는 학기마다 계속 조별 과제를 내준다. 7년 동안 대학생과 대학원생을 가르치면서 깨달은 이치는 조별 과제는 사계절 같다는 것이다. 마감일만 지나면 모든 문제는 자연히 해결되고 다시금 평화가 찾아온다. 나는 학기마다 이런 순리를 재확인했다. 신기하게도 학생을 초주검으로 만들던 병마는 조별 과제 마감일을 기점으로 흔적 없이 물러간다. 인터넷이 자꾸 안 잡힌다던 휴대전화도, 먹통이 된 컴퓨터도 자동 복원 기능이라도 있었던 것마냥 자연적으로 회복된다.

글쓰기 모임은 두 명 이상이 정기적으로 만나 글쓰기에 관하여 의견을 나누는 공동체를 뜻한다. 다양한 시각과 경험을 지닌 이들이 공동의 목표를 위해 모인다는 면에서 팀플 혹은 조별 과제를 위한 모임과 비슷하다. 자발적이라는 것만 빼면. 자발적이기 때문에 더 좋을 것 같다는 생각도 들지만, 그만큼 강제성이 적어 한두 번 모임에 빠지다 보면 귀찮으니 그냥 하지 말까 하기 쉽다. 글쓰기 모임을 만들 때는 다음과 같은 요소를 미리 고민해보아야 한다. 체계적으로 계획하고 조율하지 않으면 글쓰기 모임 구성원의 집에 우환이 생기거나 병마가 찾아오고 컴퓨터는 갑자기 고장이 난다.

글쓰기 모임을 만들 때 고려할 요소들

① 분명한 목적

글쓰기 모임은 주로 행동(목표로 정한 글쓰기 시간을 달성하였는지 서로 확인한다), 글 자체(서로의 글을 읽고 평한다), 교류(정기적으로 만나 관계를 돈독하게 유지한다), 정서적 지지(응원과 격려로 글쓰기 과정을 더욱 즐겁게 이끈다), 공부(같은 주제를 함께 탐구한다) 등을 목적으로 둘 수 있다.

② 모임의 형식

모임의 초점을 어디에 둘 것인가? 점검(서로의 진행 과정에 관한 피드백을 주고받는다), 성찰(글쓰기 과정의 어려움을 논의한다), 동기 부여(개인이 정한 구체적인 글쓰기 목표를 달성하도록 응원하거나 경험을 나눈다), 사고(특정 주제나 막히는 부분을 두고 브레인스토밍을 같이한다), 생산성(정해진 시간, 정해진 장소에 모여 각자 글을 쓴다) 등의 선택지가 있다.

③ 조직과 운영

기관과 단체의 지원을 받을 수 있는가? 돌아가면서 장을 맡을 것인가, 한 명이 조직과 연락을 도맡을 것인가?

④ 장소와 빈도

대면인가, 비대면인가? 장소는 매회 바뀌는가, 한 곳으로 고정할 것인가? 얼마나 자주 모일 것인가? 주마다? 격주로? 한 달에 한 번? 또는 필요할 때마다?

⑤ 시간과 규모

한번 모이면 얼마나 함께 시간을 보낼 것인가? 글쓰기 모임에 참여할 수 있는 인원은 어느 정도로 제한할 것인가?

⑥ 구성원 각자의 역할

그냥 다 같이 모인다고 모임이 저절로 운영되지는 않는다. 대강의 역할을 나누면 훨씬 더 체계적인 모임이 될 수 있다. 시간 지킴이(timekeeper, 시간을 확인하고 알려준다), 기록이(recorder, 함께 결정한 내용을 기록하고 알려준다), 요약이(summarizer, 새로운 주제로 넘어가기 전에 그전의 성과와 진행 상황을 요약한다), 점검이(checker, 구성원 모두가 결정 사항과 토론 내용을 제대로 이해했는지 확인한다) 등으로 나눌 수 있다.

글쓰기에 관심 있는 사람들이 모여 모임을 만드는 것까지는 좋은데, 타인의 글을 읽고 피드백을 주고받기는 부담스러울 수 있다. 그래서 피드백 없이 글만 쓰는 모임을 가질 수도 있다. 특정한 시간대와 한 장소에 모여 각자 글을 쓰기만 하는 글쓰기 모임은 심적인 부담이 적다는 장점이 있다. 도서관, 카페, 스터디룸 같은 공간에 몇 시간씩 함께 모여 조용히 본인의 글쓰기에 집중하면 된다. 이보다 조금 더 구조화된 형태로도 글쓰기 모임을 진행할 수 있다. 모임 시작 후 얼마간 각자 현재 집중하는 글은 무엇이고 그날의 목표는 무엇인지 돌아가면서 짤막하게 설명한다. 그리고 정해진 시간 동안 각자 글을 쓴다.

몇몇 영미권 대학은 부트캠프(boot camps) 형식의 글쓰기 모임을 지원하고 장려하는데, 박사과정생이나 신임 교수를 모아 글쓰기 공간을 배정하고 먹거리와 마실 것을 잔뜩 제공하며 할당된 시간에 그 안에서 조용히 글만 쓰게 만드는 프로그램을 운영한다. 참가자는 열심히 글쓰기에 매진하는 사람들을 보며 자극을 받고, 출출하면 간식도 먹고 마시며 글을 쓴다. 그만큼 시간과 장소를 정해 글을 쓰는 모임이 글쓰기 진척에 효과가 있다는 말이다.

모임은 그저 모였다 헤어지면 성과 없이 흐지부지한 친목 모임으로 변질될 수 있다("우리 대화는 많이 했는데, 그래서 이 부분은 어떻게 하기로 했지?"). 그리고 논의 내용을 다시 논의하고, 다음 모임에서 기억이 나질 않아 또 논의한다. 오랜 토론 끝에 결정한 내용을 불참했던 구성원에게 설명하다 보니, 다시 원점으로 돌아가 했던 토론을 되풀이하게 되는 일도 다반사다. 그런 불필요한 낭비를 피하고자 다음과 같은 양식을 활용할 수 있다.

글쓰기 모임 기록지

참석 인원:	
불참 인원:	
그 외:	

역할	이번 모임	다음 모임
시간 지킴이		
기록이		
요약이		
점검이		

의제		
항목		할당 시간
1.		
2.		
3.		
4.		
5.		

결과		
항목	책임자	기한
1. 불참 구성원에게 모임 내용 전달		
2.		
3.		

다음 모임		
날짜	시간	장소

다음 모임 의제
1.
2.
3.

첫 문장을 여는
네 가지 방법

　고등학교에서 가르칠 때 학생들이 머뭇머뭇하면서 다가
와 카드며 편지, 포스트잇에 적은 글을 건네줄 때가 종종
있었다. 어줍거나 쑥스러움을 이내 못 이긴 아이는 친구를
통해 전달하기도 하고, 그냥 교무실 문틈으로 밀어 넣고 가
는 통에 다른 아이가 발견해 전달해 주기도 했다. 계산하고
사람을 판단하는 나이에 쓴 글이 아니므로, 그 내용은 개인
적인 바람, 소망, 응원, 불만, 아쉬움, 고백, 고민까지 범주가
다양했다. 내가 없는 새에 책상 위에 올려두기도 했는데 이
름마저 남겨 놓지 않아 쪽지를 읽으며 누가 쓴 글인지 알쏭
할 때도 있었다. 한 쪽지에서는 언젠가 내 수업에서 모르는
부분을 질문했을 때 이걸 아직도 모르냐는 표정이나 반문
대신, "괜찮아, 지금부터 알면 돼"라는 말을 해주는 게 인상
깊었고, 수업 중에 비슷한 질문이 반복되어도 이 말을 하는

모습이 좋았다고도 적혀 있었다.

누구나 이해와 적용이 빠른 분야와 느린 종목이 있다. 표준화 시험에서의 동점 이면에는 같은 시간과 노력이 존재하지 않는다. 대규모 표준화 시험의 한계이다. 나는 고등학생 때 수학 공부가 전체 공부 시간의 팔 할을 차지했다. 슬프지만 나의 아버지가 내게 직접 수학을 가르쳐보려고 하신 적도 있다. 어머니는 왜 아버지 생각에 동조하셨을까.

아버지는 정말 딱 한 번 설명하고는 꼭 문제를 하나 지목하고 풀어보라고 하셨다. 문제를 풀지 못하면 오죽 답답했는지 꿀밤을 때리곤 하셨는데, 아버지는 지금도 나보다 훨씬 크고 건장한 체격이라 그 당시 주먹은 크고 아팠고 무서워 눈물이 핑 돌곤 했다. 아버지는 본인 학창 시절에는 한 번만 듣고도 종횡무진했던 내용 앞에서 당신의 아들이 쩔쩔매는 모습을 받아들이기 힘든 눈치였다.

어린 나는 그때부터 나중에 절대로 내 아이를 직접 가르치지는 않겠다고 다짐했다. 또 왜 한 번 설명하면 못 알아듣냐 거나, 이게 어렵냐 거나, 왜 이게 안 돼? 라는 말, 특히 아직도 이걸 모르면 늦었다는 말은 절대로 하지 말아야겠다고 생각하곤 했다.

나는 혼자 오래 곱씹어야 이해가 갔다. 학교 수학 수업 시간에는 보통 선생님이 한 번 원리를 설명하고, 예제를 풀어주었는데 나는 그걸 수업이 끝난 후에도 오래 품고 궁리해야 내 것으로 만들 수 있었다. 때로 설명조차 없이 곧장 문제 풀이로 들어가 버리는 수학 수업은 멍한 공상과 허송으로 시간을 흘려보내는 경우가 많았다. 나는 따로 시간을 들여 궁구하고 난 후에야 문제를 풀 수 있었다. 아직도 이걸 모르냐는 핀잔 대신, 지금부터 알면 괜찮다고 학생들에게 전했던 말은 실은 나 자신에게 수없이 했던 말이다. 나의 수학이 너의 국어일 수도 있고, 너의 과학은 나의 영어일 수도 있다. 한 번에 이해되지 않는 건 모자라거나 문제가 있는 게 아니라 당연한 거라고, 한 번 들었을 뿐인데 다 이해하는 게 어쩌면 특이하거나 정상이 아닐지도 모른다는 음모론을 펴면 고등학생 제자들이 좋아했다.

저마다 여러 이유로 글쓰기가 부담스러워 이제껏 제대로 시작조차 하지 못했을 수 있다. 관련 공부가 부족하다거나, 많은 나이는 가장 흔히 드는 이유이지만, 합당하지는 않다. 일본의 시인 시바타 도요는 아흔두 살에 글쓰기를 시작했고 첫 시집을 자비로 출판할 때 그녀의 나이는 아흔아홉 살이었다.

나는 마흔일곱 살이 돼서야 글을 쓰기 시작했다. 오래전부터 글을 쓰고 싶었지만 어떤 학위가 있어야 하거나, 어떤 집단의 일원이 되어야 하는 줄 알았다. …… 한참이 지나서야 정해진 수순을 밟을 필요가 없다는 것을, 그저 시작하기만 하면 된다는 것을 깨달았다.

—《작가의 시작》(바버라 애버크롬비 지음·박아람 옮김, 책읽는수요일, 2020) 중에서

또 다른 이유로, 첫 문장을 쓰는 것부터 겁이 나거나 막막해 시작하지 못하는 상황도 많다. 생생한 첫 문장은 독자의 시선을 계속 글을 읽도록 끌어오기 때문에 중요하다. 첫 문장은 곧 첫인상이기 때문이다. 어떤 강연이나 수업을 들으면 첫 몇 분 사이 계속 경청할 것인지 말 것인지를 결정한다. 사람을 처음 만나면 몇 분 사이에 자신도 모르게 호불호를 대강이나마 판단한다. 글도 마찬가지다. 처음 한두 쪽이나 첫 문장의 무료함에 더는 읽지 않고 글을 치워버리는 독자가 많다.

첫 문장을 고쳐 쓰기 단계에서 완전히 뜯어고치는 방법도 있지만, 초고에서의 첫 문장조차 부담스럽다는 사실을 피하기는 어렵다. 부담은 곧 글쓰기를 차일피일 미루는 원인이 된다.

글을 시작하는 보편적 방법 네 가지

① 글의 목적, 동기, 배경을 설명한다

독자는 담백하게 글을 쓴 취지를 이해하고 글을 읽을 수 있다. 논문이나 보고서에서 주로 많이 쓰는 방법이다. 조금 더 흥미롭게 시작하는 방법은 직설적으로 목적과 동기를 설명하는 대신, 질문을 던지거나 문제 상황을 묘사하는 것이다. 특히, 어려운 질문이나 곤란한 상황일수록 독자가 몰입하는 단서가 된다. 질문이나 문제 상황을 제시하고, 그에 대한 답을 이 글에서 찾을 수 있음을 시사하면서 목적과 배경을 자연스럽게 설명할 수 있다. 목적이나 배경보다 더 담백한 첫 문장도 가능하다. 전달하고자 하는 말이나 주장을 첫 문장에 쓰는 것이다.

② 개인적인 일화를 풀어낸다

개인적인 경험은 독자를 끌어당기는 힘이 있어서 좋다. 하지만 만능은 아니다. 직접 경험한 내용이라 할지라도 새롭지 못한 소재는 따분하다. 보편성이 전혀 없어 공감하기 힘든 나만의 이야기라면 독자를 더 멀리 밀어낸다.

③ 핵심 용어와 개념을 설명한다

핵심 용어, 추세, 개념을 설명하면서 글머리를 시작하는 방법이다. 용어와 개념을 어떤 맥락에서 어떻게 이해하고 의사소통하는지 소개할 때 유용한 방법이다. 사전에서 어떻게 정의하고 있는지를 풀어서 설명하는 정의는 꼭 필요한 경우나, 논리적 전개상 전제되어야 하는 구조가 아니라면 지양한다. "웹스터 사전에서는 ○○는……", 또는 "표준국어대사전에서는 ○○를……"로 글을 시작할 생각이었다면 다른 방법은 없을지 한 번만 더 고민해보자. 시작부터 따분해질 수 있다.

④ 다른 사람의 말과 글을 인용한다

유명인이 남긴 말을 인용하는 것은 첫 문장을 여는 흔한 방법의 하나이다. 주제와 연관된 개인적인 경험이 뭐가 있을지 쥐어짤 필요가 없어 더 쉬워 보이는 데다, 흥미로울 것 같아서 책을 읽으며 여기저기 밑줄을 그어 두었다가 써먹는 경우가 많다. 사실, 인용은 무척 다루기 힘든 방법이다. 유명한 사람이 남긴 글이나 말은 힘이 세지만, 자주 인용된 일화나 문구는 진부하다. 아직 많이 알려지지 않은 일화도 분야에 따라, 독자에 따라 이미 익숙한 일화이기도 해서 다루기 까다롭다.

언젠가 빅데이터와 관련된 책을 열 권 정도 동시에 읽는데 신기하게도 모든 책이 타깃(Target, 미국 대형 마트)이 고등학생인 딸에게 육아용품 할인쿠폰을 보낸 걸 항의한 아버지가 후일 딸이 임신한 걸 뒤늦게 알게 된 일화를 실었다. 부모도 몰랐던 딸의 임신 사실을 빅데이터 분석을 통해 대형 마트 마케팅팀이 알아챈 이 일화는 처음에는 신기했고, 두 번째, 세 번째 책도 그럭저럭 봐줄 만했지만, 다섯 번째, 여섯 번째 책부터는 속이 답답해졌다. 아마 앞으로 쏟아져 나올 빅데이터 책들 여럿도 분명 이 일화를 실을 것 같다.

위에서 제시한 네 가지 방법은 가장 많이 쓰이고 역사적으로 검증된 방법이라는 의의가 있을 뿐 여기에 얽매이지 않아도 좋다. 뜬금없거나 예상을 뛰어넘는 시작을 좋아하는 독자도 많다. 오래 품어야 수학을 이해했던 나처럼, 한 문장 한 문장 쓰는 데 남들보다 품이 많이 드는 사람도 있을 것이다. 괜찮다. 천천히 완성한 문장이 더 빠르게 목표에 다다르는 글을 많이 봤다.

표현이 유려하거나 궁금증을 유발하는 첫 문장, 감탄하며 자꾸 숙고하게 되는 첫 문장을 나는 주로 소설을 통해 많이 접한다. 소설의 첫 문장은 각별하다. 긴 글을 쓰면서 작가의 고민을 눌러 담거나 여러 번 고친 문장이 많기 때문이다. 노벨문학상과 퓰리처상을 받은 소설가 존 스타인벡은 어느 인터뷰에서 "첫 문장 쓰는 일이 언제나 두려웠다"고 고백하기도 했다. 앞에서 인용의 어려움을 이야기했으면서 이렇게 존 스타인벡의 말을 인용하다니……. 이제 존 스타인벡을 좋아하는 독자는 이 글 자체가 진부한 인용의 예시이면서 인용의 어려움을 논한 모순 그 자체라고 평할 수 있겠다. 내친김에 아일랜드 작가 랠프 키스가 남긴 글쓰기의 두려움에 관한 여러 생각 중 핵심을 인용하는 것으로 이번 글을 매듭짓고자 한다.

글을 쓸 용기를 낸다는 것은 두려움을 지워버리거나 "정복하는" 것이 아니다. 현직 작가들은 불안감을 씻어낸 사람들이 아니다. 그들은 심장이 두근거리고 속이 울렁거려도 포기하지 않고 글을 쓰는 사람들이다.

—《The Courage to Write》(랠프 키스, Holt, 2003) 중에서

영화로 만나는 작가의 모습,
그리고 글쓰기

내가 좋아하는 영화는 다시 보고 싶은 마음이 들고, 또 보아도 좋은, 그래서 자꾸 다시 보는 영화다. 여러 번 본 영화는 다음 장면이 어떻게 펼쳐지는지, 배우의 다음 대사와 표정은 무엇인지 이미 알고 있다는 익숙함, 그리고 그로 인해 느껴지는 편안함과 안정감이 좋다. 집중하지 않으면 대사를 놓칠 수 있다는 긴장감을 내려놓아도 괜찮아서 좋다. 〈라라랜드〉, 〈어바웃 타임〉, 〈인터스텔라〉 같은 영화는 횟수를 셈하기도 어려울 정도로 여러 번 보았다. 여기에 다 적지는 않겠지만 이외에도 좋아하는 영화는 참 많은데, 찬찬히 살펴보면 그 폭은 좁은 편이다. 그만큼 내 관점이 협소하다는 뜻이라고 생각한다. 그래서 나는 지인과의 대화에서 영화에 관한 말은 되도록 아끼려 한다.

나는 좋아하는 영화는 좋아하는 책처럼 여러 번 다시 보는 습성이 있는데, 나의 어머니는 이런 나를 잘 이해하지 못하셨다. 지금이야 넷플릭스나 네이버 영화로 편하게 영화를 고를 수 있지만, 내가 어린 시절에는 동네마다 비디오 대여점이 있었다. 대여점에서 전에 빌렸던 비디오를 다시 빌리려 하면 어머니는 자꾸 타박했다.

"봤던 영화를 쓸데없이 왜 또 보니?"

그러고는 내 의사를 묻지도 않고 비디오테이프를 반납하셨다. "아니 그럼 한 번 읽은 성경은 왜 자꾸 보세요?"라든지, "탈 줄 아는 자전거는 왜 자꾸 타세요?"라거나, "왜 우리는 자꾸 똑같은 식당에서 같은 음식으로 외식하는 거예요?"라는 식으로 너끈히 반박할 수 있을 만큼 머리가 크지 못하여 어린 나는 어머니의 말과 행동에 반대하지 못하고 그저 어버버하며 내 취향을 무시당했다.

김영하 작가는 〈세상을 바꾸는 시간, 15분〉이나 〈알쓸신잡〉, 그리고 저서에서 작가라는 직업에 관하여 설명하며 영화화하기 힘든 직업군이라는 농담을 즐겼다.

옛날 소설가는 좀 낫습니다. 타자기를 치고 있다가 종이를 홱 뽑아서 구겨 던지고, 옆에 보면 수북이 쌓여 있죠. 이런 장면도 보여줄 게 있겠지만 그것도 한두 번이지. 게다가 요즘 작가들은 자라목이 되어서 커서만 깜박이고 머리 좀 긁적이다가 몇 자 쓰다가 백스페이스로 지우고 이게 다예요. 이걸 어떻게 두 시간짜리 영화에서 보여줍니까?

— 김영하, 〈세상을 바꾸는 15분〉 275회 중에서

동의하지만 찾아보면 글쓰기나 작가를 소재로 한 영화가 은근히 있다. 글을 써야 하는데 게으름을 피우고 싶을 때 해볼 수 있는 일 중 하나가 이런 영화를 보는 일이다. 영화는 봐야 한다거나 읽어야 한다는 강박 없이 편하게 접할 수 있는 매체라 좋다. 두 시간이라는 한정된 시간 안에 펼쳐 보이려는 이야기를 오래 고심하며 눌러 담는 작업은 글쓰기와 닮았다. 재료인 글감이 같아도 글쓴이가 어떻게 다루느냐에 따라 글이 천차만별이듯, 영화 역시 영화감독의 해석과 접근 방식에 따라 달라진다. 잭 스나이더 감독의 〈스나이더 컷〉은 먼저 개봉한 조스 웨던의 〈저스티스 리그〉와 전반적인 내용은 비슷해도 구석구석 상당히 다른 연출을 비교하며 보는 재미가 쏠쏠하다.

〈파인딩 포레스터〉는 맷 데이먼과 로빈 윌리엄스 주연의 〈굿 윌 헌팅〉의 감독 구스 반 산트의 작품이다. 영화 내용을 두고 《호밀밭의 파수꾼》을 쓴 제롬 데이비드 샐린저 이야기가 아니냐는 추궁에 제작사 측이 아니라고 밝혔지만 샐린저를 연상하게 하는 대목들이 여럿 등장한다. 세상을 등지고 사는 노작가의 괴팍한 성격, 그리고 포레스터가 흑인 소년 자말의 글쓰기를 돕는 모습은 샐린저가 문학에 관심 있는 고등학생과의 대화를 즐겼다는 사실과 자꾸만 겹친다. 자말에게 포레스터는 초고를 쓸 때는 가슴으로 쓰라는 조언을 한다. 그러고는 이성적으로 고쳐 쓰는 일은 나중에 하면 된다는 조언을 덧붙인다. 교훈을 얻자고 영화를 보는 것은 아니지만, 우리가 얻어갈 메시지는 이렇다. 포레스터는, 그러니까 샐린저는 일필휘지하는 작가가 아니었으리라.

〈파인딩 포레스터〉 제작사는 샐린저와의 연관성을 극구 부인하였으나, 공개적으로 실존 인물을 다룬 영화들이 제법 있다. 〈로마의 휴일〉 작가 트럼보가 정치 스캔들에 휘말리면서 겪는 일대기를 다룬 영화 〈트럼보〉가 있고, 토머스 울프와 맥스웰 퍼킨스의 실화를 다룬 영화 〈지니어스〉도 볼만하다. 영화 〈비커밍 아스트리드〉는 말괄량이 소녀 삐삐를 탄생시킨 스웨덴 작가 아스트리드 린드그렌의 비혼모 이야기를 담았다. 영화는 글 쓰는 모습보다 어린 비혼모가 홀로 서는 과정에 집중했지만 그녀 작품 세계의 주춧돌을 충분히 짐작할 수 있다.

영화 〈조용한 열정〉은 19세기 미국 매사추세츠주를 배경으로 시인 에밀리 디킨슨의 이야기를 담았다. 시대와 사회적 상황에 따른 깊은 고립감을 맛보며 더욱 글쓰기에 매진하는 모습이 처연하다. 〈비커밍 제인〉은 앤 해서웨이가 영국식 발음을 연습해서 《오만과 편견》의 제인 오스틴을 소화하는 모습을 보여준다. 제인 오스틴의 삶에 대해 알려진 내용이 많지 않아 영화의 많은 부분을 상상력으로 채워야 했지만 여러 종류의 전기와 해석이 축적된 만큼 고증에 힘쓴 모습이 함께 나타난다. 〈찰스 디킨스의 비밀 서재〉는 영국을 대표하는 소설가 찰스 디킨스 이야기를 전한다.

우리나라에서 〈더 스토리: 세상에 숨겨진 사랑〉이라는 이름으로 개봉한 〈더 워즈〉라는 영화도 창작의 고통을 엿볼 수 있는 영화다. 프랑스와 뉴욕, 서로 다른 시간대를 교차하며 보여주는 영상 속에서 오늘날의 글쓰기와 타자기를 쓰던 시절의 글쓰기 모습을 간접적으로나마 접할 수 있다. 휴 그랜트 주연의 〈리라이트〉라는 영화는 퇴물이 되어버린 할리우드 시나리오 작가가 미국 뉴욕주의 한 주립대학 강사 생활을 시작하면서 겪는 이야기를 다룬다. 어찌 된 일인지 우리나라에서는 〈한 번 더 해피엔딩〉이라는 뜬금없는 제목으로 개봉했다. 영화를 끝까지 보면 영화 제목의 의미를 이해할 수 있지만 나는 아직 저 제목이 낯설다. 〈줄리 앤 줄리아〉는 프렌치 셰프 줄리아 차일드가 요리 학교 르 꼬르동 블루를 다니면서 전설적인 요리사가 되어가는 과정과 줄리아 차일드가 쓴 요리책을 보며 매일 블로그에 요리 일기를 포스팅하는 뉴욕의 줄리 이야기를 담았다. 이 영화를 보면 글도 쓰고 싶고 프렌치 레스토랑도 예약하고 싶어진다.

영화 〈헬프〉는 1963년 인종차별 문제가 극심했던 미국 남부 미시시피주 잭슨에서 엠마 스톤이 흑인 가정부의 삶을 밀착 관찰하고 인터뷰하면서 차별이 일상화된 흑인 가정부의 삶을 생생하게 기록해나가는 과정을 그렸다. 원작에서 묘사된 복잡한 인종 문제가 영화에서는 단순화된 면면이 있지만 압축적으로 담아낸 장면과 대사에 시대상과 아이러니를 잘 시각화했다. 바로 옆에 있는 흑인은 대놓고 천대하면서, 아프리카 흑인 아동을 돕기 위한 모금 운동에는 열심히 참여하는 모습이라니.

손꼽아 보니 작가와 글쓰기를 중심 소재로 다룬 영화가 꽤 많다. 다들 굉장히 크게 흥행하지는 않았다는 면에서 김영하 작가의 지적이 맞는 것 같기도 하다. 극적인 전환이나 굴곡이 적어서 흡입력이 약한 걸까. 글쓰기가 힘들다며 많은 작가가 토로하지만 실제 힘들어하는 모습을 볼 일이 없는 우리는 그 말이 피부로 와닿지는 않는다. 그럴 때면 나는 영화 속 작가가 여러 번 고쳐 쓰거나 고뇌하는 모습을 보며 글쓰기의 어려움을 짐작해본다. 그렇지, 나만 겪는 건 아니겠지⋯⋯.

2부

공간과 도구로 바라보는 글쓰기 공부

집이라는 글쓰기 공간

"저녁에 잠자리에 들기 전에 미리 다음 날 공부할 책들을 가방에 싸둬야 해."

고등학생 제자들을 가르칠 때 금요일이면 입버릇처럼 했던 조언이다.

"일어나면 아무 생각 말고 밥 먹고 씻고 바로 전날 싸둔 짐을 지고 밖으로 일단 나가는 거야. 아침에는 그냥 뭘 생각해본다거나 계획을 짜려고 하지 마. 그냥 눈을 뜨면 밖에 나가. 도서관이든 독서실이든 카페든 일단 집을 벗어나."

고등학교 재직 시절 종종 했던, 다소 거칠게도 들렸을 이 말은 실은 나한테 했던 말이기도 하다. 방 한 칸이라도 자기 집이 제일 편하기 때문에 집은 고찰의 독이 되기도 한다. 익숙하고 편안하기에 새로운 사고 대신 습관적 행동을 반복하게 된다. 삶의 공간을 작업의 영역으로 확장하는 일은 생각만큼 쉽지 않다. 그래서 많은 이가 도서관이며 카페를 전전한다. 코로나19로 인해 재택근무가 권장되기 시작했을 때 모두가 마냥 환호하지는 않았다. 일찍이 집에서 일하기가 그리 만만치 않다는 사실을 되풀이하여 겪은 이들은 출근하지 않아도 되는 상황을 달가워하지 않았다.

그럼에도 나는 가끔은 집에서 글을 쓴다. 글이 잘 써지는 날일 수도 있고, 휘발성 강한 소재를 재빨리 텍스트로 옮겨야 하는 순간도 그렇고, 조금만 글을 매만지고 다른 공간으로 자리를 옮겨 본격적인 작업을 하려던 것이 그만 종일 집에 처박혀 글을 쓰게 되어버리는 순간도 있다.

석사학위 논문을 집중적으로 쓰던 몇 달은 동굴 같은 집 안에서 웅크리고 보냈다. 딱히 나갈 일이 없으면 노을빛 받아 발간 길을 달리러 나갔다 오는 일이 유일한 외출인 날도 있었다. 주말에 일주일 치 장을 봐두었고, 식자재는 한꺼번에 손질했다. 평일 아침, 점심, 저녁은 15분 이내에 뚝딱 해치우곤 했다. 작금의 코로나 상황이 조성한 비대면이며 자가격리의 삶은 이미 영국에서 자발적으로 체험해보았다. 유학생 커뮤니티에는 외로움을 호소하는 이들이 많았지만, 나는 집돌이의 자질을 발견하고 그 장점을 충분히 즐겼다.

박사학위 논문을 쓸 때는 집에만 묶여 있기 싫었다. 순전히 나 때문에 본인의 경력을 잠시 희생하고 따라온 아내에게 나는 원래 논문을 쓸 때는 햇빛을 보지 않고 몇 달이고 같은 음식만 먹고 사는 곰, 아니 집돌이로 변신하는 존재이니 일방적으로 적응하라는 것은 모종의 폭력이 아닐까 싶었다. 하지만 각종 자료와 온갖 참고 서적을 오가며 확인해야 했고, 윈도 계열 컴퓨터와 맥북을 넘나들며 작업하는 통에 이를 모두 들고 다닐 수도 없는 노릇이라 결국 박사학위 논문 초고의 대부분도 집에서 써야 했다.

집은 사적 공간이자 감정적 공간으로 공과 사를 구별하는 경계를 나타내기도 한다. 그런 이유로 집에 있는 것을 뻔히 알면서도 업무를 지시하는 상사의 연락을 받으면 화가 나는 법이다. 집은 물리적이지만 심리적 공간이다. 글이 점차 능숙해지기 시작하면서 집에서 글을 쓰기 위해 중점을 두는 지점들이 생겨났다. 집에 책상은 어디에 있는지, 잠자리에 들기 전 메모할 수 있는 준비는 되어 있는지, 첫 번째 서랍에는 어떤 물건이 있어야 하는지, 아이가 낮잠을 자는 시간은 언제이고, 등원과 하원 시간은 언제인지.

그리고 최적의 글쓰기 환경들을 갖추기 시작했다. 나는 집에서 글을 쓸 때 단단하고 넓은 책상과 의자를 선호한다. 게이밍 의자보다는 단단한 의자가 적당한 긴장감 유지에 도움이 된다. 고용량 카트리지가 들어가는 프린터와 27

인치 이상 모니터가 함께 갖추어져 있어야 편하다. 여기에 편히 누울 수 있는 긴 의자나 소파도 있어야 했다. 초고를 이면지로 출력해 편하게 읽으면서 여백에 메모하는 습관이 있어서다. 이케아에서 89달러를 주고 장만한 책상은 좁고 부실했다. 톱밥이며 먼지를 뒤집어쓰고 조립한 노력이 아까워 애써 정을 붙여보려 했으나 곧 합판 한 쪽이 부풀기 시작했고 키보드를 누를 때마다 책상 전체가 미세하게 들썩였다. 언젠가 학교 근처에서 누군가 5달러에 접이식 책상을 내놨길래 냉큼 사들였다. 5달러짜리 책상이 더 튼튼하고 믿음직스러워서 딴에는 이리저리 알아보고 한 시간 반을 운전해 이케아까지 가서 어렵게 책상을 사 온 내가 우스울 지경이었다.

글쓰기 공간으로의 집은 물리적으로나 은유적으로나 그 의미가 각자 처한 상황, 습관, 감정, 구성원에 따라 너무나 다르다. 생산성에 관한 심리학 연구를 발전시켜 생산적인 글쓰기에 관한 조언을 담은 책을 출간하기도 했던 노스캐롤라이나 대학 교수 폴 실비아는 글쓰기를 위한 자신만의 공간이 없음을 불평하는 이들을 가리켜 "구차한 변명"으로 요약하고, 조소했다. "나는 한 번도 나만의 방이나 사적인 글쓰기 공간을 가져본 적이 없다." 어디서든 글을 쓸 수 있다는 그의 신념은 그의 글쓰기 습관이지 진리는 아니므로 참고만 하자. 프린스턴 대학 철학과 콰메 아피아 교수는 오히려 연구실에서는 주의가 분산되어 집에서 글쓰기를 선호한다고 밝히기도 하였지만, 빅토리아 대학 영문학 교수인 스티븐 로스처럼 집에서 글을 쓰는 일은 불가능하다고 고백한 이도 있다. 두 살 난 아들이 놀아달라며 "난 아빠의 컴퓨터가 싫어요"라고 외치는 분위기 속에서 무슨 수로 글을 쓸 것인가. 나 역시 두 아이의 아빠가 되면서 집의 책상과 모니터에 자연스럽게 먼지가 앉기 시작했다. 서로 안아달라고 보채거나 내 행동 하나하나에 연신 웃음을 터뜨리는 아이들을 두고 집에서 차분히 글 쓰는 일은 어렵다.

칼럼니스트 니콜 굴로타는 아들 헨리가 태어난 지 몇 달이 지나지 않아 다시 글을 쓰기 시작했다. 그녀의 책 내내 일상과 글쓰기가 공존하는 삶, 육아와 글쓰기를 병행하는 고투가 흐른다. 그녀의 일상에 관한 고백은 문자 그대로이자 구체적이면서도 은유적이다. "아이가 잠들어 따뜻한 차라도 한 잔 마실라치면 귀신같이 알아채고는 울음을 터뜨렸다. 아주 드물게 차 한 잔을 다 마시게 되면 마치 대단한 승리라도 거둔 기분이었다." 나와 아내는 아이들을 겨우 재운 직후나 분유를 먹는 동안 살며시 식탁에 앉아 커피를 내리고 빵을 구웠다. 아이들이 깨거나 보채기 전에 먹을 셈으로 조금 쫓기듯 먹었는데 다 먹고 마시는 데 성공하면 기분이 좋아 웃음이 나왔다. 먹다 말고 아이들에게 달려갈 일이 생기기도 했다. 식탁으로 돌아오면 다 식은 커피와 빵이 그대로 있었다.

집이라는 공간은 글쓰기를 계속할 수 없을 것만 같은 공간이기도 하고, 상황이 여의치 않으면 하루에 몇 단어씩이라도 쓰면서 앞으로 나아갈 힘을 주는 공간이기도 했다. 아이들을 일찍 재우면, 아내와 나는 30분이며 한 시간 남짓 글을 쓰거나 책을 읽었다. 집은 편안하면 편안하기에, 불편할 때는 불편하기에 일상의 틈을 찾아 글을 읽고 쓰는 행위가 큰 위안이 되었다. 일상과 일을 고집스럽게 분류하고자 했던 내 시도는 결혼이나 육아 전에도 때때로 실패했다. 당장 바꾸기 어려운 상황은 인정하고 다시 글을 쓰는 것 외에 다른 길은 없었다.

카페에서의 글쓰기

글쓰기 공간은 역사의 흐름을 따라 꾸준히 확장되었다. 중세의 글쓰기 장소는 서양에서는 기껏해야 수도사의 골방 정도였고, 근세 들어 대학과 집의 책상까지 뻗어갔다. 인쇄 도구와 필기구의 발달은 글쓰기 장소의 확장에도 영향을 미쳤다. 도서관은 과거에는 책을 읽는 공간이었지만, 오늘날에는 다양한 활동과 행사가 이루어지는 사회적 공간이자 글쓰기 장소로까지 그 의미가 확장되었다. 글쓰기 도구의 휴대성은 장소의 제약을 꾸준히 허물었다. 그 결과 랩톱이나 태블릿PC 하나만 들고 카페에 앉아 글을 쓰는 모습을 쉽게 볼 수 있게 되었다.

'커피하우스 이펙트'는 20세기 후반 카페에서 일하거나 공부하는 경향으로 우리나라에만 한정된 것이 아닌, 전 세계적인 현상으로 여겨진다. 한 사무실에 붙어 앉아 일하는 대신 탄력적으로 일할 수 있는 사람들의 선택권이나, 대학 도서관 자리 부족으로 밀려난 학생들의 대안으로 카페가 떠오르면서 널리 확산되었다. 2017년 2월 〈뉴욕타임스〉에서는 이러한 장소의 유연성이 업무 생산성에 도움이 된다는 취지의 기사를 내보냈고, 랩톱과 태블릿PC의 보급, 스타트업의 증가로 카페는 더욱더 붐비게 되었다.

일부 기사에 따르면 카페는 소음, 커피, 케이크와 쿠키 향으로 뒤범벅되어 새로운 자극에 노출되는 장소이므로 뇌 가소성이 향상되고 궁극적으로는 창의성과 업무 생산성에 도움이 된다. 쉽게 말해, 여럿이 같이 일하거나 글을 쓸 때 카페에서 토론하면 더 편안한 분위기에서 긴장을 풀고 의견을 나누고, 그 과정에서 좋은 생각과 글이 탄생한다. 이런 상황에서 카페는 그 설립 목적이 어떻든, 사회학자 레이 올덴버그Ray Oldenburg가 말한 '제3의 공간'에 속하게 된다. 제3의 공간 이론은 1980년대 후반에 발표되었으나, 올덴버그는 2013년 자신의 글에서 카페를 제3의 공간으로 설명하였다. 집도 아니고 회사도 아니지만, 사람들이 모여 휴식, 자유, 문화, 소통 등 다양한 역할을 담당하는 장소인 제3의 공간은 창의성이나 생산성에 도움이 되는 것으로 거듭 알려졌다. 미국 어느 대형 주립대학의 모 교수는 "개별적인 스타벅스 지점은 방문객의 소비, 생산, 관습이 뒤엉킨 긴장을 완화하고, 단순 의례적인 일을 커피의 형이상학으로 인도한다"면서 카페를 문화적 혼돈 속 일관된 통일성을 제시하는 공간으로 묘사한 논문을 발표하기도 하였다.

그러면 우리는 당장 자리를 박차고 카페로 향해야 하는가? 인문학이나 사회계열 학문이 항상 그렇듯 커피하우스 효과 이야기를 등에 업은 카페 찬사에 맞불을 놓는 연구 역시 금방 찾을 수 있는데, 럿거스 대학 키스 햄프턴^{Keith} Hampton 교수와 그의 동료는 '제3의 공간'과 '생산성'을 말하는 사람들이 카페에서 어떻게 시간을 보내는지 연구했더니, 대부분 이메일을 보내거나 웹 서핑에 시간을 보내는 것으로 나타났다. 혁신과 생산성 운운하였으나 이는 그저 '도피'에 가까웠다. 햄프턴 교수는 이 도피에 약간의 면죄부를 내려 주었는데, 카페에 있는 동안 직장동료, 상사, 배우자, 아이에게서 벗어나고 텔레비전과 냉장고로부터 차단되기 때문에 어찌 되었든 집중력에 조금은 도움이 된다는 것이다. 카페 애호가들은 으레 런던, 파리, 오스트리아 빈의 커피하우스가 문화와 사상 발전에 미친 영향을 이야기하겠지만, 햄프턴은 오늘날 카페에서 일하고 글 쓰는 사람들은 고작해야 카페 직원과 주문을 위한 몇 마디 나누는 것이 전부이기 때문에 다양한 상호작용과 토론의 중심이던 런던, 파리, 빈의 커피 문화와 비교할 수 없다고 못 박았다.

이러니저러니 해도 카페는 많은 작가가 선호하는 글쓰기 공간이다. 카페도 종류가 많아 사람을 만나 대화하기 좋은 곳, 글을 쓰기 좋은 곳, 데이트하기 좋은 곳, 음식을 먹기 좋은 곳이 있다. 모든 카페가 글을 쓰기에 좋은 환경은 아니다. 카페의 철학에 따라 콘센트나 와이파이가 없는 곳도 있으므로, 아무 생각 없이 커피를 주문했다가 말 그대로 커피만 홀짝이다 나와야 할 수도 있다. 카페 분위기에 따라 한 시간 이상 머무르거나 혼자 일을 하기에 눈치가 보이는 곳도 있다. 나는 여러 카페를 일부러 찾아다니는 편인데, 체인점 중에서는 스타벅스를 좋아한다. 콘센트가 넉넉하고 인터넷이 잘 잡힌다. 지점마다 조금씩 차이는 있지만 자리 간격, 테이블 높이, 의자의 딱딱함이 어느 지점을 가도 일하기에 적당하다. 두세 시간 앉아 있어도 눈치 볼 필요가 없다. 애초에 창립자 하워드 슐츠가 스타벅스를 공간을 판매하는 곳으로 기획했기 때문이다. 그래서 나는 새로운 모험을 감행할 시간과 마음의 여유가 없으면 스타벅스로 향한다.

고백하자면 스타벅스에 가는 일은 제법 즐거운 일이다. 스타벅스가 온갖 근심, 통증, 슬픔을 가시게 해주는 만병통치의 공간까지는 아니지만, 글을 쓰기에 꽤 유용한 공간이다. 침대가 없으니 잠깐 누웠다가 꼬박 잠이 드는 어처구니없는 상황도 피할 수 있고, 개인 냉장고가 없어서 수시로 냉장고 안을 들여다보느라 집중력이 흐트러지거나 살이 찌는 것도 막을 수 있다. 상대적 박탈감을 느끼니 커피를 자제해 달라는 참신한 요청이나, 숨소리가 공부에 방해가 되니 숨을 더 작게 쉬라는 명령을 적은 포스트잇을 자리마다 붙이고 다니는 수험생도 없다. 그리하여 세상은 따뜻하고 아름다운 곳이 된다. 게다가 이름이 길고 복잡한 음료와 함께라면 이 멋진 세상에 고요함과 달콤함까지 더해진다.

한편 현대 프랑스 철학자 앙리 르페브르Henri Lefebvre는 현대 도시화는 자본주의의 물결과 함께 모든 공간을 균질하게 만들어버려 지역성을 파괴한다며, 이제 개성은 장식적인 요소에 불과하다고 토로했다. 스타벅스가 르페브르의 지적을 피할 수 없는 이유는 균질성의 전형적인 표본이기 때문이다. 뉴욕, 런던, 파리, 도쿄, 서울의 스타벅스는 일말의 개성을 떼어내면 사실상 동일하다. 학술대회 일정 때문에 방문한 캐나다와 영국에서는 미국 스타벅스 앱으로 결제하고 마일리지를 적립하는 데에 아무런 어려움이 없었다.

언제부터인지 카페에서 공부하는 중고등학생이 부쩍 늘었다. 초등학생 자녀를 둔 W선배는 아이가 주말에 카페에서 공부하겠다는 통에 토요일 오후 내내 카페에 딸과 같이 앉아 있다 돌아왔다고 불평했다.

"야, 다 공부 못하는 애들이 카페에서 공부한다는 거 아니야?"

나는 그의 말에 맞장구치느라 햄프턴 교수의 연구 결과를 읊어 주었다. 그는 만족스러운 표정을 지으며 돌아갔다. 선배의 아이에게는 어떻게든 따로 미국 모 주립대학 ○○ 교수의 논문 내용을 전해주고 싶다. 그래야 고개를 저으며 W선배에게 이런 반박도 할 수 있을 텐데.

"아빠, 문화적 혼돈 속에서 일관된 통일성을 꾸준히 제시하는 스타벅스는 방문객의 소비, 생산, 관습이 뒤엉킨 긴장을 완화하고, 우리를 커피의 형이상학으로 인도한대요."

봉준호 감독은 주로 카페에서 시나리오를 쓴다고 몇 차례 밝혔다. "봉준호 감독도 카페에서 글 쓴대"라고 말하면 많은 부모에게서 "네가 봉준호냐?"라는 반응이 튀어나오겠지만 어쨌든 봉준호 감독이 카페에서 글을 쓴 것은 사실이다. 나도 종종 카페에서 논문이며 이런저런 밀린 글을 쓰거나 다듬고, 다가오는 수업 준비를 한다. 카페는 글쓰기에 도움이 되는가? 글쎄, 그건 모르겠지만, 이름이 길고 복잡한 음료를 먹으면 기분이 좋아지는 것은 틀림없다. 카페에서는 기분 좋게 글을 쓸 수 있다.

글쓰기에도 연료가 필요하다

일반적으로 글쓰기 책에서 음식 이야기가 나오는 경우는 거의 찾기 힘들지만, 나는 빼놓을 수 없는 요소로 음식을 꼽는다. 상황이 요구하는 음식이 있다. 이를테면, 한국전쟁 중에는 많이들 주먹밥을 먹어야 했다. 대학에서 삼각김밥을 먹을 때나 군대에서 야외 훈련을 나갔을 때 주먹밥을 전달받으면 전란이 떠올랐다. 전쟁 중에는 주먹밥이라면, 글쓰기에 골몰하고 싶을 때는 뭘 먹어야 하나. 에밀리 디킨슨은 시를 쓰는 중간중간 빵을 구웠다. 어니스트 헤밍웨이는 땅콩버터와 양파를 넣은 샌드위치를 즐겼다. 누구에게나 글쓰기를 도와주는 개인적인 음식이 있다. 없더라도 지금부터 발견하고 활용할 수 있다. 나는 때로 글을 쓰느라 바빠서 먹는 음식이 있고, 힘을 내기 위한 소울 푸드도 있고, 글을 완성한 기쁨을 누리기 위해 먹는 음식도 있다.

커피

글쓰기와 커피는 오래전부터 밀접한 관계가 있었다. 무수한 문헌이 중세 유럽의 도시에서 깨어 있어야 하는 사람들, 새로운 생각을 나누는 이들, 글 쓰는 이들이 커피를 마셨다고 증언한다. 지금도 꾸준히 글을 쓰는 이들을 둘러보면 커피 애호가가 많다. 많은 작가와 교수가 아침에 글을 쓰기 전 커피를 한 잔 마셨다는 사실을 적어두었다. 미국의 극작가 릴리언 헬먼은 하루에 스무 잔을 마신 것으로 유명하다. 시인 니키 조반니는 머릿속 생각이 뒤엉켜 있으면 컴퓨터 앞에서 커피를 마시며 빈둥거렸다.

나는 커피가 좋다. 동기들도 커피를 좋아했다. 아마 글을 쓰든 안 쓰든 많은 이가 커피를 사랑할 것이다. 영국에 살 때는 그리스 출신의 하우스메이트 P가 그릭커피를 내려 마시는 모습을 종종 보았다. 너도 모닝커피 마시는 습관이 있구나, 하는 내 인사에 모닝커피가 아니라 밤을 꼬박 새우고 잠자기 전에 마시는 한 잔이라는 설명을 덧붙였다. 갑자기 그의 눈자위에 가득한 피로감이 두드러져 보였다. 그가 한번은 손잡이가 달린 작은 냄비 같은 기구에 커피 가루와 물을 넣어 그릭커피를 끓여 주었다. 아무 커피나 넣으면 안 된다며 본인이 사용하는 커피 가루는 그리스에서 직접 공수한 것이라는 사실을 강조했다. 자기 방식을 고수하는 모습이 멋져 보여 그 후에도 몇 번 그릭커피를 얻어 마셨다.

정재승 카이스트 교수는 한국 커피 소비량을 두고 커피를 마셔야 버틸 수 있는 피로사회라는 진단을 내리기도 하였다. 반은 동의하고 반은 동의하기 어렵다. 군대에서 3~4일 간격으로 당직 순번이 돌아오는데 그때는 커피 없이 도저히 버틸 수가 없었다. 그럴 때 마시는 커피는 맛은 중요하지 않다. 당장 잠을 쫓을 카페인이 필요한 것이니까.

만년필 애호가에게 만년필이 그저 하나의 필기구가 아닌 것처럼, 시계 애호가에게 시계가 단순히 시간을 알려주는 기계가 아닌 것처럼, 커피 애호가에게 커피는 그저 노동을 위한 카페인 음료의 의미만 지니지 않는다. 커피는 만드는 과정, 마시는 순간, 커피 맛까지 어우러진 하나의 루틴이자, 일상의 환기 의식이다. 이전에는 쓴맛에 가까운 구수한 탄 맛을 선호했지만 지금은 탄 맛은 탄 맛대로, 신맛은 신맛대로, 과일 맛은 과일 맛대로 좋다. 여행을 가게 되면 꼭 찾아보는 정보가 방문하고 싶은 카페였고 지금도 그렇다. 피로감을 일부러 떨쳐내야 할 필요가 없는 날에도 세어 보면 하루에 대여섯 잔의 커피를 마셨던 때도 있었다. 그냥 커피가 좋으니까. 영미권의 많은 글쓰기 모임에서 흔히 커피를 '글쓰기 연료(writing fuel)'로 비유한다. 글이 완성되기까지 커피의 힘이 컸다는 증언은 차고 넘친다.

피자

글쓰기 이야기를 하면서 피자를 빼놓을 수 없다. 이 글을 쓰면서 느껴지는 불안감이 없지는 않다. "대관절 피자가 글쓰기와 무슨 상관이 있지? 나는 글쓰기 책에서 피자 이야기는 처음 봐." 이런 한 줄 평을 목도하게 되지 않을까 불안하다. 하지만 피자는 글쓰기와 떼어 놓을 수 없는 음식 중 하나라고 자신 있게 말할 수 있다.

혼자 종일 글을 써야 하는 날에 점심 무렵 라지 사이즈 피자를 한 판 시키면 점심과 저녁을 반 판씩 먹어가며 해결할 수 있었다. 건강을 걱정하는 가족에게 갖은 채소와 단백질, 탄수화물이 섞인 피자야말로 완전식품이 아닐까 한다는 변명을 했다.

내게 피자는 뭐랄까, 글쓰기와 완벽한 조합을 이룬다. 라면, 볶음밥, 찌개, 국밥, 국수, 돈가스, 햄버거, 전은 묘하게 불편하다. 담백하게 잘 구운 피자는 손에 기름이 묻어나지 않아 책상 한쪽에 피자를 올려놓고 한 조각씩 집어먹으면서 글을 읽거나 쓸 수 있다. 기름과 고명이 묻기 쉬운 피자도 사실 포크 하나만 있으면 된다. 해야 할 일이 산더미처럼 기다리고 있고 밥하기 귀찮다는 생각이 드는 순간이면 나는 망설임 없이 피자를 주문했다. 그러고 보면 피자는 내 글쓰기에 크게 기여한 음식이라고 할 수 있다.

영국에 살 때는 시내에 유일하게 하나 있는 한식당에서 떡볶이 1인분이 10파운드라 좀처럼 사 먹을 엄두를 못 냈다. 용돈이 부족한 저학년 초등학생처럼 떡볶이 앞에서 망설이다 돌아섰다. 양이라도 많으면 모를까 자작한 국물 곁의 작은 빨간 떡 여섯 개에 2만 원에 가까운 돈을 내기가 쉽지 않았다. 외국에 한국인 미용사나 정비사가 이민을 오면 한인 사회에 금방 소문이 퍼지지만, 한국에서 내던 요금의 세 배 이상을 내야 한국과 비슷한 수준의 서비스를 받는다. 한국에서 1~2만 원 선에 그칠 정도의 불고기 전골을 먹으면 10만 원을 낸다. 당연히 떡볶이 또한 바다를 건너면 몸값이 뛴다. 반대로, 한국에서는 제법 비싼 피자가 서구권에서는 비쌀 이유가 없다.

피자는 친숙하면서도 이국적이다. 이탈리아에서 먹은 피자는 생각보다 더 얇았고 안초비를 올려 굽는 피자가 많았다. 그리스에서 먹은 피자는 갖은 채소와 올리브를 잔뜩 올리고 올리브유를 듬뿍 뿌린 후 구워냈다. 저마다 특징은 뚜렷했고, 나름대로 풍미가 있었다. 치즈를 잔뜩 올려 구운 시카고식 피자도, 미국식 나폴리탄 피자도 좋다. 이탈리아에서는 긴 직사각형 피자를 원하는 크기만큼 잘라 무게를 달아 파는 로마식 피자도 좋았지만, 화덕에서 갓 나온, 크러스트가 얇고 도우 바닥이 살짝 탄 오리지널 나폴리식 피자를 입김 불어가며 먹었던 기억이 오래 남는다. 나폴리 피자 가게를 돌며, 화덕에서 갓 나와 치즈가 흐르는 진짜 나폴리 피자를 끼니마다 한 판씩 사서 먹었다.

우리는 저마다 글을 읽고 쓰면서 수많은 경험과 환경을 거슬러 올라간다. "다 먹고 살자고 하는 일인데, 먹고 합시다." 나는 글을 쓰다 허기가 지면 꼭 이 말이 떠오른다. 하우스메이트 P는 글 한 편을 완성한 날이면 수박에 소스를 발라가며 구웠다. 부모님한테 전수받은 가족 레시피라나. P는 구운 수박을 깍둑썰기해서 큰 볼에 넣고 여기에 바질, 오이, 올리브를 썰어 넣었다. 그러고 다시 레몬즙, 발사믹 식초, 올리브유, 검은 후추, 페타 치즈를 넣고 섞으면 완성된다. 나는 그때에야 비로소 난생처음 수박을 구워 먹을 수도 있다고 생각을 해보았다. 구운 수박은 페타 치즈의 짭짤한 맛과 뒤섞여 달고 따뜻했다. 가끔 마감일에 맞추어 글을 다 쓰고 나면 P가 수박을 굽던 모습이 생각난다.

터미널에서의 글쓰기

2010년 1월에는 대학 졸업과 입대를 앞두고 있었다. 그즈음 동생의 갑작스러운 제안으로 일본 간사이 지방을 여행했다. 책《일본에 먹으러 가자!》한 권만 가지고 각자 배낭에 옷 몇 벌만 넣어 떠났다. 목표는 책에 나온 식당을 하나씩 방문해서 직접 먹어보자는 것이었다. 급하게 숙소를 예약하면서 하룻밤 요금이 700엔인 다다미방 숙소가 있길래 놓칠세라 냉큼 잡았다. 한 명에 3,500원꼴이다. 남자 둘이 자는데 그저 몸을 누일 곳만 있으면 되는 것 아닌가 하는 계산이었다.

내가 예약한 숙소는 신이마미야역 근처였다. 역에 내려 숙소까지 걷는데 초저녁인데도 가로등 없이 캄캄하고 분위기가 스산했다. 숙소에 도착하니 입구 전체가 방범용 철창으로 둘려 있었다. 이건 뭘까. 초인종을 누르니 주인이 셔

터를 살짝 올려 우리를 훑어보며 용건을 물었다. 방범창 사이로 여권을 내밀어 내 신분을 증명하니 그가 철창을 열어주었다. 일단 짐을 풀고 근처 라멘집을 찾아 라멘과 교자를 시켜놓고 동생은 휴대전화로 이 지역 정보를 검색해보았다. 일본 경찰이 관광객들에게 경고하는 위험 구역, 오사카에서 여기는 가지 마라, 싸다고 가면 위험한 지역, 오사카 현지인도 발을 들이지 않는 곳 등의 정보가 금방 나왔다.

간사이 지방을 돌아보는 열흘 내내 이 숙소가 우리의 베이스캠프였다. 이 숙소는 안전상의 이유로 밤 10시에는 방범 철창을 2중으로 잠가서 늦은 밤에는 밖에 나갈 수조차 없는 독특한 규칙이 있었다. 다다미방은 문자 그대로 냉골이었다. 입김이 보일 지경이었으니까. 나와 동생은 좀 더 두꺼운 외투를 서로 입겠다며 매일 공정한 결투—가위바위보—로 순번을 정했다. 우리는 저녁까지 먹고 마시다가 마트에 들러 또 먹거리를 사 와서는 다다미방에서 주섬주섬 사 온 음식을 꺼내 먹으며 그날 있었던 일을 언 손을 녹여가며 노트에 적곤 했다. 열흘 내내 동생은 노트에 기록을 하다 말고 아무리 생각해도 어처구니가 없었는지 자꾸 질문했다.

"형, 그런데 무슨 생각으로 여길 예약했어?"

공항, 비행기, 호텔이라는 공간의 매력

이상한 숙소에서 묵을 때도 있지만 나는 여전히 호텔이라는 공간이 좋다. 김영하 작가의 말마따나 호텔은 "집이 아니다." 그리고 집이 아니라는 데에 매력이 있다. 사는 장소에서 벗어나면 온갖 의무와 기억으로부터 잠시 달아날 수 있다. 아닌 게 아니라 호텔의 인위적인 향과 장식물 사이로 걷다 보면 집에서 끌어안던 잡념, 미루고 미룬 일, 온갖 기억의 부산물을 잊는다. 번잡한 일상에서 벗어난 시기일수록 호텔의 해방감은 더 크다. 호텔의 모든 물건은 정돈되어 있고, 어질러둔 채 내버려 두어도 내가 떠나면 그 흔적 역시 말끔히 지워질 공간이다. 번다한 일이 눈에 들어오지 않는다는 말은 하나의 일에 집중하기 좋은 환경이라는 뜻도 된다.

영국과 미국 생활을 하면서 여러 발표 일정 때문에 비행기를 타는 일이 많았다. 특히 학기 중에는 연구와 가르치는 담당 과목 관련한 일이 언제나 밀려 있기 마련이라 공항과 비행기에서도 글을 쓰는 일이 자연스러웠다.

월터 컨의 원작을 바탕으로 만든 영화 〈인 디 에어〉에서 조지 클루니는 비행기와 호텔에서 연중 322일을 보내며 체크인 시스템, 싸구려 공항 음식, 비행기 좌석, 힐튼 호텔을 편안하게 여기는 모습을 보여준다. 알랭 드 보통은 공항을 가리켜 "우리 문명을 관통하는 다양한 주제들을 깔끔하게 포착한 단 하나의 장소"로 명했다. 그리고 글쓰기에 도움이 될 만한 이야기도 적어두었다. 공항에서 글쓰기가 가능하냐는 질문에 조용한 서재는 실패에 대한 공포를 높인다면서 "오히려 그런 어려운 작업 환경이 글을 쓰는 것을 가능하게" 해준다고 태연하게 응답했다.

보안 구역 건너편에서는 쇼핑 구역이 나타나는데, 나는 보통 곧장 공항 라운지로 향하거나, 자리가 편한 카페나 요기할만한 식당을 찾는 편이다. 스탠퍼드 대학의 키스 데블린 교수는 다양한 매체를 활용한 수학 교육 방안을 연구하고 교육기술 회사를 경영하면서 수십 권의 책을 활발하게 집필했다. 그는 대부분의 책을 비행기, 공항, 호텔에서 시간이 나는 대로 틈틈이 썼다. 바삐 돌아다니는 중간중간 그 역시 공항의 여러 카페와 식당을 전전하며 더 편한 자리를 찾아 헤맸던 것 같다.

공항, 비행기, 호텔은 불편함 속에서 글쓰기에 좋은 공간이다. 좁은 자리에서 한정된 시간에 읽거나 쓰는 행위에만 몰두할 수밖에 없기 때문이랄까. 공항은 여러 사연과 목적을 가진 사람들이 모이고 흩어지는 곳이다. 이른 아침과 저녁 무렵이면 부드러운 빛이 통유리를 투과해 터미널 전체에 들어찬다. 현대 건축의 집합체다. 터미널은 물결치듯 혼잡했다가 비어간다. 코로나19 사태에서 나는 또 언제 항공권을 끊을 수 있을까. 합성 타일과 회랑으로 이루어진 터미널 벽과 천장을 둘러보고 안내 방송을 들으며 라운지와 비행기에서 글을 쓸 순간을 손꼽아 기다린다.

왜 떠나야 할까?

떠나지 말아야 할 이유는 항상 찾을 수 있다. 금전적인 문제도 있다. 글쓰기가 대체 무엇이기에 여행을 가거나 호텔에 머물러야 한다는 것인가. 금전 문제는 예산을 어떻게 마련하고 계획하느냐에 따라 감당 가능한 범주를 정할 수 있다. 일정은 예산에 맞추면 그만이다. 다만, 흔히 말하는 여행이나 호캉스와는 다르지만 타인은 물론 가족의 눈에도 그저 낭비로 비추어질 수 있다. 그런데 이런저런 이유를 세어보면 떠나지 못한다. 물론 떠나기 전에 미리 준비하거나 챙겨두어야 할 일은 미리 신경 쓰고 도움을 청해야 한다. 그러다 준비하는 과정에 지쳐 그냥 포기하기 쉽다.

그럼에도 왜 떠나야 할까? 대답은 단순하다. 잠시나마 일상을 벗어나 글쓰기에 몰두하거나 여백의 시공간을 누리기 위해서이다. 여백 없이는 우리 생각을 마무리하는 여정

은 더디기 마련이다. 여러 갈래와 파편으로 흩어진 생각을 모으는 일은 짧은 시간이나마 집중하지 않으면 무척 힘들다. 웨스트 스코틀랜드 대학 교수 로위나 머레이는 심리학 연구 결과를 바탕으로, 평소 익숙한 공간을 벗어날 때 글쓰기에 더 빠른 진척을 보일 수 있다고 설명했다.

어떤 준비물이 필요할까?

여행지, 호텔 시설, 일정에 따라 달라지겠지만 개인적으로 기내용 캐리어 하나에 모두 들어갈 수 있는 짐만 꾸리는 편이다. 피트니스 센터나 수영장을 이용할 수 있는 운동복, 침대에서 편하게 입는 바지와 면 옷은 꼭 챙긴다. 가벼운 책이나 편하게 읽을 정기 간행물도 한 권 담는다. 누구나 나름의 습관과 취향이 있을 것이다. 유럽 여행 중 충전기가 퍽 소리를 내며 망가져 새 충전기를 구하러 다급하게 돌아다녔던 기억이 있어 여분의 멀티 충전기를 챙기는 습관이 생겼다.

글쓰기 여행도 '여행'이다

글쓰기에 방점이 있을 뿐 다른 여행 계획과 크게 다르지 않다. 예산을 고려하는 일은 그다지 유쾌하지는 않지만 돈과 시간을 고려하는 일은 필수적이다. 공백을 허용할 수 있는 기간은 며칠인가? 기간과 쓸 수 있는 돈이 결정되면 나머지는 그에 맞추어 결정할 수 있다. 비행기에 오르거나 호텔에 묵는 일이 너무 잦은 것도 의미를 축소하지만, 빈도가 너무 낮아도 한 번의 여정에 지나치게 큰 의미를 부여하게 되어 마음의 부담이 커진다. 호텔이며 여행지에서 키보드를 누르는 행위에만 온 힘과 시간을 쏟아야 한다는 강박을 갖는 것도 나는 반대한다. 휴식과 소일하는 과정에서 영감과 앞으로 나아갈 힘을 얻을 수도 있다. 몇 번 반복하면 자연스럽게 본인의 취향과 패턴을 알게 될 것이다.

에어비앤비를 통해 공간을 빌리는 것을 선호하는가, 호텔을 더 선호하는가? 에어비앤비로 빌릴 수 있는 숙소 근처 지역이나 호텔에 딸린 편의시설도 함께 고려해보자. 도심 한가운데와 바다와 산을 끼고 있는 장소는 저마다 매력이 다르고 사람마다 선호하는 풍경도 다르다.

일상과 거리를 두면 사유가 채워진다

일상과 일부러 거리를 두면 좋은 점들이 있다. 유명하거나 학위가 있거나 영향력이 있지 않더라도 사회적 담론에 무언가 쓸모있는 의견을 내밀 수 있다. 어떻게 그런 일이 가능할까. 우리는 누구나 다른 사람들은 그냥 지나치지만 자신만이 관찰하고, 겪고, 느끼는 바가 있다. 우리 모두 각자의 인식과 경험으로 하루를 채운다. 사람들은 해당 주제에 관련 지식이 있는 사람, 자신의 인식과 경험을 적확하게 표현할 줄 아는 사람의 글에 매료된다. 당신이 20대이든 50대이든, 돈이 많든 적든, 학생이든 전업주부이든, 글에는 당신만의 생각과 지각을 담아야 한다. 결국 평범한 주제를 다루어도 자신만의 경험을 투과해 다가서야 한다. 그런 글을 쓰려면 때로 일상과 거리를 두어야 한다.

현대 사회는 우리를 지독히 빠른 삶을 살도록 몰아간다. 아침부터 저녁까지 쫓기듯 바삐 살고도 시간은 언제나 충분하지 않고, 늘 분주하다. 사회 전반에 바쁨과 과로의 문화가 만연해 있다. 어떻게 지내냐는 인사에 늘 그렇듯 바쁘다는 말이 나오기 마련이다. 고등학생과 대학생은 바쁘다. 그들의 부모들도 바쁘다. 사장도 바쁘고 아르바이트생도 바쁘다. 은퇴자들도 바쁘다. 한 마디로 바쁘지 않은 사람을 찾기 힘들어졌다. 더 큰 문제는 이런 바쁨을 정상적인 상황으로 받아들인다는 사실이다.

잠시 쉴 틈이 생겨도 스마트폰과 인터넷은 그 틈을 집요하게 파고든다. 이메일과 카카오톡 알림이 울린다. SNS에는 언제나 볼거리가 넘친다. 유튜브와 넷플릭스는 끊임없이 눈길을 사로잡는 콘텐츠를 내놓는다. 이제 사람들은 주문한 커피를 기다리는 몇 분 사이에도 주변을 돌아보는 대신 스마트폰에 열중한다. 바쁨은 하루를 온전히 살아가게 하는 대신 그저 하루를 스쳐 지나가게 한다. 바쁨은 생각을 죽인다. 숙고하려면 시간이 필요한데 세상은 우리가 차분히 생각하도록 내버려 두지 않는다. 지혜, 깨달음, 내면의 목소리는 덧없는 바쁨의 소용돌이 속에서 찾기 힘들다. 과로와 서두름, 소음과 분주함을 차단해야 한다. 바쁨은 사유를 방해하는 가장 큰 걸림돌이다. 과로와 분주함은 생각하는 힘과 양립할 수 없다. 그래서, 소음과 분주함을 어떻게 제거할 수 있을까? 자질구레한 일, 여러 할 일을 차단하고 고립되는 시간과 공간을 찾아가는 것이다. 공항, 비행기, 호텔은 일종의 비유로, 어디든 잠시나마 고립되어 집중할 수 있는 공간은 사유의 장이 된다. KTX, 호젓한 산길과 찻집, 지역 도서관 어디든 좋다. 물론 끊임없이 울리는 스마트폰은 잠시 뒤집어 두어야 한다.

나만의 공간을 찾아서

글을 쓰는 데 꼭 필요한 조건까지는 아니더라도 공간은 중요하다. 공간이라고 해서 반드시 널찍한 방에 좋은 의자, 책상과 책장을 고루 갖춘 서재며 집필실을 마련해야 한다는 의미는 아니다. 글을 쓰고 싶은 욕구가 솟거나 차분히 글을 쓸 수 있으면 좋은 공간이다. 영국 소설가 제인 오스틴이 조용한 방에서 깃털 펜으로 글쓰기에 몰두하는 모습은 꽤 자주 통용되는 이미지이고, 영화 〈비커밍 제인〉에서도 비슷한 이미지로 투영되었다. 그러나 실제로 제인 오스틴은 언제나 대가족에 둘러싸여 있었고 여러 사람과 교류가 활발해 글쓰기에 몰두할 시간과 장소를 찾기 힘든 환경 속에서 글을 썼다.

'좋은 공간'이라는 표현은 구체적으로 규정하기 힘들다. 사람마다 글이 잘 써지는 공간이 다르기 때문이다. 더글러스 케네디의 소설《빅 픽처》에서 주인공의 작업실로 두 종류가 등장한다. 첫 번째 작업실은 변호사 시절 이중 실린더로 빛을 완벽하게 차단해주는 2,300달러짜리 문을 비롯해 외할아버지가 주신 브라우니 카메라, 라이카 M9, 코닥 레티나 최초 판으로 장식하고 온갖 최신식 설비를 갖추고 있었다. 후일 그는 테이블과 의자도 제대로 갖추어지지 않은 낡은 방에 직접 페인트를 칠하고 본래 쓰던 제품 가격의 1/10에도 미치지 않는 중고 사진 장비며 중고 탁자를 샀지만 훨씬 더 작업에 몰두할 수 있었다.

공간을 극복해야 할 대상으로 상정하고 조언을 건네는 작가들도 있고, 어쩔 수 없는 이유로 당분간 불편한 여건을 끌어안아야 하는 사람도 있겠지만, 가능하면 공간을 글쓰기에 도움이 되는 요인으로 만드는 편이 낫다. 2007년 미국 라이스 대학교 학생을 대상으로 이루어진 실험에서는 천장이 높아 개방적인 공간일수록 폭넓은 사유를 하는 데에 유리하다는 결과가 나타났다. 공간을 채우는 가구 역시 그냥 물건이 아니다. 어떻게 배치하느냐에 따라 사고의 방향이 달라지는 경향이 있기 때문이다. 예를 들어 의자를 둥글게 배치한 회의실에서는 공동체와 집단에 집중하는 반면, 각진 모양의 배치는 개별성이 더 두드러지는 식이다. 소리는 어떠한가. 정말 조용한 공간은 실수를 허용하지 않는 작업에 유용하지만, 창조성을 요구하는 작업에는 도리어 해로운 것으로 판별되었다. 여러 연구에서 보고되었듯, 조망이 확보된 사무실은 작업 집중도와 성과를 높이는 데에 일조하고, 바깥 풍경이 보이는 병실의 환자는 통계적으로 치유가 더 빠르다.

나는 편안함이라는 기준으로 보면 단연 집이 제일 편했다. 이동 시간이 없는 만큼 시간을 절약할 수 있다. 기업과 기관이 아무리 노력해도 집이 가진 편안함을 주기는 어렵다. 반면 그만큼 늘어지는 경우가 많다는 치명적 단점이 공존한다. 바깥으로 나가면 작은 랩톱 화면으로 불편하게 글을 써도 결과적으로 그날 쓴 글의 분량은 집에서 작업한 양보다 많았다. 대학원생일 때 여러 시도를 해보았다. 크고 작은 도서관이 캠퍼스 여러 군데에 있어서 도서관을 바꿔보기도 했고, 같은 도서관 안에서도 다른 책상과 의자에 앉아보았다. 빈 강의실에 앉아 글을 써보기도 하고, 가보고 싶은 카페를 검색해보았다가 랩톱을 챙겨 여러 카페에 가보기도 했다.

박사과정 1년 차일 때 배정된 연구실은 열 명이 공동으로 쓰는 커다란 방의 한쪽이었다. 건물 지하라 창문도 없었고 옛날 독서실 같은 분위기였다. 학생 여럿이 같이 쓰니 조금 신경 쓰이는 부분이 생기기 시작했다. 친구를 데려와

서 같이 공부한다거나, 속삭이고 키드득거리는 소리가 몇 시간씩 이어지는 때도 있었다. 픽업한 음식을 먹는 경우도 있어서 다양한 음식 냄새가 연구실을 가득 채웠다. 온라인 수업을 진행하느라 계속 큰 소리로 말을 하고 통화하는 동료도 있었다.

3년 차로 올라가면서 1인 연구실을 새로 배정해주면 좋겠다는 요청을 했다. 2년 차일 때 국제학술지에 출간한 실적이 있다는 점을 언급하며 앞으로도 좋은 성과를 보여줄 수 있음을 강조했다. 효과가 있었는지 창문은 없지만 혼자 쓸 수 있는 연구실을 배정받았다. 커다란 책상을 두 개나 놓고 기둥형 옷걸이도 있어서 혼자 쓰기에 넉넉했다. 드디어 나만의 공간을 확보했다는 기쁨에 신이 나 사진을 찍어 두었다. 4년 차로 넘어갈 즈음 같은 층의 창문이 있는 1인 연구실로 새로 배정받았다. 창문으로 맞은편 학교 건물 벽의 커다란 시계가 잘 보여서 시간 확인이 편했다.

임용된 후에 가장 좋은 점은 무엇보다 개인 연구실이었다. 잠시 일상을 벗어나 책을 읽고 글을 쓰는데 집중할 수 있는 공간이 준비되어 있다는 점은 큰 힘이 된다. 카페와 달리 짐을 놓고 잠시 어디론가 다녀오거나 책과 자료를 펼쳐놓고 쌓아두어도 괜찮다는 점도 개인적인 공간이 갖는 매력이다. 요즘도 가끔 미국의 연구실이 생각난다. 창문 밖으로 보이는 풍경이 지금의 연구실보다 좋았다. 백발이 성성한 학과 교수님이 늦은 점심으로 도시락을 사서 종종걸음으로 오시는 모습이 훤히 보이곤 했다. 연구실 건너편에 일렬로 있었던 음식점이며 카페가 그리운 것인지, 만나서 수다를 떨던 동료들과의 시간이 그리운 것인지는 종종 헷갈리지만 그 당시의 기억과 연구실로 향하던 복도에서 나는 냄새를 떠올리곤 한다.

모든 글쓰기에 효과적인 공간은 없다. 다양한 종류의 공간을 마련하는 기업이 늘어나고 있는 이유가 여기에 있다. 높은 천장과 전망이 확보된 방, 조용히 집중할 수 있는 작업실, 탁 트인 공간에서 여럿이 모여 음식을 나누어 먹으며 대화할 수 있는 공간은 모두 나름의 이유와 장점이 있다. 공간감을 살린 방은 창의적인 아이디어 도출에, 조용한 작업실은 높은 집중력이 필요한 업무에, 탁 트인 공간은 의견을 교환하고 공동으로 일을 밀고 나갈 때 생산성을 보다 높일 수 있는 장소이다. 저마다 장점은 물론, 단점도 있으므로 단 하나의 공간을 선택하고 고수할 필요는 없다. 나는 앞으로도 집과 연구실, 카페와 공항을 전전할 예정이다.

장인이 아닌 나에게는
좋은 '도구'가 필요하다

도구는 중요하다. 초등학교 때 미술 준비물로 색종이를 가져오라고 하면 어머니는 정확히 50원을 주셨는데 50원짜리 하마 색종이는 단면에다가 얇고 크기가 다른 색종이보다 작았다. 색종이가 다 그게 그거라는 어머니의 말에 항변조차 하지 않고 50원짜리 색종이를 사 갔다. 금박지, 은박지가 들어 있는 200원짜리 색종이까지는 바라지도 않았고 그냥 평범하게 톰과 제리 양면 색종이를 써보고 싶었다.

한번은 수채화를 배울 거라고 물감과 붓을 준비하라는 선생님의 지시가 있었다. 어머니는 붓을 딱 한 자루 사주셨는데 미술 시간에 그림을 그리다 보니 내 붓으로는 한 번 터치만 해도 얼굴이 가득 찼다. 얼굴을 칠하고 나니 문제는 눈, 코, 입을 내 붓으로는 도저히 그릴 방도가 없어 보였다는 사실이다. 옆에서 나를 빤히 보던 짝꿍과 눈이 마주쳤다.

짝꿍은 자기 물통에 잠긴 여러 붓 중 가는 붓 하나를 꺼내 서는 이런 붓으로 얼굴을 그려야 한다고 친절히 시범을 보여주었다.

"어, 나는 붓이 하나뿐인데?"

내 붓 사이즈를 묻는 짝꿍의 질문에 붓대에 적힌 호수를 확인해보았다. 18. 18이라는 숫자가 눈에 선명히 들어왔다.

올인원 패키지마냥 나는 그렇게 18호 둥근 붓 하나로 세밀한 칠이 필요한 부분이건 넓은 칠이 필요한 부분이건 거침없이 색을 채웠다. 초등학교 저학년생에게 18호 붓은 꽤 우람한 사이즈였고 몇 번 붓을 휘두르니 스케치북 바탕도 빈틈없이 순식간에 다 칠할 수 있었다. 이야, 좋다. 그렇게 빠른 속도로 그림을 완성한 나는 의기양양하게 마음 편히 놀았다. 매번 미술 성적이 그다지 좋지는 않았는데 당시의 나는 선생님의 피드백이 없으니 앞으로 어떻게 해야 개선할 수 있을지 알 수가 없었고 그렇게 미술에 관한 흥미를 서서히 잃었다.

머지않아 나도 내 아들 준이에게 수채화 붓을 사줄 날이 올 것이다. 왜 어머니는 딱 봐도 크고 투박한 붓 한 자루만 챙겨주신 걸까 생각해본다. 나도 내 아들에게 18호 둥근 붓 한 자루만 사주는 상상을 해본다.

"아빠, 왜 나는 붓을 한 자루만 사줬어?"

"어, 우리 집 전통이야."

장인은 도구를 가리지 않는다. 나뭇가지를 대충 꺾어서 휘둘러도 악인을 무찌른다거나 명문을 남기는 것이 장인이 겠지만 나는 장인이 아니므로 좋은 장비를 쓸 필요가 있다.

아버지는 어머니 못지않은 기재를 보여주셨다. 초등학교 4학년이 되자 미술 선생님이 서예를 하기 위해 붓, 화선지, 먹물을 가져오라고 하셨다. 아버지는 내게 싸구려 먹물로 글씨를 쓰면 안 된다는 말과 함께 벼루와 먹을 내주었다. 그리고 난데없이 먹 잡는 방법과 가는 법을 알려주기 시작 하셨다. 친구들이 함께 놀자며 밖에서 기다리고 있었기에 난 다급해지기 시작했다. 먹은 모서리로 갈아서는 안 되고, 일자로 갈아서도 안 되고, 글자와 종이를 생각하며 원형을 돌며 갈아야 했다. 조금 갈고 종이에 찍어보니 맹물에 가까 웠다. 그렇게 30분을 갈았고, 기다리던 친구들은 모두 떠났 다. 내게는 갈아 만든 먹물만 남아 있었다.

다음날 미술 시간이었다. 미술실로 이동하고 자리에 앉 으면 5분이 훌쩍 지난다. 선생님이 설명하고 시범을 보이고 각자 준비물을 펼쳐놓는 데에 10분이 지났을 것이다. 정리 시간을 따로 빼두어야 하니 실질적인 서예 시간은 20분 정 도에 불과했다. 모두가 붓과 먹물 통을 꺼낼 때 나는 책상

위에 혼자 벼루와 먹을 올려두었다. 다들 먹물 통을 살포시 누르면 필요한 만큼의 먹물이 나왔다. 모두가 글씨를 쓰는 동안 나는 홀로 먹을 갈고 있었다. 그런 나를 바라보고 있던 친구가 말없이 자신의 먹물 통을 내밀었다. 그 친구가 없었다면 나는 먹만 갈다 끝난 모습만 미술 선생님께 보여드렸을 것이다. 인품이 훌륭한 미술 선생님이라면 "보기 드문 좋은 먹과 먹물이구나" 하는 격려를 해주었을 테지만 나는 그런 모험은 하고 싶지 않았다. 망설임 없이 친구의 먹물을 빌려 글씨를 썼다. 전날 집에서 30분 내내 정성껏 먹을 갈아 그려본 획보다 선도 더 진하고 아주 잘 써졌다.

도구는 언제나 중요하다. 사진을 찍을 때는 카메라와 렌즈가, 게임을 할 때는 그래픽카드와 모니터가, 야구를 할 때는 글러브가, 축구 경기를 할 때는 역시 축구화가 좋아야 일단 뛰어들어 보려는 마음이 솟아난다. 어떤 도구를 손에 넣음으로써 그 도구를 활용한 작업을 하고 싶다는 마음이 솟기만 해도 도구의 역할은 충분히 다하고도 남는다는 게 내 지론이다. 취미 생활도 이럴진대 당연히 글을 쓸 때는 키보드와 마우스가 내 마음에 들어야 하지 않을까.

문구류에 진심입니다

내가 좋은 물건을 선호하는 이유는 잘 만든 물건을 보면 그 물건을 만드는 데 각고의 노력을 기울이고 때로는 인생을 바친 무수한 이의 노력을 엿볼 수 있기 때문이다. 조금이라도 더 좋은 물건을 만들 방법을 강구하고, 잠자리에 들기 전까지 고민하고, 여러 차례 시행착오를 거듭한 노력의 결정체가 바로 내 손에 쥐어진 물건이다. 좋은 물건의 역사와 사연을 들여다보면 반드시 성공과 좌절의 순간이 있고, 도약의 시기와 지금도 진행 중인 혁신의 시도가 서려 있다. 좋은 물건 역시 공장에서 대량 생산되는 공산품에 불과할 수 있으나, 기술이 훨씬 덜 발달했던 이전에는 거의 장인의 예술품에 가까웠던 시기도 존재한다.

특정 연필과 펜, 키보드를 고수하는 이들은 글쓰기의 육체적 속성, 즉 촉감까지 중요하게 여긴다. 필기구를 다루면서 얻는 경험은 디지털을 통해 얻는 경험과 결이 다르다. 제아무리 훌륭한 앱도 만질 수 없지만, 연필, 볼펜, 만년필은 만질 수 있다. 필기구의 물리적 특성은 감각적 경험으로 이어진다. 작가 김중혁의 말을 빌리면, "취미로 글을 쓴다고 하더라도 어느 순간 글쓰기 도구에 집착하게 된다."

유명 작가나 대기업 임원의 서재에 어울릴 법한 필기구도 훌륭하지만 실제로 편하게 사용하는 필기구는 따로 있다. 고급 만년필, 한정판 필기구의 특별함이야 줄줄 나열할 수 있겠지만 그런 펜이 일상 도구는 아니다. 페라리가 훌륭한 차지만 골목을 누비거나 출퇴근용으로 타기에 안성맞춤은 아닌 것과 마찬가지다. 여기에서는 거의 매일 쓰는 실용적인 필기구에 초점을 두었다.

손 메모에 좋은 문구류

모나미 소프트볼, 바른손 데스크볼

소프트볼과 데스크볼은 저렴한 볼펜이다. 샤오미 볼펜이 대륙의 실수라는 말을 들을 정도로 저렴하다지만 소프트볼·데스크볼보다 비싸다. 소프트볼·데스크볼은 그 성능도 탁월하다. 이 볼펜은 디자인과 가격은 조금씩 바뀌었지만, 꽤 오래전부터 존재했다. 나는 소프트볼·데스크볼을 고등학생일 때부터 애용했다. 고등학생일 때 당시 유행하던 파이롯트 하이테크 펜을 몇 자루 써보았는데 모두 잉크를 다 쓰기 전에 펜이 망가졌다. 딱 한 번 책상 위에서 떨어졌는데 펜촉이 으깨진 적도 있었다.

소프트볼·데스크볼은 높은 곳에서 떨어져도 잉크가 나오지 않거나 펜촉이 망가지는 불상사는 일어나지 않는다. 볼펜은 펜 끝의 금속 볼이 회전하면서 잉크가 종이로 옮겨가는 원리로 작동한다. 단순한 원리에 단순한 디자인이지만 소프트볼·데스크볼은 성실하게 끝까지 잉크가 나온다는 성능 자체에 충실하다. 나는 이 펜을 잔뜩 사서 책상 위에도 두고, 차에도 두고, 가방마다 넣어두곤 한다.

제트스트림

문구류 애호가 혹은 덕후들은 일본 문구류가 그들만의 리그를 형성하고 있다는 사실을 알고 있다. 일본은 유럽이나 미국과는 다른 관점과 방식으로 문구류에 집중한다. 예를 들어, 구루토가 샤프펜슬은 종이에 샤프심이 닿을 때마다 샤프 안에 내장된 세 개의 기어가 맞물려 한 획마다 9도씩 샤프심을 돌려준다. 항상 일정한 굵기로 글씨를 쓸 수 있다는 뜻이다.

"그냥 적당히 쓰다가 신경 쓰이면 펜 각도를 바꾸면 되는 거 아니야?"

이런 사고로는 구루토가 샤프펜슬에 담긴 집념과 고집을 이해하기 어렵다. 오렌지색이 들어간 버밀리언 색연필은 채점 결과에 학생이 상처를 조금이라도 덜 받게 하려는 세심한 의도가 반영되었다. 물론 모든 일본 문구류가 높은 품질이라는 의미는 아니다.

법률저널이 행정고시 합격자를 대상으로 시행한 설문조사에서 가장 선호하는 필기구로 '제트스트림'이 손꼽혔다. 제트스트림은 유성 볼펜으로 잉크 점도가 낮아 잉크 찌꺼기 없이 적은 힘으로도 부드럽게 써진다. 과하게 미끄러지지 않으면서 적당히 매끄럽다. 대학원 진학을 결정했을 때, 지인이 학업에 도움이 될 거라며 잔뜩 안겨주었던 펜이 바로 제트스트림이었다. 한 아름 받았던 제트스트림은 이제야 바닥을 드러낼 조짐을 보인다. 동아 파인테크, 모나미 플립, FX, 자바 제트라인, 페이퍼메이트 잉크조이 등이 그사이 제트스트림의 맞수로 떠올랐다는 소식을 접했다. 늘어나는 선택지는 문구류 생활을 기분 좋게 한다.

라미 사파리, 세일러 프로페셔널 기어, 펠리칸 4001 블루블랙

소설가 이태준은 만년필에는 돈을 아끼지 않았다. 김수영 시인은 변변찮은 생활 속에서도 좋은 만년필을 갖고 싶은 마음을 숨기지 못했다. 토지문학관에 가면 박경리 작가의 몽블랑 149를 볼 수 있다. 박완서 작가는 파카45를 무척 아꼈다. 최명희 작가는 《만년필을 쓰는 기쁨》을 통해 만년필을 예찬했다.

옛 조상이 쓰던 고대 유물이 아니다. 김정운 작가 역시 만년필을 수집한다. 김중혁 작가의 인스타그램에는 만년필 사진이 올라온다. 작가 엘리자베스 베어는 만년필을 즐겨 쓰는 이유로 오래전 만년필과 깃털 펜으로 글을 쓰던 작가, 예술가와 연결되는 느낌이 좋아서라고 고백했다. 직접 글을 쓰는 느낌, 종이의 질감, 여러 종류의 잉크를 골라 쓰는 재미는 그 자체로도 흥미로운 경험이다. 오벌린 대학 교수 낸시 달링은 만년필이 글쓰기 속도를 자연스럽게 줄여 글에 깊은 사유를 담는 데에 도움이 된다면서, 특히 고쳐 쓰기 과정에서 만년필 덕을 톡톡히 보고 있음을 언급했다.

만년필은 수고로운 필기구다. 잉크를 넣어야 하고, 주기적으로 세척해서 말려야 한다. 잉크가 줄줄 새거나 말라붙기도 한다. 같은 색 잉크도 회사와 모델마다 저마다 특성이 있어 무턱대고 아무 잉크나 쓸 수 없다. 집어 들면 바로 글을 쓸 수 있고 다 쓴 후 대충 던져두면 되는 볼펜과 달리 만년필은 사용 전후 절차가 번거롭다.

인생을 효율성, 논리, 가성비로만 그득그득 채우면 재미가 없다. 그래서 사람들은 애지중지 살펴주어야 죽지 않는 난초를 키운다. 사서 고생하는 캠핑을 한다. 세계 각국의 군용품을 수집한다. 한때 서서히 자취를 감추던 만년필이 2010년대 중반부터 다시 급속도로 인기몰이를 하며 판매량이 증가한 것은 그런 수고로움, 감성, 개성에서 비롯된 것으로 풀이된다.

초등학교 3학년 때 어머니가 파카 만년필에 잉크를 채워 쓰는 모습을 보여준 적이 있다. 나는 처음 보는 만년필이 아빠의 서예붓과 묘하게 겹쳐져 나는 저런 불편한 펜은 쓰지 않을 것 같다고 생각했다. 20년이 지나 라미와 세일러 만년필을 선물로 받았다. 라미 사파리는 튼튼하고 펜촉 교환이 쉽다. 세일러 만년필은 라미 사파리보다 세필을 쓰기에 좋다. 시간이 지날수록 검은빛을 띠는 블루블랙은 만년필 잉크의 기본이다. 잉크로는 두 만년필과 제법 잘 어울리는 펠리칸 4001을 주로 쓴다.

인터넷과 컴퓨터는 연필과 펜 없이 대부분의 글쓰기를 할 수 있는 세계를 열어 주었다. 이제는 컴퓨터와 인터넷 없이 글을 쓰기 힘들어졌다는 사실을 인정한다. 다만 디지털 시대에 펜을 사용하기로 결심한 사람에게 펜은 단순한 필기도구가 아니다. 과거의 물건, 아날로그적 도구인 펜은 디지털 시대에 도리어 새로움으로 다가온다. 아날로그적 필기구로 글을 쓰는 일은 과거의 유산을 받아들이고 미래를 위한 감각적인 경험을 추구하는 일이다.

개성 있는 문구는 많다. 누군가 열심히 만든 물건을 알아보고 소유하는 일은 즐겁다. 자꾸만 들여다보게 된다. 물건을 만든 장소에서 만드는 모습을 지켜보는 행동까지는 이어지지 않았지만, 제조 공정을 들여다보거나 관계자와 인터뷰한 내용, 물건에 관한 숙고를 글로 쓴 이들이 있다.

문구를 조명한 '책'

캐롤라인 위버의《펜슬 퍼펙트》, 헨리 페트로스키의《연필》

두 책 모두 연필이라는 하나의 주제를 조명했다.《펜슬 퍼펙트》에는 나무, 흑연, 점토, 물 등 네 가지 재료로 연필을 만드는 과정을 비롯해 나라마다 어떻게 연필을 제조했는지 그 역사와 일화가 실려있다. 이 책은 편하게 집었다가 어느 순간 자세를 바로잡고 읽게 되는 교양서에 가깝다. 작가 캐롤라인 위버는 연필 감정가이며 2015년부터 뉴욕에서 연필 가게인 CW펜슬팩토리를 운영하고 있다.《연필》은 듀크대학교 역사학 교수인 헨리 페트로스키의 저서로 연필의 역사와 공학적 의미를 철저한 자료 조사를 바탕으로 600여쪽의 책으로 펴낸 것이다.

데이비드 리스,《연필 깎기의 정석》

제목대로 연필 깎는 법의 이론과 실제를 안내한다. 연필 깎기 전에 몸 푸는 방법까지 사진을 곁들여 설명해 놓았다. 작가의 사뭇 진지한 태도에 웃음이 나오다가도 고개가 끄덕여진다. 공개된 영상을 찾아보면 멍하니 빠져든다. 하찮아 보이는 일도 혼을 담으면 멋있는 법이다. 그에게 직접 연필을 깎아달라 요청할 수 있다(http://www.artisanalpencilsharpening.com/). 이전에는 연필 깎는 비용으로 40달러를 청구했으나, 2016년 은퇴를 선언하며 비용을 500달러로 올려버렸다. 지금은 다시 가격을 내렸다. 지역에 따라 100~120달러를 내야 한다. 그는 완벽하게 깎은 연필을 파손 방지 튜브에 넣고, 연필밥을 따로 모은 비닐봉지와 증명서를 함께 담아 보내준다. 생각보다 의뢰인이 많아 주문 후 약 한 달을 기다려야 한다. 후기도 호평 일색이다.

박종진,《만년필입니다!》

만년필 입문서로 이만한 책이 없다. 저자는 국내 최대 만년필 동호회 회장이자 만년필연구소 소장으로 익히 알려져 있다. 만년필의 역사와 주요 브랜드를 알 수 있다. 만년필의 올바른 사용법과 수리 방법은 저자의 오랜 경험을 그대로 일러주는 귀한 정보다. 만년필 사용자가 늘었다 해도, 만년필 서적 출판은 별개의 문제다. 독자층이 얇기 때문이다. 편집이 조금 아쉽지만, 주로 일본과 영미권 서적에 의존해야 했던 만년필 사용자에게 단비 같은 책이다.

조세익,《더 펜》

문구 블로그 '아이러브펜슬'의 주인장이 직접 고른 100개의 필기구를 소개했다. 만년필 고르는 법, 샤프심 종류, 효율적인 펜 수납법은 문구를 쓰는 사람이라면 누구나 느꼈을 테지만 그냥 지나쳤을 부분을 깊이 생각한 흔적이 묻어난다. 국산 브랜드 펜 이야기는 많지 않다. 출판연도를 고려하면 충분히 이해할 만하다. 개정판이 나온다면 최근 약진하는 국산 펜도 소개하거나 외국에서 만든 펜과 비교하였을 때 아쉬운 부분을 짚어주면 좋겠다.

다카바타케 마사유키,《궁극의 문구》

쓰고, 자르고, 붙이고, 재는 다양한 문구를 소개한다. 2006년 초판을 2016년에 개정했다. 그만큼 한 차례 검증된 내용으로, 쪽수는 적지만 작은 글씨로 전할 내용을 알차게 담았다. 대체로 일본 제품에 한정된 소개라는 한계가 있지만 여러 문구를 집약했다. 저자는 문구 디자이너로 10년 넘게 일했고, 지금은 '문구왕의 문구점'이라는 쇼핑몰을 운영한다. 표지 날개의 저자 의상은 '문구왕'을 표현한 것 같다. 그의 취향을 존중한다. 나는 조금 부담스러웠다.

제임스 워드,《문구의 모험》

문구류의 역사를 설명한다. '런던 문구 클럽' 창설자라는 저자의 이력은 그가 문구류에 얼마나 진심인지 짐작할 수 있게 한다. 이 책의 장점은 깊이 있는 내용과 잡담의 경계를 꾸준히 넘나드는 저자의 문체에 있다. 한 번 읽으면 그만인 시시콜콜한 이야기로 그치지 않고, 무언가 건져갈 지식을 독자의 손에 꼭 함께 쥐여 준다.

김규림의 《아무튼, 문구》, 문경연의 《나의 문구 여행기》, 정윤희의 《문구는 옳다》

정보를 전달하는 책보다는 문구에 관한 개인적인 감상과 소소한 에세이에 가까운 책들이다. 문구류 애호가의 추억, 수집품, 애정과 지식을 나누고 읽는 일은 비슷한 성향을 지닌 독자라면 언제나 즐거운 법이다.

종이의 매력에 빠져 보시죠

페이퍼리스 시대의 종이의 의미

글쓰기에 관심 있는 사람은 종이에도 관심을 기울이게 된다. 이번에도 작가 김중혁의 말을 빌리면, "좋은 노트가 있으면 글을 더 잘 쓸 수 있을 것 같은 착각에 빠진다." 제인 오스틴도 종이에 대한 관심을 작품에 녹여 내기도 했다. 《오만과 편견》에서 미스 빙리가 제지용 섬유로 만든 고급 종이에 뭔가를 적고 있는 장면이 묘사되어 있다.

요즈음 종이를 정중하게 대하고 따져보는 일은 쇠락한 산업에 몸을 담은 것과 비슷한 느낌을 준다. 주변 세상이 스러져 가는데 필사적으로 매달리며 사람들이 이 좋은 걸 모른다고 혼자 외치는 것 같다. 인쇄 미디어는 저항할 수 없는 디지털 물결에 휩쓸려 나갔다. 점점 많은 간행물과 잡지가 인쇄를 중단하거나 디지털 매체로 전환했다. 아이패드와 애플펜슬만 가방에 넣어서 강의실에 들어오는 학생의 숫자가 확연히 늘었다.

수업 중 종이와 펜을 꺼내 보라고 하면 학생들은 분주해진다. 강의가 시작될 때부터 종이와 펜을 책상 위에 올려두지 않았다는 뜻이다. 이곳저곳에서 펜을 빌려달라는 소리와 연습장 뜯는 소리가 들린다. 심지어 내 수업을 열심히 듣던 한 학생은 수업이 끝난 후 내게 따로 다가와 다음부터는 수업 시간에 종이와 펜이 필요하면 미리 알려주는 게 좋을 것 같다고 당부하였다. 나는 무어라 응수하려다가, 리터러시 변혁기 어딘가가 바로 이 강의실이 아닐까 하는 마음이 들기도 하고, 무어라 명쾌하게 설명하기 힘든 답답함에 그냥 고개를 끄덕였다.

반대로 다른 한쪽에서는 온라인 출판물이 종이로 출판되기도 하고, 새로운 잡지가 등장하기도 한다. 디지털 물결에 휩쓸리지 않고 굳건히 자리를 지키는 사례도 있다. 〈이코노미스트〉의 인쇄 발행 부수는 매년 평균 6%의 성장률을 보일 정도로 꾸준히 늘었다. 온라인 구독은 연평균 166%의 엄청난 성장세를 보였으나, 2020년 상반기의 온라인 구독자 숫자는 인쇄 매체 구독자의 1/8에 그쳤다.

이유는 단순하다. 내용이 같더라도 디지털 경험에는 오

감을 사용하는 매력이 없다. 디지털에는 책장을 넘기는 촉감과 종이 소리도, 잉크 냄새도, 표지부터 마지막 장까지 달하는 한 권의 물성도 없다. 극도로 디지털화된 시대에 번거롭고 효율성이 떨어지는 종이를 사용하는 일은 새삼스러운 경험을 선사한다. 사실 나는 대학원에 진학하면서 '페이퍼리스'라는 용어에 집착했다. 많은 교재와 논문을 메모와 함께 디지털 형태로 저장하고 정리하면 비용과 공간을 절약할 수 있으리라는 기대를 저버리기 힘들었다. 완벽한 페이퍼리스는 아직 어렵지만 많은 분야에서 상당 부분 진전된 것이 사실이다. 복합기의 팩스 기능은 마지막으로 쓴 것이 언제인지조차 기억이 나질 않는다. 하지만 그래도 여전히 한편에서는 종이를 사용하고 즐기기도 한다.

디지털 기기보다 쓰기 발달에 좋은
종이 노트의 끼적임

나는 몰스킨 노트를 좋아한다. 검은 표지와 고무 밴드, 그 안의 미색 속지는 누가 보아도 몰스킨이다. 2012년 영국 요크의 문구용품점에서 첫 번째 몰스킨을 구입했다. 둥글게 깎아낸 모서리에 나는 감탄해 마지 않았는데, 둥근 모서리 덕분에 가방 안에 아무렇게나 넣어도 모서리가 접히지 않았기 때문이다. 커버는 너무 단단하지도 그렇다고 너무 물러서 속지와 함께 흐물거리지도 않았다. 몰스킨을 쓴다고 해서 광고처럼 놀라운 창작물이나 예술, 거창한 생각을 곧바로 창출하게 되지는 않는다. 내 몰스킨 한구석에는 불필요한 회의 중간에 펼쳐놓고 떠오르는 잡념이나 별생각 없이 끼적인 낙서가 함께 있다.

종이와 펜은 단순하고 그 자리에 남아 있다. 동기화나 전원이 필요 없다. 몰스킨 사용자들의 사용기와 활용 방안은 블로그, 온라인 커뮤니티를 통해 속속 공유되었다. 몰스킨의 단순한 디자인 덕택에 이 작은 종이 노트는 업무 일지, 낙서장, 스케줄러, 스케치북, 일기장, 서평 일지, 여행자 수첩에까지 자유자재로 활용된다. 종이 노트의 미덕은 단순히 과거 손글씨에 관한 향수나 낭만에 있지 않다. 오늘날 종이 노트의 가장 큰 강점은 디지털 세상으로부터 나를 일시적으로 고립시키는 통로가 된다는 사실에 있다. 디지털 세상에서는 쉴 새 없이 새롭고 눈길을 사로잡는 정보가 쏟아진다. 시간을 낭비하기 쉽다. 신경과학자 대니얼 레비틴은 디지털 형식으로 기록하는 것보다 종이에 손으로 쓰는 방식을 지지하며 디지털 세상의 과도한 정보의 유해함을 고발했다.

직접 종이에 쓰는 일이 디지털 기기를 활용한 글쓰기보

다 집중력과 정보 이해력이 뛰어나다는 연구 결과는 수없이 도출되었다. 노르웨이 스타방에르 대학 리터러시 교육 교수 안네 망엔과 동료들은 종이 노트에 펜으로 글을 쓴 학생들과 랩톱이나 아이패드 키보드를 이용해서 글을 쓴 학생들을 비교 분석하였는데, 전통적인 종이 기반 글쓰기 방식이 내용의 기억 면에서 디지털 글쓰기 방식보다 더 우세한 결과를 보여주었다. 독일 울름 대학 마르쿠스 키퍼 교수팀은 디지털 기기를 사용한 글쓰기가 어린 학습자의 독서와 글쓰기 학습 환경을 쉽게 조성해준다는 순기능은 인정하면서도, 직접 손으로 적는 학습이 디지털 기기 기반 학습보다 독서와 쓰기 발달에 더 큰 효과가 있음을 밝히기도 하였다.

나는 몰스킨 노트를 영국 어느 문구점에서 우연히 산 이후 거의 10년을 썼다. 박사과정생일 때는 교실 현장 참관 내용을 적는 노트로 활용하였고, 최근에는 연구 아이디어를 끼적이는 연구노트 용도로 사용한다. 열 권이 넘는 노트를 썼고, 그간의 기록이 담겨 있다. 집필한 책과 논문, 미국의 다양한 중고등학교 교실 현장에서 이루어진 수많은 관찰과 대화 역시 종이 노트에 남았다.

다중작업을 하고 싶다면 전자기기를
집중하고 싶다면 노트를

　종이에 글을 쓰는 것, 그리고 디지털 글쓰기의 차이와 효과는 여러 연구를 통해 일부분만 알려졌을 뿐, 아직 밝혀지지 않은 부분이 많다. 종이와 스크린, 펜과 키보드, 아날로그와 디지털, 둘 중 어느 한쪽이 일방적으로 우위에 있지도 않다. 그렇지만 많은 연구에서 공통으로 종이에 펜으로 글을 쓰면 워드프로세서로 쓸 때보다 전체 글의 분량은 적지만 생각을 더 명확하고 깊게 표현한다는 사실을 밝혀내었다.

　나는 노트에 펜으로 글을 쓴다고 해서 갑자기 사고력이 향상되거나 문장력이 좋아지는 경험을 해본 적은 없다. 하지만 목적 없는 멀티태스킹을 멈추고 글쓰기에 집중하고 싶으면 노트를 꺼낸다. 멀티태스킹은 글쓰기를 멈추게 하는 행위다. 자료를 찾거나 정보를 확인한다고 여러 창을 띄워 놓으면 시간만 공연히 흘려보내기 좋다. 나는 휴대전화도 뒤집어서 멀찍이 둔다. 손이 닿는 곳에 있으면 자꾸만 들여다보기 때문이다.

　한 문장씩 엮어가려면 온전히 글을 쓰는 순간에 몰입하고 자료 조사나 다른 여러 일을 미뤄야 하는 시점을 만난다. 종이에 조용히 문장을 써 내려갈 때 조금씩 흥미로운 아이디어가 나온다. 20년 넘게 〈뉴욕타임스〉에서 일하며 피처(feature) 기사면과 외부 기고면을 총괄한 트리시 홀Trish Hall은 회의할 때면 참석자에게 휴대전화와 노트북을 치워달라고 요청했다. 새로운 사고를 위해서는 온전히 집중하는 시간이 중요하다고 여겼기 때문이다.

어떤 주제를 새로운 시각으로 바라보고 독창적인 아이디어를 떠올리는 일은 가장 어려운 일이다. 글쓰기 교수나 코치가 생각을 글로 옮기는 방법을 가르쳐줄 수는 있어도, 아이디어의 독창성과 창의성은 결국 글을 쓰는 본인에게 달려 있다. 생산성이 뛰어나다는 이유로 키보드를 손에서 놓기 두려울지도 모른다. 타자 속도가 손글씨보다 훨씬 빠르니까. 그런데 잠시 첨단 기술을 멀리하고, 당장은 종이와 펜이 느려도 흥미롭고 신선한 아이디어를 차근차근 글로 연결할 수 있다면, 종국에는 그 길이 훨씬 빠르다.

어떤 프로그램과 앱을 쓰세요?

펜, 타자기, 워드프로세서

글쓰기는 흔히 정신적인 노동, 즉 사고 활동으로 여겨지는데, 워드프로세서가 일반화되기 전의 글쓰기는 육체적 활동의 면모가 다분했다. 1980년대 초까지만 해도 펜으로 글을 썼다. 오늘날 출력과 제본을 하려면 인쇄업체에 파일을 담은 저장장치를 들고 가거나, 메일로 파일을 전송하거나, 클라우드에 올린다. 예전에는 손으로 쓴 원고를 인쇄업체에 맡기면 타이핑을 해서 출력해주었다. 학술지에 논문을 투고할 때는 출력한 원고를 서류 봉투에 담아 우편으로 보내야 했다.

같은 프로젝트에서 함께 일했던 A교수님은 종종 국제 우편으로 학술지에 원고를 보냈고, 6개월 후 심사결과를 다시 우편으로 받아 보았다는 이야기를 즐겨 하셨다. 지금도 미국 우편 서비스는 종종 분실 사고가 생기고 제대로 추적이 안 되는 것으로 악명이 높은데, 그 당시에는 원고가 제대로 도착했을 것으로 믿고 아무것도 모른 채 ―심사가 좀 늦나 보네― 일 년씩 허송하는 비극도 종종 일어났다.

타자기는 키를 누르면 종이에 글자를 찍어주는 것이 그 역할의 전부였지만, 손으로 글을 쓰는 것보다 시간을 확연히 줄여주었기에 획기적인 물건이었다. 타자기는 키를 누르는 순간 글자가 인쇄되는 방식이므로 엉뚱한 키를 누르면 종이를 바꾸어 처음부터 다시 타이핑하거나 수정 테이프로 고친 후 정확히 해당 위치를 맞추어 다시 키를 눌러야 한다. 워드프로세서의 '잘라내기'와 '붙여넣기'는 비유처럼 느껴지지만, 얼마 전까지만 해도 비유가 아니었다.

타자기를 쓰던 시절에는 초고를 고칠 일이 생기면 한쪽 전체를 다시 타이핑하는 대신 필요한 부분을 가위로 잘라내고 풀로 이어 붙여서 의미가 부드럽게 통하는지 검토했다. 최종 검토가 끝나면 그제야 처음부터 끝까지 다시 타이핑을 해야 했다. 최종 완성본이라 믿고 처음부터 끝까지 재타이핑한 원고에서 또 오탈자를 발견하거나 고칠 부분을 찾으면 다시 원고를 누더기로 만들었다. 자르고, 붙이고, 재타이핑하는 과정을 치르다 보면 정신적으로나 육체적으로

나 기진맥진해지는 것이 당연했다.

한편, 기술의 발전을 선뜻 받아들이는 대신, 과거의 형태를 고수하는 멋은 언제나 찾아볼 수 있다. 미국의 시인이자 문명비평가인 웬들 베리Wendell Berry는 "작가로서는 연필 한 자루, 펜 한 자루, 종이 한 장을 가지고 일한다"는 말을 남겼는데 그의 책 제목조차 《내가 컴퓨터를 사지 않는 이유 (Why I am Not Going to Buy a Computer)》이다. 글을 쓸 때 특정 연필을 고집하는 사람, 만년필을 고집하는 사람이 있는 것처럼, 컴퓨터를 놔두고 타자기를 고집하는 사람도 당연히 존재한다. 유튜브에 typewriter at college, typewriter in class 등의 키워드를 입력하면 대학이나 도서관에서 타자기를 사용하는 모습을 볼 수 있다. 타자기 소리가 꽤 크기 때문에 주변 학생들이 자꾸 쳐다보는 시선, 줄의 맨 끝까지 타자가 끝나면 특유의 타종 소리가 경쾌하게 들리는 모습까지 생생하게 담겨 있다.

타자기는 손으로 글을 쓰던 시기의 육체적 노동을 줄여주었고, 워드프로세서는 타자기가 미처 해결하지 못한 혼돈, 무질서, 낭비되는 종이 문제를 상당 부분 해결했다. 프린터 잉크 카트리지도 가끔 말썽을 일으키지만, 타자기 잉크리본만큼 손을 더럽히지는 않는다. 키보드를 누르는 일은 타자기를 다루는 모습과 비슷해 보이지만 컴퓨터 화면으로 글을 보여준다는 면에서 근본적으로 다르다. 글이 존재하지만 아직 인쇄되지 않은 형태이기 때문이다. 키보드를 조금 만지면 순식간에 글을 지우고 더할 수 있다. 몇 개의 문단 위치를 이리저리 바꾸는 일도 간단한 작업이 되었다. 수정을 위해 처음부터 다시 타이핑할 필요가 없어졌다.

컴퓨터의 이점이 워낙 뚜렷했던지라 나의 박사과정 지도교수 뉴웰은 그가 스탠퍼드에서 박사과정을 막 시작할 당시 1,300달러 정도를 지불하고 애플 II를 처음 구입했다. 당시 그는 250달러를 주고 산 중고차를 타고 다녔기 때문에 애플II는 엄청난 고가품이었다. 애플II 덕분에 그는 원고 위에 빽빽하게 수정할 내용을 끄적이거나 겹겹이 이어 붙인 원고와 씨름하느라 기력을 소진하지 않았다. 말하자면 애플II는 그의 경력에 지대한 공헌을 한 셈이다.

오늘날 스마트폰, 태블릿PC, 컴퓨터는 어떤 프로그램을 사용하느냐에 따라 같은 도구를 써도 활용도가 많이 달라진다. 글쓰기에서도 마찬가지다. 싫든 좋든 새로운 프로그램과 앱은 꾸준히 등장한다. 새로운 디지털 테크놀로지를 사용할 것인지 과거의 방식을 고수할 것인지는 개인의 선택이지만, 누군가 불편함을 느껴서 만들거나 더 나은 방식을 고민하며 만든 프로그램을 사용하며 느끼는 편리함 역시 글을 쓰며 경험할 수 있는 소소한 기쁨 중 하나다.

새로운 생각, 물건, 시도는 언제나 낯설다. 뜬구름 잡는 듯한 거대한 담론에 휩쓸리거나 휘둘리는 것이 우리네 일상이다. 하찮고 작아 보이는 문제를 해결하기 위해 만든 여러 도구와 프로그램이 소중하게 다가오는 이유다. 여기에서는 직접 사용해본 몇 가지 앱을 소개한다. 객관적인 선정 기준은 없지만, 개인적인 세월과 애정으로 검증한 앱이다. 우리나라 사용자 포럼을 돌아보기도 했지만, 때로는 미국과 영국의 사용자 포럼을 뒤지며 조금 더 나은 방식은 없는지, 새로 나온 앱은 없는지 찾아다니며 골랐다.

아래아한글, MS워드

어릴 때 아래아한글 3.0을 처음 접하고 신기한 마음에 이것저것 적어보았던 기억이 있다. 단축키와 표 편집은 아직 MS워드가 아래아한글을 따라갈 수 없다고 생각한다. 마우스를 거의 쓰지 않고 원하는 모양을 잡을 수 있는데, 이에 익숙해지면 MS워드에서 표를 편집하는 일이 꽤 불편하다. 호환성이나 파일 포맷 문제는 답답한 구석이 있지만, 전체 레이아웃, 줄 간격과 문단 간격 등 한글 문서의 세밀한 조율은 아무래도 아래아한글 손을 들어주게 된다.

맥용 한글은 여전히 2014VP인데 종종 업데이트가 되고 있고 호환성도 많이 좋아졌지만 윈도용 한컴오피스와 비교하면 아쉬운 면들이 아직 남아 있다. 물론 맥용 한글이 존재하지 않았던 때를 회상하면 감지덕지(그렇지만 윈도용 한컴오피스와 동등한 수준의 업데이트를 오늘도 고대한다).

에버노트(Evernote)

2013년 5월 1일부터 하루도 빠짐없이 사용하는 앱. 짧은 아이디어나 문장은 주로 에버노트에 기록하고, 보관해야 할 서류 사본도 에버노트에 저장한다. 휴대전화, PC, 맥북을 가리지 않고 글을 읽고 쓸 수 있으니 시공간의 제약이 없고, 연동성이 높다. 에버노트에는 모든 걸 쏟아 넣을 수 있다는 데에서 다른 메모 앱과의 차별성을 보여준다. 내 에버노트에는 온갖 영수증이며 보관용 서류, 여행지에서 찍은 사진과 메모, 웹 검색 결과, 학생들의 답안지, 아이디어 노트가 들어 있다. 중간에 마이크로소프트 원노트(Microsoft Onenote), 구글킵(Google Keep), 베어(Bear) 등을 써보았으나 나는 결국 에버노트로 돌아왔다.

스캐너블(Scannable)

여러 모바일 앱을 거쳐 5년 넘게 사용하고 있는 스캐너 앱은 스캐너블이다. 스캐너를 놔두고 왜 모바일 스캐너를 쓸까? 모바일 스캐너의 가장 큰 장점은 간편함이다. 대충 내밀어도 문서 가장자리를 자동으로 인식해 이미지를 깨끗하게 포착한다. 게다가 자동 보정 기능 효과가 좋아서 결과물을 깔끔하게 변환해 놓는다. 급하게 스캔할 일이 생기면 장소에 상관없이 바로 문서를 스캔할 수 있다. 특정 영역을 지정하거나 편집도 가능하다. 스캐너블을 에버노트와 연동해두면 스캔한 문서가 자동으로 에버노트에 저장된다. 스캐너블을 설치한 이후 최근 몇 년 동안 특별히 고해상도가 필요한 문서 외에는 컴퓨터 스캐너를 쓸 일이 없었다.

노션(Notion)

노션은 그냥 노트 클라우드가 아니다. 노트처럼 쓸 수도 있지만, 프로젝트와 작업, 실시간 협업이 가능하다. 그만큼 자유도가 높아 사용자의 입맛에 맞출 수 있다고나 할까. 쉽게 말하면, 사람마다 정리 방식이나 사고 과정은 다른데, 노트 형식에 적응하는 대신, 본인의 정리 체계 그대로 노트를 재단해서 쓸 수 있는 셈이다. 세세한 옵션을 전부 매만지며 자신만의 방식을 구현할 수도 있지만, 수많은 템플릿과 다양한 뷰 옵션을 둘러보고 괜찮아 보이는 방식을 택하는 방법도 있다. 나는 강의 준비에 주로 노션을 이용하는데 카테고리를 설정하고 여러 편의 수업을 구성하는 목적으로 활용하기에 좋다.

스크리브너(Scrivener)

영국의 Literature & Latte사에서 만든 전문 글쓰기 앱이다. 문학과 커피라니. 개발사 이름부터 벌써 느낌이 온다. 나는 스크리브너 버전이 올라갈 때마다 망설임 없이 구입했고 이 책의 초고를 비롯해 수많은 원고를 스크리브너로 작성했다. 스크리브너는 호흡이 긴 글을 쓸 때 그 장점이 여과 없이 드러난다. 아웃라이너 기능으로 글 전체를 가늠하면서 글 꼭지별로 폴더화하고 이리저리 옮겨볼 수 있다. 참고자료를 동영상, 오디오, 텍스트, 이미지 상관없이 모두 모아놓고 보며 글을 쓰는 것도 가능하다. 여러 문서 포맷과 프로젝트별 관리가 가능하고, RTF, PDF, Docx, 마크다운, LaTeX 등 다양한 형식으로 내보낼 수 있다. 스크리브너의 유일하면서도 치명적인 단점은 익숙해지기까지 필요한 학습량이 많다는 점이다. 처음에는 여러 기능과 메뉴가 어수선하고 불편하다고 느껴질 수 있다. 참고로 2021년 6월에 개정된 공식 매뉴얼은 905쪽에 달한다.

멘델레이(Mendeley)

문헌을 그룹 지어 관리할 수 있는 서지 관리 소프트웨어다. 엑셀로 정리하는 방법도 있지만 읽었던 책과 글이 흔적 없이 흩어지는 일을 막고 메모를 체계적으로 관리할 필요를 느낀다면 이 앱이 안성맞춤이다. 서지관리는 엔드노트나 조테로를 이용하는 방법도 있지만 하이라이트와 메모 기능 면에서 멘델레이의 손을 들어주고 싶다. 세어 보니 멘델레이를 사용한 지 10년이 되어 간다. 멘델레이도 꾸준히 새로운 기능을 추가해 지금은 유사한 주제의 논문을 찾아서 보여준다거나 다른 이용자들의 라이브러리를 데이터베이스로 활용해 관련 자료를 모아주는 검색 기능 등이 추가되었다.

에어메일(Airmail), 스파크(Spark)

이메일을 읽고 쓸 때 이용하는 이메일 클라이언트는 업무 생산성을 끌어올리는 데 더할 수 없이 큰 영향을 끼친 프로그램이다. 두 앱 모두 시각적으로도 깔끔하고 기본 기능이 탄탄해서 좋다. 알림을 시간대별로 끄고 켜거나 예약 전송을 비롯해 이메일 분류, 여러 계정 통합 관리 등을 할 수 있다. 주제별로 라벨을 만들어 시시각각 날아드는 이메일을 분류한다.

몰스킨 저니(Moleskine Journey)

구글·네이버·애플 캘린더를 활용해서 일정 관리를 할 수도 있지만, 캘린더에는 회의를 비롯한 여러 행정, 가족과 공유하는 일정을 가득 적어두어서 글쓰기와 관련된 일정은 몰스킨 저니에 몰아넣었다. 여러 업무와 일정을 정리하고 계획하는 플래너, 프로젝트 생성 및 세부 관리, 매일의 할 일 목록 등을 몰스킨 저니 앱 안에서 통합적으로 관리할 수 있다. 옴니포커스 같은 프로그램은 기능이 과하게 다양해 복잡해 보였거나, 단순한 투 두 리스트(to-do list)로는 성이 차지 않았다면 몰스킨 저니는 딱 그 중간의 어느 지점에 자리한 앱이라고 할 수 있다.

리디북스, 밀리의 서재

종이책 넘기는 느낌을 좋아하지만 종이책 소유와 보관은 곧 부동산의 문제다. 꼭 종이책으로 가지고 있을 필요가 없다고 판단이 드는 책은 전자책으로 읽는 습관이 새로 생겼다. 아무리 많은 책을 넣어도 리더기나 아이패드의 무게와 부피는 그대로다. 리디북스는 밀리의 서재보다 대여 가능한 장서 수가 적지만 앱이 세련되었고 싱크가 잘된다. 밀리의 서재는 리디북스보다 앱이 무거운 편이다.

백업, 아날로그와 디지털 사이

아날로그와 디지털을 오가는 분실과 소실

영화 〈더 스토리: 세상에 숨겨진 사랑〉은 1940년대의 프랑스와 2010년대의 뉴욕이라는 서로 다른 시공간의 두 작가 이야기를 작가 클레이를 통한 3중 액자식 구성으로 교차해서 보여준다. 노인의 젊은 시절, 아내는 파리행 기차에 원고가 든 가방을 실수로 두고 내린다. 화면은 60년이 더 지난 시기를 비춘다. 로리는 신혼여행으로 파리 여행을 왔다가 골동품 가게에서 빈티지 가방을 구입한다. 그리고 그 가방에서 우연히 원고 뭉치를 발견하면서 액자식 이야기가 힘 있고 빠르게 전개된다. 이 영화에는 어니스트 헤밍웨이를 연상케 하는 장치가 중간중간 등장한다. 파리 신혼여행 중 바라보는 헤밍웨이 명판이라든지, 등장인물 노인(The Old

Man)과 헤밍웨이의 소설 《노인과 바다(The Old Man and the Sea)》, 원고 분실이라는 소재가 그렇다. 요즈음의 컴퓨터 오류 문제만큼 이전에는 기차와 기차역에서의 원고 분실 사례가 많았는데, 헤밍웨이의 아내 해들리는 기차에서 1922년까지 헤밍웨이가 쓴 원고가 몽땅 들어 있는 가방을 잃어버렸고 영영 찾지 못했다. 《아라비아의 로런스》로 유명한 토머스 로런스Thomas Lawrence는 기차를 갈아타면서 〈지혜의 일곱 기둥〉 원고를 모두 잃어버리기도 했다.

나의 지도교수 뉴웰은 디지털 시계와 오랜 전통의 기계식 시계를 오가며 각각의 장점을 자유롭게 누리는 듯했다. 같이 자료 분석을 하다가 막힐 때면 교수님은 종종 시계를 풀고 크라운을 돌려 태엽을 감았다. 내 아버지보다 더 연세가 많은 그는 애플워치로 운전 중 길 찾기 기능을 활용할 정도로 새로운 디지털 기기를 접하고 적응하는 속도가 무척 빨랐다. 그런데 얼마간의 시간이 흐른 후 지도교수님 손목에서 애플워치를 찾아볼 수 없었다.

"요즘은 애플워치 안 쓰세요?"

"배터리 문제가 있다는데 시계가 갑자기 뭘 해도 작동을 안 해. 껄껄."

디지털은 일상 깊숙이 들어왔다. 부러 만년필이나 연필

을 고수하는 이를 제외하면 오늘날 글은 더는 원고지에 연필로 쓰지 않는다. 펜을 잡았다는 문구는 수화기를 들었다거나 턴테이블의 바늘을 내려놓는다는 표현처럼 수명이 다하거나 고전적인 향수를 자극하는 표현이 되어간다. 이제는 키보드를 누른다. 디지털은 효율적이고, 빠르고, 확실하다. 디지털 테크놀로지는 분명히 글쓰기에 크고 긍정적인 변화의 단초가 되었다.

어쩌다 나를 제외하면 가장 젊은 층이 육십 대 중반의 노교수인 회의에 들어간 적이 있다. 스코틀랜드에서 타자기로 쓴 원고를 봉투에 넣어 미국 학회에 투고하느라 첫 심사 결과를 받는 데에만 일 년 가까이 기다렸다는 부류의 믿을 수 없는 이야기를 끝없이 들었다. 애플, LG, 삼성처럼 한 시대를 풍미했던 타자기 브랜드도 다양했다. 펜으로 쓰던 시절에 비하면 최첨단 테크놀로지였으니 너도나도 타자기 사업에 뛰어들었다. 성석제의 산문집에 레밍턴 전동타자기가 등장하는데, 레밍턴은 원래 총기 제조로 유명한 회사다.

기술은 계속 발전하기 마련이다. 타자기의 시대는 저물었다. 블록을 설정해 자유롭게 자르고 붙여넣을 수 있는 워드프로세서는 단연 고쳐 쓰기의 고단함을 줄여준 최고의 공신이랄 수밖에. 다만, 디지털 테크놀로지가 글쓰기에서 점점 더 많은 역할을 담당하면서 얻은 효율성 이면에는 확실성에 관한 의문이 제기된다.

며칠 후면 교원면접 논문을 완성할 수 있었다. 키보드를 치고 있는 도중에 노트북 컴퓨터에서 희미하게 똑딱, 하는 소리가 나더니 컴퓨터가 꺼져버렸다. 그리고 다시 켜지지 않았다! 나는 부주의하게도 파일을 백업해 놓지 않았다. 6개월 동안 한 일이 그냥 사라졌다는 말인가? 컴퓨터 전문가의 도움을 받아 파일을 복구하려는 노력도 허사였다. 아무것도 불러낼 수 없다고 했다. (중략) 너무 창피해서 진실을 말할 수 없었다. 쓰긴 썼지만 컴퓨터가 다운되었고, 백업을 해놓지 않은 바람에 논문이 날아가 교직에 지원할 수 없다는 말을 어떻게 하겠는가. 개가 숙제장을 먹었다는 고전적인 거짓말을 하는 것과 비슷할 터였다.

―《내가 보고 싶었던 세계》(석지영, 북하우스, 2013) 중에서

디지털 테크놀로지에 반대하는 것은 아니다. 글쓰기와 얽힌 테크놀로지와 관련한 가장 곤혹스러운 순간은 자료의 소실이다. 테크놀로지는 편리하지만 예측할 수가 없다. 최근에는 클라우드 서비스가 익숙해졌기 때문에 빈도는 줄었지만, 과거로 거슬러 올라갈수록 끄집어낼 만한 당혹스러운 기억은 너도나도 많다. 갑자기 뜨는 블루스크린이며, 운

영체제를 거푸 재설치하는 일, 갑자기 꺼진 컴퓨터가 영영 켜지지 않는 상황이 잦았다.

학기마다 과제 마감일 전후로 하소연하는 메일과 학교 포털 메시지를 받는다. 구구절절 사연을 요약하면 알 수 없는 이유로 파일이 열리지 않거나 컴퓨터 작동이 멈추었다는 내용이다. 지난 학기에는 동료의 컴퓨터가 무슨 불만에 서렸는지 큰 규모의 학회 발표 코앞에서 그의 모든 연구 자료를 날려버렸다. 나라고 그런 경험이 없을까. 석사과정 학위 논문 작성에 필요한 자료 수집과 분석의 큰 줄기를 잡았다 싶을 즈음이었다. 어느 여름날 저녁, 거짓말처럼 랩톱 화면이 까맣게 되더니 무슨 수를 써도 작동을 하지 않았다. 그나마 다행한 점은 드롭박스와 구글 드라이브에 주요 작업 폴더는 연동해두었기 때문에 중요한 파일을 통째로 날려버린 참사는 아니었다는 것이다. 새 랩톱을 주문하고 그날은 일찍 잠자리에 드는 것으로 우발 사건이 마무리되었다.

추천하는 백업 솔루션

백업은 중요하다. 김영하 작가는 〈tvN 알쓸신잡3〉에서 소설 쓰기에서 가장 중요한 점을 알려달라는 학생들에게 "백업이야. 언제나 백업해"라는 대사를 읊었다. 아무리 중요한 작업이더라도 디지털 테크놀로지는 그걸 한 번에 날려버릴 가능성이 상존한다. 그리고 김영하는 그런 상황에서는 모든 의욕을 잃고 직업마저 바꿀 수 있다는 부연을 했다. 미국 대학원에서 중장기 교육 연구 프로젝트를 진행할 때는 아예 학교 건물의 커다란 방 두 개를 안전한 백업 전용 공간으로 사용하면서, 연구원이 매 학기 정기적으로 업데이트된 자료를 저장하고 일지를 작성하기도 했다.

다음은 여러 서비스를 거쳐 이 글을 작성하는 시점에서 개인적으로 사용하는 백업 솔루션이다. 디지털 테크놀로지는 변화가 빠르므로 시간이 지나면서 세부 내용이 달라지거나 업데이트될 수도 있고, 더 효율적이고 뛰어난 백업이나 클라우드 서비스가 등장할 수도 있다. 무엇보다 개인의 작업 종류에 따라 해당 분야의 선배들에게 조언을 구하는 것이 자신에게 잘 맞는 대처 방안을 모색하기에 적합할 수 있다.

드롭박스(Dropbox)

최고 수준의 안정성과 편의성을 자랑한다. 중요한 파일, 한창 작업 중인 문서, 자주 열람하는 파일은 드롭박스로 백업한다. 드롭박스와 연동한 모든 기기에서 거의 동시에 똑같은 동기화가 이루어지는 것을 확인할 수 있다. 윈도·맥

iOS·안드로이드 등 여러 시스템을 오가도 동기화 안정성이 대단히 뛰어난 것을 알 수 있다. 실수로 삭제하거나 심지어 덮어씌운 파일도 복구할 수 있다. 대용량 파일 관리 속도가 느린 편이고 기본 용량이 적다는 아쉬움은 있다. 몇 번 다른 클라우드로 옮기려고 시도했으나 번번이 안정성 하나 때문에 드롭박스로 회귀하고 매년 사용료를 지불하고 있다.

구글 드라이브(Google Drive), 원드라이브(OneDrive)

구글 드라이브는 구글 문서 도구, 지메일, 구글 플러스와 같은 각종 자사 서비스와 연동하여 사용할 수 있다는 장점이 돋보인다. 파일 공유와 뷰어 기능이 우수해 다른 이들과 함께 작업하거나 글을 쓸 때 편리하다. 다만 종종 파일 업로드에 실패한다거나 어느 시점 이후로 동기화가 이루어지지 않은 상황을 몇 차례 마주했다. 원드라이브도 구글 드라이브처럼 동기화가 안 되어 있는 상황이 가끔 발생한다. 어쩌다 한글 파일명의 자음과 모음이 해체되어 업로드되는 경우도 있고 숫자 정렬 방식이 독특해 재분류를 해주어야 한다. 비슷한 경험담과 미봉책을 쉽게 찾을 수 있으니 나만 겪는 상황은 아닌 듯싶다. 두 서비스 모두 각종 논문, 보고서, 책 파일 백업 목적으로 사용한다.

백블레이즈(Backblaze), 타임머신(Time Machine)

매일 연구 목적으로 교실 수업을 하루 두세 시간씩 4년 이상 촬영하고 여러 현장 교사와 학생을 만나 면담하면서 백업해야 할 동영상과 오디오 파일 용량이 기하급수적으로 커졌다. 외국에서 수집한 자료의 양도 늘어 외장 하드디스크로 백업하는 것만으로는 마음이 놓이지 않아 백업 전문 클라우드 스토리지 서비스인 백블레이즈를 이용하기 시작했다. 백블레이즈는 위에서 설명한 드롭박스나 구글 드라이브와 달리 원본 하드디스크를 통째로 정해진 시각마다 서버에 백업하는 시스템이다. 시스템에 연결되어 있다면 외장 하드드라이브까지 용량 제한 없이 백업해주기 때문에 파일 보관에 최적화되어 있다. 백업한 파일을 후일 다시 찾아 다운로드하는 기능과 인터페이스가 상대적으로 조금 불편하다. 애플사 백업 솔루션인 타임머신은 세세하게 신경 쓰지 않아도 원하는 시점으로 돌아갈 수 있는 전용 백업 솔루션으로 사용법도 쉬워 맥OS 사용자라면 아낌없이 사용할 만하다.

이외에도 잠시나마 사용했거나 유료 사용을 고민했던 서비스로는 iDrive, pCloud, Zoolz, SpiderOak 등이 있다. 서비스마다 특장점이 다르므로 직접 둘러보고 고르는 것도 좋겠다.

조상들도 백업에 신경 쓴 흔적이 남아 있다. 고려실록은 궁궐과 해인사에 각각 한 부를 두었고, 조선왕조실록은 4~5부를 만들어 전국 각지의 보관 장소까지 세심하게 관심을 기울였다. 10년 전 작가와 학자들의 인터뷰를 살펴보니 오랜 기간 걸쳐 모은 자료의 양이 아주 크고 막대하다는 사실을 강조하기 위해 500GB 외장 하드디스크를 사용하고 있다는 이야기가 나온다. 작금의 기술 변화 속도를 보면 몇 년만 지나도 2020년대 초반에는 백업을 위해 이렇게 허술한 서비스를 사용했냐고 말하게 될지도 모르겠다. 많은 문서와 작업이 디지털화되는 흐름을 완벽하게 거스르기는 현실적으로 제약이 있으니 시대의 흐름에 맞추어 다양한 백업 방안을 강구할 필요가 있다. 이 순간 크리스토퍼 놀런 감독의 〈인터스텔라〉를 생각한다.

"우린 답을 찾을 것이다, 늘 그랬듯이(We will find a way, we always have)."

3부

글쓰기로 바라보는 글쓰기 공부

텍스트 중심으로 살펴본 글쓰기

도제식 전달에서 이론으로 변화 중인
한국의 글쓰기 교육

우리나라는 중세부터 과거 제도 등을 통하여 쓰기 평가가 이루어졌고 각처에서 여러 도제식 쓰기 교육이 이루어졌다. 하지만 글쓰기 교육을 학문 분과로 삼고 본격적으로 연구를 시작한 것은 2000년대 이후의 일이다. 대학에서 교양 글쓰기 과목이 기존의 대학 국어로부터 독립하기 시작한 것도 대략 2000년대 이후의 일로 추정된다. 대표적인 쓰기 교육 연구 학회인 한국작문학회는 2005년에 발족하였고, 현 리터러시학회의 전신인 대학작문학회는 2010년에야 창립되었다. 참고로 미국 대학에서 학점을 인정받는 정규교육과정으로 글쓰기 과목이 생긴 것은 1870년대의 일이고, 미국의 대학작문학회는 1949년에 설립되었다. 미국에서는 글쓰기와 쓰기 교육을 공부하는 작문학과*가 1970년대 이후 독립된 학술분과로 존재한다. 이런 여러 가지 학술 연구사의 차이로 인해 우리나라 국어교육의 쓰기 이론은 영미권 학계에서 그동안 정리한 쓰기 이론에 크고 작게 의존하는 경향이 있다.

우리나라의 글쓰기 역사가 유구하다면서 우리 고유의 쓰기 이론은 없는 것인가? 대답은 물론 아니다. 고려부터 조선시대까지 글쓰기와 문장론에 해당하는 금언은 숱하다. 한문과 한글 사이의 차이, 시대적 변화, 세대별로 다른 인식을 고려하여 현대적으로 풀어내는 작업이 필요하고, 누군가 이 문제를 붙들고 골몰하고 있을지도 모른다. 영미권 학계의 글쓰기 이론이 우리보다 앞서있는 부분이라면 질적

---

* 정확한 명칭은 대학마다 조금씩 다르다. 예시는 다음과 같다. Writing, Rhetorics, and Literacies(Arizona State University), Rhetoric and Composition(University of Delaware), Rhetoric(University of Iowa), Language, Writing, and Rhetoric(University of Maryland), Writing Studies(University of Minnesota), Composition, Rhetoric and Digital Literacy(University of North Carolina), Rhetoric, Composition, and Literacy(Ohio State University), Writing and Rhetoric(University of Rhode Island), Rhetoric & Writing (University of Texas at Austin), Digital Writing & Rhetoric(University of Virginia)

체계화와 양적 규모이다. 이마저도 거스르기 힘든 사회적 요청에 부응한 것에 가깝다.

링컨은 1862년 모릴법(Morrill Act)을 통해 주마다 저소득층과 중산층을 위한 대학을 설립했고, 이는 다시 1960년대 미국 전후세대의 대학 진학과 연방 정부의 기금 지원과 맞물려 엄청난 규모의 양적 팽창으로 이어진다. 이후에도 대학 진학률은 꾸준히 증가해 이미 압도적인 팽창이라는 수식어가 붙었던 1960년대 초반의 대학생 숫자는 50년 동안 8배 가까이 늘어나 2010년 이전에 1,200만 명에 달했다. 이마저도 파트타임 대학생을 집계하지 않은 숫자이기 때문에 실제 대학생 수는 훨씬 더 많다.

갑작스럽게 늘어난 학생 숫자는 그저 숫자가 아니다. 학생 간 글쓰기 능력 편차가 커지면서 기본적인 글쓰기 능력이 학업 성취도를 비롯한 여러 문제의 원인으로 지목되었고 이 문제를 해결하기 위해 필수 글쓰기 과목이 개설되었다. 여러 글쓰기 문제를 살펴보고 해결하기 위해 글쓰기 교육이 본격적인 연구 주제로 부상한 것은 당연한 수순이었다. 학생 수와 비례하여 글쓰기를 평생 탐구하는 학자의 수도 그만큼 늘었다. 따라서 수집한 자료, 연구와 실험, 논의의 양이 가파르게 축적되었고 자연스럽게 이론이 정교화되었다. 우리나라의 글쓰기 교육은 암묵지로, 혹은 도제식 교육으로 전해져 내려온 전통적인 품사론과 문장론을 축 삼아 영미권 학계의 글쓰기 이론을 참조하면서 우리 실정에 맞춰 적용하는 상황으로 풀이할 수 있다.

타국의 이론을 받아들이며 성장하는 것은
자연스러운 과정

우리 글쓰기를 논하는 자리에서 외국 학자들의 이론을 빌려서 설명하는 현상을 못마땅하게 여기는 시각도 존재한다. 외국의 사상을 수입만 하거나 일방적으로 이식하는 데 그치는 것은 당연히 무의미하다. 짧은 소견으로는 다만 전에 없던 새것은 없고, 당연히 옛것과 타국 학자들의 연구 성과는 우리나라 실정에 맞게 고치고, 맞지 않는 것은 버리고, 부족한 부분은 채워야 할 일이다.《목민심서》문목과 조례를 살펴보면, 중국과 조선의 상황이 다르므로 중국의 성과를 검토하였으나 내용 그 자체를 받아들이지는 않았음이 드러난다. 또한, 다산은《논어고금주》를 집필할 때 일본 학자들의 주석까지 포함하였다. 마찬가지로 우리 글쓰기에 낯선 외국의 이론을 적용하였을 때 우리 실정에 맞는 것은 받아들이고, 맞지 않는 것은 버리고, 부족한 것은 채워야 할 것이다.

우리나라 근대 문장론의 원류로는 흔히 이태준의《문장강화》가 지목된다. 일제강점기까지 글쓰기에 관한 관심은 품사론를 향한 이목보다 상대적으로 적었다. 1930년대 들어서야 민족어로서의 우리말 문장에 관한 담론이 형성되기 시작한다. 이태준의《문장강화》는 그간 다양한 측면에서 주목받았고, 그만큼 평이 갈린다. 사실《문장강화》는 소설 창작 방법에 크게 치중하였고 다른 텍스트 종류, 예를 들어 설명문이나 논설문 같은 실용문의 비중은 가볍기 때문에 일종의 예술적 문예 창작 지침서로 보아야 한다는 지적이 있다. 한층 더 혹독한 평가로는, 고유어나 토속어에는 소극적이면서 외래어에는 우호적이었던 이태준의 편향을 근거로《문장강화》는 문제작이라는 평을 듣기도 했다. 몇 가지 한계는 분명하지만, 극심해지는 일제의 수탈과 민족 말살 정책 속에서 우리 문학의 창작 형식과 방법을 다듬은 노력을 인정해주어야 한다는 해석도 있다. 재미있는 점은 이태준은 익히 알려진 다독, 다작, 다상량 개념을 반박하며 타고난 문장가가 아니라면 쓰기 이론과 전문적인 쓰기 교육이 필요하다고 주장했다는 사실이다.

타국의 이론을 사상적 자원으로 삼으면서 동시에 고유의 정체성을 확립하는 일은 우리 글쓰기 연구사만의 흐름은 아니다. 영미권 논증적 글쓰기 교수법을 파고들면 그 끝은 결국 그리스 수사학으로 가닿는다. 영국과 미국 대학 글쓰기 수업에서는 그리스 수사학 개념을 명시적으로 논의하는 경우도 많다. 토머스 쿤의 과학철학과 패러다임 개념은 20세기 후반 미국은 물론, 유럽 학계의 모든 학문 분야에 가장 큰 영향을 미친 것으로 평가된다. 여전히 패러다임 개념을 받아들이지 않는 학자도 많지만, 지식을 비누적적 진보로 풀이하는 쿤의 주장은 이미 충분히 큰 반향을 일으켰다. 우리도 이미 일상생활 속에서 패러다임이라는 용어를 종종 쓰고 있다는 점이 그 사실을 뒷받침한다.

우리나라 글쓰기 교육 이면의 글쓰기 이론과 얼기설기 얽힌 내막을 풀어보았으나 표면적인 실체는 다음과 같다. 글쓰기 이론을 범박하게 세 가지 방향으로 나눌 수 있는데, 첫 번째는 완성된 글, 즉 텍스트가 갖추어야 할 형태를 강조하는 흐름이다. 나머지 두 가지는 '과정 중심 쓰기', '사회적 맥락을 고려한 쓰기'이다. 텍스트 중심의 입장을 구체화한 이론이 우리에게 가장 익숙한 형태라고 볼 수 있다.

다음은 이러한 텍스트 중심의 입장을 구체화한 글쓰기 학습 방안이다.

텍스트 중심의 입장을 구체화한
글쓰기 학습 방안

베껴 쓰기, 암기하기

닮고 싶은 작가의 글을 베껴 쓰는 일은 문장력을 키우는 방법으로 익히 알려져 있다. 암기의 힘은 생각보다 세다. 과거시험 작문을 준비하던 선비들 역시 명문을 암기했다. 나는 우리말과 우리글로 된 문장도 수집하지만, 영문 학술지를 읽으면서 울림이 있었던 문장이나, 익숙하진 않지만 후일 구사하고 싶은 수사법을 따로 추려서 외워버리곤 했다. 베껴 쓰는 행위 자체에는 크게 의미를 두고 싶지 않다. 자칫 단순 반복 노동처럼 느껴질 수 있기 때문이다. 베껴 쓰기는 작가가 고심해서 선택했을 낱말 하나, 조사 하나, 문장 구조를 자세히 들여다보는 데에 의미가 있다. 관심 있는 분야에서 모범이 되는 글을 모아 필사해도 좋고, 문장을 별도로 수집하는 일이 번거롭다면 필사를 위한 워크북 형식의 책을 서점에서 찾아보는 것도 좋다.

암기나 베껴 쓰기는 시간이 한정되어 있을 때 중간 이상의 글을 빨리 쓸 수 있는 방법이기도 하다. 직장에서 첫 보고서를 쓸 때 선임의 보고서를 찬찬히 헤치고 그 속을 이모저모로 살펴보는 일은 시행착오를 줄이는 출발점이다. 박

수받으려는 욕심은 내려놓고 실족하지 않는 데에 중점을
두는 방법이다. 주어진 시간이 촉박할수록 좋은 평을 들었
던 보고서를 어떻게든 구해야 한다. 시험용 글쓰기에서 모
범 답안을 여럿 구해 통째로 외우거나 전체 틀을 익혀두는
방법은 그리 권장하고 싶지는 않지만, 짧은 시간 안에 일단
그럴듯한 글을 빨리 쓰는 지름길이다. 아주 고득점은 아니
어도 중간은 간다.

수사학 활용하기

수사학은 설득과 웅변의 기술로 출발했다. 수사학은 2,500
년 동안 서양 민주주의와 의사소통을 넘어 학문 발달의 밑
받침이기도 했다. 효과적이고 합리적인 주장과 설득 방법
을 기초로 철학과 과학적 사고가 꽃을 피웠기 때문이다. 아
리스토텔레스의 수사학을 읽어보면 청중에 맞춰 말을 하
려면 어떻게 해야 하는지 끊임없이 연구했음을 알 수 있
다. 고대 수사학의 설득적 구조는 말과 글의 효과와 직결되
기 때문에 영미권 글쓰기에서 특히 중시되었다. 영국 철학
자 스티븐 툴민이 1958년에 펴낸 논증법에 관한 책은 아
직도 통용되는 현대 고전인데 논증의 세부 요소인 주장, 근
거, 전제를 구체적인 예시와 함께 체계적으로 정리했다. 주
장(Claim)-근거(Evidence)-전제(Warrant) 순서의 형식을 강조하는

글쓰기는 대체로 툴민의 논증 모형에 기초한 경우가 많다. 영미권 교육과정의 논증적 글쓰기(argumentative writing) 교육에서 채점 기준 또한 대체로 툴민의 논증 이론에 바탕한다.

수사학은 우리 사회 도처에 스며들어 있고, 알게 모르게 적극적으로 활용하는 사람들이 존재한다. 특정 단체 대변인이나 브랜드 광고 모델로 누구를 섭외할 것인지, 또 어떤 이미지를 전달하는 것이 단체, 제품, 브랜드에 더 걸맞냐는 물음은 이미지의 수사학이고, 피하고 싶은 쟁점을 요리조리 피해 가며 답하는 것도 수사학 기법이다. 기자가 정치인에게 언제 어느 때에 했던 발언이 거짓말이지 않느냐고 질문을 할 때 수사학을 아는 정치인은 거짓이었다, 아니었다는 직설적 대답 대신 그 문제의 핵심은 무엇무엇이라는 점을 기억해야 한다는 식의 모호한 대답을 늘어놓는 경우가 많다.

다섯 문단 글쓰기(Five-Paragraph Theme)

일반적으로 서론 한 문단, 결론 한 문단, 본론 세 문단으로 구성된 다섯 문단 구조는 우리 글쓰기 교육에서 많이 사용되는 기본적인 문단 구성이다. 대규모 표준화 글쓰기 시험은 대체로 다섯 문단 글쓰기로 귀결된다. 영어 시험인 토플, 토익, 아이엘츠 글쓰기 모범 답안은 모두 다섯 문단 글쓰기의 전형을 보여준다.

다섯 문단 글쓰기라는 명칭은 상징적인 것으로, 완성된 글이 딱 다섯 개 문단일 필요는 없다. 본론은 두 문단이나 네 문단일 수도 있다. 중요한 점은 미리 정해진 문단 구조를 토대로 끼워 넣을 내용만 얼른 찾아서 빨리 한 편의 글을 기계적으로 생산하는 연습을 한다면 그것은 전체 문단 개수가 네 개든 여섯 개든 다섯 문단 글쓰기라고 할 수 있다. 경희대학교, 동국대학교 등 많은 대학 글쓰기 교육에서 다섯 문단 글쓰기 과제를 부여하고, 일반 시중의 글쓰기 책에서도 다섯 문단 구조 혹은 미리 정해진 문단 구조를 기본적인 글쓰기 형태로 제시하는 경우가 많다.

영미권 국가에서 다섯 문단 구조는 자국어로서의 영어 교육과 고대 수사학에 연원을 두고 오랜 기간 사용되었다. 다섯 문단 글쓰기는 영미권 글쓰기 교육계에서 수십 년 동안 끊임없이 비판의 대상이 되었지만, 표면적으로는 교사들이 가장 선호하는 글쓰기 교수·학습 방법으로 남아 있다. 다섯 문단 구조가 처음 등장한 글쓰기 교재로는 1853년에 출판된 영국의 글쓰기 교재로 추정된다. 다섯 문단 구조는 단순하다는 점이 장점이자 단점이다.

나의 글쓰기 수준은
어느 정도일까?

형식에만 집중하면 사라지는 생명력

고등학교 국어 시간에 걷은 과제 한 편에 이런 문장이 적혀 있었다.

"요즘 아이들은 개념이 없다. 우리 때는 그렇지 않았다."

요즘 아이들은 바로 한 학년 아래 후배들을 가리킨다. 그 개념 없는 아이들이 커서 지금의 너희가 된 거 아니겠냐고 장난쳤더니 여럿이 그렇지 않다고 항변한다. 웃음을 애써 참는 나와 달리 본인 세대와는 정말 다르다며 아우성치는 표정이 사뭇 진지했다. 그 표정 때문에 나는 잠시 요즘 아이들이 생각하는 요즘 아이들에 관한 토론을 하고 다음 단원으로 넘어갔다. 과연 아이들은, 요즘 아이들의 글쓰기 능력은 시대 또는 학년마다 다른 모습을 보여주고 있을까?

'나는'으로 시작하는 글을 쓰지 말라는 조언은 곧 '나는'으로 시작하는 글을 글쓰기가 아직 서투르거나 어린아이일수록 자주 쓴다는 뜻이다. 그런데 나는 요즘 '나는'으로 시작하는, 투박하지만 생생한 글이 그립기도 하다. 안타깝게도 관성의 힘은 막강하다는 사실을 학기마다 재확인한다. 무미건조한 정보의 조립품 같은 글, 대입 논술 학원에서 흔히 가르치는 전개 방식을 그대로 답습한 글, 기승전 깨달음이나 교훈적인 메시지로 결론을 맺은 글을 읽다 지쳐 본인의 생각과 경험을 담지 않고는 해결할 수 없는 글쓰기 과제를 내줄 때가 있다. 2019년에 열아홉 살이었던 권지윤이라는 아이는 본인이 겪는 글쓰기의 어려움에 관한 장문의 글을 쓰고는, 말미에 다음과 같이 해결책을 함께 적어냈다.

문제: 너튜브를 한 번 켜면 흘러가는 대로 시간을 흘려보낸 경험이 대다수. 집중력 X

대책: ① 부지런한 사람으로 다시 태어나기.

② 사이버 강의일 때는 휴학.

문제 진단은 하였으나 막막한 마음을 해결책으로 적은

이 표현의 경쾌함에 나는 그만 웃음이 터지고 말았다.

앞장에서 설명한 수사학, 베껴 쓰기, 다섯 문단 쓰기 등의 텍스트 중심 글쓰기 이론은 말 그대로 완성된 글이란 어떤 형태여야 하는지에 초점을 맞춘 것이다. 베껴 쓰든 암기하든 목적은 하나다. 명문이라 일컫는 글, 합격한 사람들의 답안에 가까운 글을 쓰는 능력을 본뜨라는 것이다. 베껴 쓰기를 매도하고 싶지는 않다. 문제의식과 그 표현에 동요되어 낱말마다 힘주어 꾹꾹 눌러가며 따라 쓰는 일은 멋진 글에 매료된 감정을 충실하게 즐기는 방법이고 많은 작가가 실천했던 훈련이기도 하다. 다만 생명력 없는, 진솔하지 못한 글을 기계적으로 양산하는 글쓰기 테크닉을 익히기 위한 베껴 쓰기와 문장 구조 암기는 그 결과만큼이나 훈련 과정도 공허하다.

'계획하기-작성하기-검토하기'를 종횡으로 오가라

완성된 글의 형태에 방점을 두는 글쓰기 교육과 연습에는 정작 글을 쓰는 주체인 글쓴이에 관한 관심이 빠져 있다는 치명적인 단점이 있다. 그런 단점을 상쇄하기 위해 나타난 것이 글쓰기 도중 글쓴이의 머릿속에서 이루어지는 인지과정에 집중하는 접근법이다. 가장 유명한 관점으로는

1979년에 쓰기의 인지적 모형을 제시한 플라워Linda Flower 와 헤이즈John Hayes의 인지적 글쓰기 이론을 들 수 있다. 흔히 '플라워와 헤이즈 모형'이라고 부르는 이 인지 모형은 1980년, 1981년에 수정을 거쳐 발표되었고 2012년까지 이 모형을 꾸준히 개선하고 새로운 연구 내용도 반영했다. 크게 주목받은 만큼, 학계 내외적으로 비판과 지적을 많이 받았고, 시대의 흐름에 따라 새로운 패러다임이 더해지면서 모형은 더 정교하게 수정되었다.

골자만 전하면, 글쓰기 과정은 크게 '계획하기-작성하기-검토하기' 세 단계로 구분할 수 있다. '계획하기'는 또 목표 설정하기, 생성하기, 조직하기로 구분한다. '작성하기'는 초고 쓰기라든지 글쓰기, 텍스트 생산하기, 표현하기 등의 용어로도 혼용된다. 플라워와 헤이즈는 문자로 옮긴다는 뜻을 강조하고자 트랜슬레이팅(Translating)이라는 용어를 썼다. '검토하기'는 다시 평가하기와 고쳐 쓰기 두 가지로 나누어진다. 평가하고 고쳐 쓰는 일은 순차적으로 일어나기도 하지만 번갈아 가며 반복될 수도 있고, 검토하기 단계가 아니라 계획하기나 작성하기 단계에서도 얼마든지 나타날 수 있다.

오늘의 관점에서는 지극히 당연히 보이는 위의 글쓰기 세 단계가 중요한 이유는 무엇일까? 보통 글쓰기를 계획-

작성-검토 순서로 한 번에 하나씩 이루어지는 선조적(linear)인 절차로 이해하는 경우가 많다. 하지만 플라워와 헤이즈 모형에서는 글쓰기 단계가 앞에서 뒤로, 뒤에서 앞으로 얼마든지 몇 번이고 오갈 수 있는 회귀적 성향이 있음을 강조하였다.

글쓰기 과정이 선조적이라는 인식이 재생산되는 이유는 대부분의 글쓰기 시험이 선조적 글쓰기로 점철되어 있어서 그렇다. 각종 학교 경시대회나 대입 논술은 한자리에 모여 자기 자리에 앉아 한정된 시간 동안 한 편의 글을 완성해야 하는 식으로 이루어진다. 이런 환경 속에서는 계획하고, 쓰고, 고쳐 쓰는 단계를 여러 차례 오가는 대신, 빠르게 개요를 만들어 글을 쓰고, 시간이 남으면 오류가 있나 없나 정도만 점검한 후 답안을 제출하는 식으로 글을 쓰게 된다. 여러 단계를 동시에 진행하는 동시성과 쓰기 과정의 경계를 넘나드는 회귀성을 경험해보지 못하는 셈이다.

하버드 대학 심리학자이자 여러 권의 학술 서적과 대중서로 알려진 스티븐 핑커Steven Pinker는 보통 원고를 대여섯 번은 앞뒤를 종횡무진하며 고친다고 자신의 글쓰기 습관을 설명했다. 그의 말을 빌리면 초고는 언제나 "엉망진창에 결점 투성이"라서 처음부터 다시 읽으며 고치지 않을 수 없다. 본인의 초고를 읽을 때면 '이런 쓰레기 같은 글을 쓴 사람이 나라니'라는 느낌에 사로잡힌다. 그는 원고를 다룰 때마다 매번 초고처럼 검토하고 고쳐 쓰는 과정을 여러 차례 되풀이했다.

나의 글쓰기 수준은 어느 정도일까?

그렇다면 인지주의 이론에 비추어 현재 나의 글쓰기 수준은 어느 정도인지 가늠해볼 수 있을까? 정확하지는 않더라도 다음 질문에 솔직히 답을 해보고 ①을 택한 경우가 많다면 꽤 능숙한 필자에 가깝다고 볼 수 있다.

계획하기

① 글쓰기 전에 계획을 자세하게 세우는 편이다.

② 개요 말고 글쓰기 계획이 뭐가 있지? 계획이 중요하다고는 하는데 맞게 하고 있는지조차 잘 모르겠다.

독자 인식하기

① 글쓰기 전에 글을 읽을 주요 독자를 상정하고 독자의 입장을 고민한다.

② 글쓰기 전에 독자에 대해 생각하지 않거나 어렴풋이 상정하더라도 독자의 입장을 생각해보라는 말의 의

미를 잘 모른다.

글쓰기

① 글쓰기에 필요한 자료를 찾아 평가할 줄 알고, 쓰기
단계와 상황에 적합한 쓰기 전략을 선택할 수 있다.

② 글은 그냥 책상 앞에 앉아 쓰는 것 아니었나?

피드백

① 피드백을 받으면 어떻게 글을 수정할지 계획을 세울
수 있다.

② 피드백을 받아도 어디서부터 뭘 어떻게 해야 하는지
잘 모르겠다.

평가하기

① 내가 쓴 글에서 문제점을 찾아내고 개선 방향을 정할
수 있다.

② 내가 쓴 글을 다시 살펴보라고 하면 뭘 해야 하는지
잘 모르겠다.

고쳐 쓰기

① 고쳐 쓰고 다시 쓰는 일은 글쓰기에서 빼놓을 수 없

는 당연한 과정이고, 내용과 전체 글의 구조를 수정하는 데 큰 노력을 기울인다.

② 고쳐 쓰라는 말을 들으면 꼭 벌 받는 것 같고, 어법상의 오류 정도를 찾아 고친다. 고쳐 쓰기는 맞춤법 확인에 가깝다.

자신의 상황을 대략적으로나마 가늠해보는 일은 어떤 분야에서든 충분히 가치가 있다. 물론 인지주의 관점의 글쓰기 이론에 단점이 없는 것은 아니니 내가 미숙한 필자에 속하는 듯해도 풀이 죽을 필요는 없다. 그리고 몇 안 되는 질문으로 능숙한 필자와 미숙한 필자를 나누는 것이 과연 온당하냐는 소모적인 고민 대신, 발전적인 실현 방안으로 관심을 옮겨 보자.

한 마디로 글쓰기는 단계별로 여러 인지과정과 전략이 동반되는 복잡한 작업이다. 만약 고쳐 쓰기에 대해서 막연한 생각을 하고 있었다는 사실을 이번 기회에 알게 되었다면 고쳐 쓰기에 필요한 지식을 새로 쌓고 보완하면 그만이다.

확인 질문의 틀을 훑어보면 금방 파악할 수 있겠지만, 많은 학자가 필자 개개인의 머릿속에서 진행되는 인지과정을 연구하면서 초점을 맞추었던 문제는 "능숙한 필자와 미숙한 필자의 차이점이란 무엇인가"였다. 그 차이점을 규명하면 한층 효과적인 글쓰기 교육과 학습이 이루어지는 단초가 될 수 있음은 물론이다. 그러나 아쉽게도 전문가와 초보자 사이에 존재하는 차이는 파악할 수 있지만, 이러한 글쓰기 과정의 차이가 어디서 어떻게 생겨났는지는 아직 명확하게 설명하지 못하고 있다. 또한 여러 가지 단계가 동시에 또 회귀적으로 작용한다는 설명 이상의 구체적인 해명을 하지 못하고 있다. 우리의 인지체계는 하나의 활동 뒤에 다른 활동이 어떻게 뒤따라야 하는지, 어떤 활동이 필요한지 어떻게 알 수 있을까? 여러 추론과 대답은 존재하지만 글쓰기에 얽힌 인지활동의 명확한 전개 양상은 아직 논란의 영역으로 남아 있다. 따라서 개인적인 인지과정에 주목한 완전한 글쓰기 이론은 존재하지 않는다. 다양한 이론과 모형이 있지만 쓰기와 쓰기 과정을 최대한 묘사해보고자 오랜 기간 노력해온 산물이고 앞으로도 정확한 답을 알기 위해 모두가 노력할 것이라는 의미가 남아 있다.

나는 타고난 재능에 시큰둥한 편이다. 부정적이거나 염세적인 시각이 아니다. 어린 나이에 주위를 놀라게 할 만큼 재능을 보이는 이들이 많지만 그런 타고난 재능이 꾸준한 노력의 시간 앞에 얼마나 덧없이 생기를 잃는지, 막막함 속의 꾸준함이 얼마나 큰 기세가 되는지 나는 여러 번 지켜보았다. 이른 성취에 아낌없는 격려와 칭찬을 보내지만, 아직 꽃을 피우지 않았더라도 언제나 희망을 느끼는 이유이기도 하다. 배우는 이들의 평범한 일상 속 감탄과 좌절은 앞으로도 계속될 것이다. 하지만 정해진 틀을 외우고 공식처럼 답안지를 써 내려가는 글쓰기에 반하며, 자기 나름의 글쓰기 과정 면면을 돌아보며 성장하는 모습을 보여주는 학생의 글을 마주할 때 그 모습이 가르치는 이에게 얼마나 큰 의미로 다가오는지 알아채주길 바란다.

글쓰기가
사회에 미치는 영향

글은 진공 상태에 머무르지 않는다. 글을 쓰는 동안 개개인의 머릿속에서 일어나는 인지과정에 관한 관심과 연구는 많지만, 사회적 맥락이나 환경이 글쓰기에 미치는 영향은 이론적인 논의에 그치고 있다. 국제학술대회에서 글쓰기를 둘러싼 사회적 맥락이 미치는 영향에 관한 사례 연구 발표를 할 때마다 한정된 시간의 상당 부분을 이론적인 배경을 설명하다가 끝나버리기 여러 차례였다. 지도교수님은 이런 풍경이 익숙하신 듯 넘어갔지만, 이론적인 배경 이상으로 넘어가지 못한 채 질문과 답변을 받다가 끝나곤 하는 발표는 매듭을 제대로 짓지 않고 일을 마치는 것만 같은 느낌이 들곤 했다.

공개하는 글은 사회적 함의이자 실천

영국 유학 중 집어 든 지역 신문 머리기사로 요즘 요크 농장 말이 행복해 보이지 않는다는 내용이 실렸다. 그 농장은 나도 몇 번 보았던 곳이었다. 처음에는 영국식 유머로 판단하고 읽어 내려가기 시작한 기사는 자못 진지하게 말이 행복하지 않은 이유와 앞으로의 대책에 관한 꼼꼼한 전언으로 채워져 있었다. 우리 곁에 있는 말이 지금 행복하지 않을 수도 있다는 고민이라니. 동물권을 진지하게 고민해 볼 기회가 없던 내게는 무척 생경한 질문이었다. 하지만 불편하지는 않았던 이유는 결국, 동물의 권리를 이처럼 진지하게 고민하는 태도라면 인간과 얽힌 여러 문제에 대해서도 다양한 사람을 배려한 사회적 합의가 쉽게 이루어지지 않을까 하는 낙관에서였다.

2012년 3월 3일 〈한겨레〉 토요판 머리기사로 서울대공원 공연장에서 묘기하는 돌고래 제돌이에 관한 이야기가 실렸다. 한겨레 내부에서도 여러 반대가 심했던 이 한 편의 기사는 누군가에게는 참신했지만 다른 누군가는 어색하거나 거부감을 느끼는 기사였다. 불법 포획된 돌고래 이야기가 첫 면을 장식할 정도의 중요성이 있는가, 제돌이는 우리 삶에 어떤 의미가 있는가, 어딘가에서는 사람이 죽어 나가고 있는데 한갓 돌고래 이야기나 쓰고 읽어야 하냐는 비난이 일었다. 시의성 운운하며 항의하는 독자까지 나오는 판에 서울시에서는 여론 수렴 절차를 거쳐 제돌이를 야생 방사 훈련 후 제주 바다로 되돌려 보내기로 발표하기에 이른다. 여기에 다른 일간지들이 정치색을 입히며 돌고래는 그저 동물 이야기가 아니게 되었다. 누군가에게 공개하는 글은 사회적 함의를 지닌다. 글쓰기는 사회적 실천이다.

독서와 글쓰기 교육에도 빈부 격차가 있다

방향을 돌리면 글쓰기를 배우고 익히는 것 또한 사회적 영향을 받는 사회적 행위다. 왜 아니겠는가. 노스캐롤라이나 대학 철학과 교수인 제니퍼 모턴Jennifer Morton은 《상향 이동의 윤리학(Moving Up without Losing Your Way)》에서 상향 계층 이동에 따르는 윤리적, 감정적 비용을 설명한다. 1980~1982년 사이 노스캐롤라이나주에서 하위 20% 사회경제적 계층에 태어난 세대가 상위 20% 계층에 진입할 가능성은 4.4%에 불과하다. 오늘날 하위 10% 계층에 태어난 흑인의 42%는 평생 해당 계층을 벗어나지 못한다. 집안에서 대학에 처음 진학한 1세대 대학생을 연구한 저자는 사회적 위치와 그 영향에 주목했다. 1세대 대학생은 부족한 정보와 지식을 쥐어짜 대학 원서를 준비한다. 운 좋게 대학에 진학하더라도 원하는 직업 세계에 진입하기 위해 분투해야 한다. 이들의 노력은 단순히 열심히 살고 사회적 성공을 거머쥐는 의미가 아니다. 그 노력에는 나고 자란 공동체와의 단절, 가족과의 거리감, 친구 관계의 상실, 자아정체성의 훼손까지 수반된다.

서울 잠실과 목동의 고등학교에서 부모의 정성 어린 손길이 자녀의 월등한 경쟁력에 디딤돌이 되는 모습을 여러 번 보았다. 매일 일기와 독후감을 쓰고 그 노트를 부모와의 대화의 장으로 삼았던 학생이 생각보다 많아 놀랐다. 부모의 피드백은 정성이 가득했다. 부모와 아이가 함께 책을 읽고 토론하는 일, 여행을 다니며 이국적인 자연풍경과 유적을 접하는 일, 배우고 싶은 걸 배우는 일은 권장할 만한 일이다. 그런데 좋은 부모 역할만으로도 계층 간 차이는 점점 더 벌어진다. 자녀의 수준에 알맞은 책을 선별해주고 책 내용에 따라 이해의 폭을 넓힐 수 있는 질문을 던져주는 일이 누구나 가능한 것은 아니다. 매일 저녁 같은 식탁에 앉기는커녕 퇴근 후 잠든 아이의 얼굴만 간신히 마주하는 부모에게 여행은 더더욱 공허한 이야기가 된다.

나는 말하자면 1세대 대학원생이었다. 부모님은 물론 어려움을 상의할 일가친척도 없었다. 어설프게 혼자 석사과정 원서를 접수했고 합격 통보를 해 온 대학원 중 장학금을 제시한 학교로 진학했다. 그보다 훨씬 오랜 역사와 명문의 반열을 유지하는 대학은 학비를 면제해줄 정도로 나를 욕심내지는 않았다. 면제된 학비가 적은 돈은 아니었으나 한동안 나는 내 의사결정을, 내게 조언해줄 친인척이 없음을, 친척이 아니더라도 누군가에게 조언을 구해보려는 생각조차 하지 못한 나 자신을 아쉬워하기도 했다.

대학원생 중에는 유독 교수나 전문직군의 자녀가 많았다. 이들은 '일단 낳아놓으면 알아서 큰다'는 방식으로 자라지 않았을 터였다. 그들의 부모는 자녀를 어떤 인재로 어떤 경험을 쌓게 하며 키울 것인지 계획한 끝에 각종 활동을 경험하게 했을 것이다. 학부생일 때부터 부모가 특정인이기에 가능한 인턴 활동을 하고, 부모와 같은 비행기를 타고 국제 학술대회에 여러 번 참가해 어떻게 발표하고 의사소통하는지 자연스럽게 접했다. 해외 도심 숙박비는 차치하더라도 왕복 비행기표 값 140만 원과 국제 학술대회 등록비 50~100만 원은 그저 경험 차원에서 누구나 선뜻 쓸 수 있는 돈은 아니다.

어쩌다 진학 이야기가 나오면 다들 으레 비슷한 경험을 쌓으며 자랐으리라 생각하고 막힘없이 본인의 학창 시절이나 추억담을 이야기할 때마다 나는 말없이 듣기만 했다. 그들이 절차적 공정성을 훼손했다는 뜻은 아니다. 다만 노력은 그저 습관의 개선과 집중력 훈련의 문제가 아니라는 데서 오는 고민이 깊어질 수밖에 없었다. 그들의 경험과 이력을 펼쳐놓으니 그들이 선발된 것은 당연했지만, 나의 경우는 운과 우연이 거듭 겹치고 포개어진 산물일 수 있다는 생각이 휘돌았다. 하지만 서울에서 나고 자라 서울에 있는 대학에 진학했고 해외에서 공부했으니, 어떤 이에게는 나 역시 누군가의 유리천장을 딛고 서 있는 사람일 수 있다.

글쓰기 '능력주의'에서 벗어나기

상위 계층에게 '주어진 것'과 다름없는 수준의 글쓰기 능력을 갖추기 위해 소위 소외 계층 출신 학습자는 지난한 노력을 따로 기울여야 한다. 프랑스 사회학자 부르디외가 상술한 사회적 지위가 일으키는 유무형의 유불리는 이미 글쓰기 능력과도 큰 상관관계가 있음을 남가주 대학 캐서린 콤튼 릴리 교수가 재확인하기도 했다.

능력주의가 제창하는 '능력'은, 설사 그것이 글쓰기 능력이더라도, 제대로 글을 구사하지 못하는 이들을 개인윤리의 실패로 손쉽게 낙인을 찍고 처방한다. 능력주의 관점에서 글쓰기 능력의 부족은 열심히 뭐라도 쓰고 또 쓰며 실력을 갈고닦아야 할 문제로 치부된다. 《뼛속까지 내려가서 써라(Writing Down the Bones)》 저자로 유명한 나탈리 골드버그 Natalie Goldberg는 글쓰기에 생명력을 불어넣는 귀한 조언을 전했지만 환경과 장애물은 그저 무시하고 "그냥 쓰고 또 쓰라"는 식의 충고로 책 전반을 휘감는다. 많은 글쓰기 책이 골드버그와 비슷한 입장을 취한다. 과연 그러한가.

우리나라에서 글쓰기 능력이란 어떤 걸 지칭하는 것일까. 일단 대입 논술을 비롯한 뽑혀야 하는 글쓰기, 시험용 글쓰기는 당장의 목표이자 시급한 문제이겠지만 올바른 지표는 되기가 힘들다. 많은 이가 모여 고심해서 고안한 문제와 채점 기준을 적용하지만 아무리 정교하게 만든 측정 지표도 사회적 과정에서는 왜곡되기 마련이라는 '캠벨의 법칙(Campbell's Law)'이나 통제를 목적으로 삼는 측정의 신뢰도 문제를 지적하는 '굿하트의 법칙(Goodhart's Law)'에 따르면 표준화 시험은 변질되게 되어 있다. 풀어 말하면, 특정 시험의 결과가 중요한 경우, 사람들은 시험 점수에 집착하게 되고, 그런 상황에서 시험의 타당성은 망가진다.

사회적 영향은 가정을 시작으로, 학교, 사회에서 밀려온다. 영향은 말로 전해지는 경우도 있지만 때로는 미묘한 방법으로 형성된다. 일부 불운하거나, 자녀를 방치하거나 학대하는 가정, 혹은 누가 보아도 풍성한 자원과 기회를 누리는 일부 가정을 제외하면 대부분은 완벽하지도 않고 아주 치명적인 결함투성이는 아닌 가정에서 자란다. 그런 가정에서 우리는 가끔은 불합리한 사고와 편견을 경험하기도 하지만, 동시에 보편적 규범을 강요받으며 성장한다. 불량한 아이들과 어울리지 말라는 지도는 긍정적인 영향이지만, 사업은 절대 하지 말라거나, 반드시 의대에 진학해야 한다는 선 긋기는 불합리한 사고와 편견에 속한다.

좋든 싫든, 사회적 영향으로부터 완전히 벗어나 살 수는 없다. 가족처럼 학교도 학교마다 구성원이 다르고 문화가 다르다. 내가 잠시 교편을 잡았던 두 고등학교는 소위 대입 실적은 비슷했지만 교사 문화도 다르고 학생들의 사고방식과 인식의 결이 달라 적잖이 놀랐다. 성인이 된 이후에도 우리는 우리를 둘러싼 사람, 조직, 사회로부터 영향을 받는다.

만약 글을 읽고 쓰는 데에 긍정적인 가정, 조직, 문화에 속하지 않았다는 사실을 알게 된다면 독립을 선언해야 한다. 물론 가족과 결별하거나 기대를 무시하라는 이야기가 아니다. 내가 어떤 선택을 하고 어떻게 행동할 것인지 스스로 판단하고 결정할 수 있어야 한다는 뜻이다.

부정적인 사회적 영향과 규범으로부터 벗어날 방법은 획기적이지 않다. 그만큼 영향권을 벗어나기 힘들기 때문이다. 조금 맥 빠지는 이야기지만 개인이 시도해볼 수 있는 방법을 제안하며 미래학자 리치 칼가아드^{Rich Karlgaard}는 그만두라는 조언을 건넸다. 무엇을? 가던 길, 싫어하는 수업, 아픔만 주는 친구와 동료를 만나는 일을 그만두라고 권한다. 불타는 투지와 끈기로 모든 장애물을 극복하라는 이야기는 많은 저자에 의해 칭송받았다. 예를 들면 찰스 두히그의 《습관의 힘》, 윌리엄 맥레이븐의 《침대부터 정리하라》, 조던 피터슨의 《12가지 인생의 법칙》은 규율과 끈기를 강조한다. 이들은 모든 역경을 견디고 극복하는 것을 성공의 비결과 미덕으로 끊임없이 포장하였으나 칼가아드는 그만두기를 단순한 회피가 아니라 목표를 향해 부정적 영향의 고리를 끊는, 한 마디로 도약을 위한 전진으로 보았다.

　모든 일을 내려놓는 것이 아니라 방향을 바꾸는 것이다. 예를 들면, 글도 종류가 많다. 시, 수필, 소설, 논평, 보고서, 이메일은 저마다 목적과 분량이 판이하다. 같은 문종 안에서도 문체와 전개 방식에 따라 다양해진다. 잠재력을 제대로 발휘하기 위해서는 방향을 바꾸어 이것저것 시도해보는 것이 자신에게 맞는 길을 찾는 지름길일 수 있다.

　다른 하나는 뿌리를 옮겨보는 것이다. 새로운 집단과 시간을 보내는 것이다. 사소한 변화일 수 있지만 글쓰기 모임을 찾아보거나 긍정적인 피드백을 줄 수 있는 사람들을 모아 함께 글을 쓰는 방법이 있다. 소그룹은 도움을 받고 또 타인을 도울 수 있는, 이사를 가거나 직업을 바꾸지 않고도 시도할 수 있는 좋은 방법이다. 하버드 대학교의 토드 로즈 Todd Rose 교수는 《평균의 종말(The End of Average)》에서 개인의 고유한 특질보다는 환경이 미치는 영향이 훨씬 크다는 점을 강조한다. 실제로 작가 킴벌리 해링턴은 바쁜 광고 업계를 떠나 프리랜서로 지내며 교류하는 사람들이 바뀌고 생각할 여유가 생기자 수필 쓰는 일을 시도할 수 있게 되었다고 고백했다.

도움이 될 사람들과 공동체를 찾는 것이 만능 해결책은 아니다. 다만 그만두고 방향을 조금 트는 일은 우리 삶을 다른 누군가가 좌지우지하거나 해로운 영향을 미치는 일을 끊어내고 스스로 주도한다는 의미가 있다. 완벽한 공동체나 동료는 있을 수 없다. 우리는 늘 바뀌고, 성장하고, 새로운 내용을 배운다. 부정적인 과거를 떨쳐내고 새로운 장소와 사람을 모색하는 일은 이상적인 삶과 열정을 추구하기 위한 기본적인 토대이다.

학습하는 글쓰기에서
지식 생산의 글쓰기로

고등학교 교단에서 아이들을 가르쳤고, 지금은 그보다 살짝 더 머리가 큰 대학생을 가르치고 있지만, 교육이라는 일은 내가 진지하게 받아들이는 것만큼 그 전문성을 인정받기가 쉬운 분야는 아니라는 사실을 금방 깨달았다. 교사로서의 자신감은 대학을 졸업한 직후에 가장 충만했고 시간이 지날수록 자취 없이 사라졌다. 나는 공부하면 할수록 내가 잘 모르는 부분이 많다는 깨달음만 쌓여 갔다. 이 책의 제목조차 '불과 얼마 전까지만 해도 저자가 뚜렷하게 알지 못했던 글쓰기에 관한 약간의 해설서'라 짓는 것이 더 정확할 것 같다.

그런데 놀랍게도 교육에 관한 해결책이나 답을 생각보다 금방 내리는 사람들이 많다는 사실도 알게 되었다. 교육에 관하여 확신에 찬 조언을 해주고 싶어 하는 자칭 전문가는 어딜 가나 많다. 그 의견들을 열심히 주워 모아 책상 위에 펼쳐보면, 대부분 서로 엇갈리고 모순적이다. 예컨대, 유모차를 끌고 횡단보도 앞에 잠시 서 있으면 어디선가 홀연히 학습지 교사가 나타나 끈질기게 말을 붙인다. 그들의 주장에 따르면 아직 걸음마조차 서툰 내 아들의 서울대 입학은 과학적 학습 진단 결과와 오늘 나의 결정에 달려 있다. 어느 교재로 공부하거나 특정 학원에 다니지 않으면 대학 진학이 어려운 것처럼 이야기하는 고등학생, 동생들을 위해 대입 수능에 대한 철학과 공부법을 설파하는 장기 취준생, 숨 막힐 정도로 빈틈없는 일간·주간 학습계획표를 들이밀며 자녀를 들볶는 학부모는 저마다 철칙과 노하우가 많은 데다 굉장한 확신으로 가득 차 있다. 때문에 그들 앞에서 나 같은 서생은 "그렇군요"라는 반응 외에 달리 할 말이 없다. 덕분에 많은 사람이 미신 같은 믿음이나 단편적인 지식을 바탕으로 교육적 결정을 내리기도 한다. 왜 이런 일이 일어날까?

12년의 공교육 기간은 짧은 시간이 아니다. 10년이 넘도록 교육 현장을 관찰하면서 성장했다는 뜻이다. 여기에 대학과 대학원 또는 육아 경험까지 더해지면 직간접적인 교육 경험은 더 늘어난다. 그 기간 사이에 모두가 나름의 교육 철학이 생긴다. 내가 만약 심장 전문의라면 지나가던 사람한테 "심장병 수술은 그렇게 하는 게 아니에요"라는 말을 들을 일은 없을 것이다. 내가 변호사라면 학부모 모임에서 "도로교통법은 그런 식으로 해석하고 적용하는 게 아니거든요"라는 핀잔을 들을 일도 없으리라. 로스쿨에 갓 입학한 학생이 변호사로서 어떻게 행동해야 하는지 꿰고 있지는 않다. 갓 입학한 의예과 신입생이 의사로서 수술을 지휘하고 집도하는 방법을 모르는 것 역시 마찬가지다. 하지만 놀랍게도 사범대학 1학년은 교사로서 어떻게 행동해야 하는지, 올바른 교육 방법이나 바람직한 교사상은 무엇인지 이미 결정한 학생이 많다. 이런 현상은 미시간 주립대학교 메리 케네디 교수가 20년도 더 전에 지적하며 글쓰기 교육의 어려움을 술회한 바 있는데, 오늘의 상황에 적용해도 신기할 정도로 아주 자연스럽다.

글쓰기란 이런 것이고, 당신의 수준은 이만큼이라는 진단을 내릴 자격이나 권리를 가진 사람은 나를 비롯해서 아무도 없다. 교육은 변화무쌍하고 흥미로운 무질서인데다 변수가 많다. 이 책의 취지는 '모두 내 말을 들으시오'가 아니라 혼란과 무질서에 약간의 질서를 부여하고 내가 할 수 있는 질서를 부여하는 방법을 간단하면서도 짜임새 있게 소개하는 데에 있다.

글쓰기 능력 발달 단계, 다섯 가지

　자신의 글쓰기 능력은 어떻게 파악할 수 있을까. 사실 글쓰기 능력은 다면적이고 복합적인 요인으로 구성되어 있으므로 그 단계를 구체적으로 나누고 지정하기란 쉽지 않다. 각종 쓰기 시험이나 대입 논술은 사람을 뽑거나 줄을 세우려는 목적을 달성하기 위해 간편하고 효율적으로 쓰기 능력을 측정하는 체계를 세운 것이기 때문이다. 이런 평가 방식은 쓰기 능력에 관하여 굉장히 협소한 관점을 나타낸다는 한계가 있다. 텍사스 주립대학 교수였던 레스터 페이글리는 이미 1980년에 쓰기 능력 발달을 규정하기 어려운 개념으로 인식하였고, 최근의 연구에서도 어떤 이론에 빗대어 설명하느냐에 따라 쓰기 능력 수준에 관한 정의는 계속해서 변화해왔다. 그럼에도 나름대로 자신의 글쓰기 수준을 파악하는 일은 그 결과에 따라 대처 방안을 찾거나 학습계획을 짜는 출발점이 되기 때문에 중요하다.

　미국 학자 칼 베레이터Carl Bereiter의 다섯 단계 쓰기 발달 분류는 오늘날까지 가장 많이 사용되고 국내 여러 쓰기 연구에서도 의존하였던 체계로, 쓰기 발달을 연상적 쓰기(associative writing), 수행적 쓰기(performative writing), 의사소통적 쓰기(communicative writing), 통합적 쓰기(unified writing), 인식적 쓰

칼 베레이터	켈로그	
쓰기 발달 단계	쓰기 능력의 인지적 발달 단계	단계별 특성
연상적 쓰기	지식 나열 단계	문자 언어 생산 독자 비고려 비계획적 정보처리
수행적 쓰기	지식 변형 단계	어법, 문제, 장르 관습의 능숙성 태동
의사소통적 쓰기		사회적 인지 예상 독자 고려
통합적 쓰기	지식 생성 단계	자기 규제적 작문 전략 사용 비판적 판단
인식적 쓰기		자기 규제적 작문 전략 + 반성적 사고

기(epistemic writing)로 체계화하였다. 떠오르는 생각 위주로 기술하는 연상적 쓰기 이후, 문법을 비롯한 여러 관습을 익히면서 나타나는 수행적 쓰기 단계, 여기에 예상 독자를 고려하기 시작하고 사회적 인지가 시작되는 양상이 드러나는 의사소통적 쓰기로 나눈다. 의사소통적 쓰기 단계에서 비판적 사고가 더해지면 통합적 쓰기 단계로 분류하고, 마지막으로 쓰기 활동과 지식에 관한 반성적 사유를 통해 새로운 인식을 생성할 수 있는 인식적 쓰기로 나아간다.

글쓰기의 인지과정과 심리학을 연구한 켈로그Kellogg 교수는 인지과정에 중점을 두고 쓰기 능력 발달 단계를 조명하기도 하였는데, 자신이 보고 들은 내용을 그대로 옮겨 쓰는 수준의 지식 나열(Knowledge-Telling) 단계, 그리고 쓰기 주제를 분석하고 여러 지식을 유기적으로 고려하여 글을 쓰는 지식 변형(Knowledge-Transforming) 단계로 나눌 수 있다. 최근에는 이러한 쓰기 발달 모형을 한층 정교화시켜, 세 번째 단계인 지식 생성(Knowledge-Crafting) 단계를 제안하기도 하였는데, 여기서 지식 생성은 단순히 예상 독자를 고려하는 차원을 넘어, 예상 독자가 어떻게 텍스트를 받아들이고 해석할 것인지까지 고려한 글쓰기 수준을 지칭한다.

위의 표는 편의상 경계를 구분한 것으로, 영역별로 완전히 상호배타적이라기보다 어느 정도 겹치는 구간이 존재한다. 같은 용어를 두고도 학자마다 다른 함의를 두고 서술해 헷갈릴 수 있지만, 글쓰기의 인지과정과 심리학을 연구한 켈로그가 제시한 기준에서는 범박하게는 스스로 예상 독자를 얼마나 충실하게 고려하고 글을 쓰는지에 따라 지식 생성 단계 수준에 접어들었는지 여부를 판단할 수 있다. 뒤에서 자세히 설명하겠지만 독자를 고려한다는 건 그저 독자가 존재한다는 상정을 하고 글을 쓰는 수준을 넘어 해당 주제에 관한 독자의 지식, 필요, 관심사를 충분히 조사하여 알고 있음을 의미한다.

독자에 대한 고려는 둘째치고, 떠오르는 대로 혹은 받아

쓰기와 비슷한 수준으로 꾸역꾸역 글을 적고 있는 데다, 한 문장 쓰는 것도 버거운데 어법이나 장르에 대한 지식의 적용은 꿈도 꾸지 못하는 단계라면 아마도 연상적 쓰기(지식 나열 단계)에 머물러 있다고 볼 수 있다. 이런 식의 자기진단 결과는 글의 종류마다 달라지기도 한다. 배우자나 연인에게 쓰는 편지는 글을 읽을 상대방의 현재 관심사와 필요를 정확하게 예측하고 단어를 신중하게 골라 글을 쓰면서, 부하 직원에게 보내는 메일은 알아서 찰떡같이 알아들으라는 식으로 적는 이가 부지기수다. 상급 기관에서 온 이메일을 포워딩하면서 물음표 하나만 붙여둔다거나 하는 상사는 직장마다 있다. 물론 업무와 관련된 문서는 기가 막히게 예상 독자의 현재 지식과 필요를 꿰뚫어 보고 작성하면서, 배우자의 마음은 제대로 읽지 못하고 엉뚱한 편지를 적는 반대 사례도 있겠다.

독자를 인식하고 사회적 맥락을 고려하는 지식 생산 글쓰기

예상 독자와 사회적 맥락을 충분히 고려한 글쓰기를 한다면 일단 지식 생성 단계에 이르렀다고 볼 수 있다. 켈로그의 지식 생성 단계는 칼 베레이터의 의사소통적 쓰기, 통합적 쓰기, 인식적 쓰기 세 단계로 세분할 수 있는데, 여러 가지 쓰기 전략을 알고 필요에 따라 적용할 수 있다면 통합적 쓰기나 인식적 쓰기 수준이라고 볼 수 있다. 이 두 가지 글쓰기 수준의 주요한 차이는 반성적 사고가 이루어졌는지, 아닌지의 여부이다.

비판적 사고는 많이 들어 익숙하지만 반성적 사고란 무엇인가. 반성하는 자세를 마음 한편에 두고 글을 쓴다 해서 반성적 사고를 곁들인 글쓰기가 되는 것은 아니다. 플로리다 주립대학 캐슬린 얀시Kathleen Yancey 교수는 글쓰기 과정에 있어서 반성적 사고와 성찰이란 목표를 설정하고 이를 점검하고 고치는 능력, 초고를 검토하고 반추할 수 있는 능력, 글쓰기 과정에서 새로 배운 내용을 분명히 표현하는 능력임을 역설하였다.

그렇다면 완성된 글에서는 반성적 사고가 어떻게 드러나는가? 쉽게 답하기 어려운 질문이지만 얀시는 우리 삶 안팎에서 일어나는 일과 지식을 종합해, 채워야 할 빈 곳을 찾거나 세상을 더 잘 이해하도록 독자를 이끌어 가는 글을 반성적 사고와 성찰이 담긴 글로 설명하였다. 반성적 사고는 여러 형태로, 다양한 목적으로, 여러 가지 상황에서 나타난다. 성찰과 반성적 사고는 독자의 행동과 실천을 끌어내기도 하지만 반드시 행동으로 이어질 필요는 없다. 반성적 사고는 글쓰기 과정과 맞닿아 있으므로 개인적이면서 독자에게 미치는 영향을 고려하면 사회적이다. 여전히 헷갈리거나 자신은 최고 수준이라 우기고 싶다면 다음과 같은 질문을 스스로에게 던져보자.

- 글을 쓰면서 쓰기 목적과 맥락에 맞추어 목표를 설정하고 이를 적절히 수정하고 변형할 줄 아는가? (대체로 처음 세운 목표를 달성하기에 급급하다.)
- 완성된 자신의 초고를 비판하고 수정하거나 아예 처음부터 다시 시작할 수 있는가? (초고를 쓴 후 전례 없는 걸작을 완성했다는 착각에 빠져들거나 어딜 어떻게 고쳐야 할지 모르는 경우가 대부분이다.)
- 새로운 지식을 이해하고 이를 명확하게 표현할 수 있는가? (타인의 생각과 글을 되풀이하는 선에서 멈추는 글이 많다.)

수십 년 동안 깁고 발전해 온
쓰기 이론

학계는 언제나 공방이 오가는 공간이다. 특히 인문학이나 사회과학 분야에서는 남들이 보기에 별 중요해 보이지 않는 문제를 두고 오랜 기간 씨름하고, 격렬히 논쟁한다. 인문학과 사회과학 분야에서 선뜻 답하기 어려운 질문을 받는다면, "음, 그건 그 용어를 어떻게 정의하느냐에 따라 달라지죠"라고 대답하면 거의 모든 진땀 나는 순간을 건너뛸 수 있다. 그만큼 개념에 대한 정의와 합의는 지난하다. 예를 들면 2015년 어느 가을밤 대학원 수업에서 '문화'를 어떻게 정의할 수 있느냐는 문제로 한 시간 반을 토론했다. 안타깝게도 나는 그 토론 이후 문화란 무엇인지 더 혼란스러워졌고, 더 말을 떼기 어려워졌다. 같은 단어를 두고 다른 이야기를 하고 있다는 자각이 들면 나는 곧잘 문화의 개념에 관한 토론이 이어지던 2015년의 가을밤으로 돌아가느라 잠깐 멍해진다. 더 좋은 치과 치료제를 만드는 연구를 하는 내 친구 서울이와 자동차용 강판의 고강도와 경량화를 연구하는 관악이의 이야기를 듣다 보면 잠시나마 나는 그간 뭘 붙들고 고민했는지, 그 끝에 닿을 수 있는 의미란 무엇일지, 더욱더 아득하기만 하다.

그러면서도 나는 우리 일상이나 삶의 방식을 바꿔놓을 일은 아닌, 보통은 그냥 지나치는 그런 문제에 골몰하는 사람들을 동경한다. 학업과 거리가 멀던 시절에도 〈방망이 깎던 노인〉과 〈금시조〉는 재미있게 읽었다. 라트비아의 수제 도구 제작사 노스맨, 창조의 도구를 만든다는 자부심으로 연필을 만들어 고유한 필기감을 선사하는 파버카스텔, 여기저기서 부품을 수입하거나 외주 맡긴 부품을 모아 조립만 하는 흔한 공정 대신, 고집스럽게 모든 부품을 자체 개발해서 시계를 제조하는 노모스 이야기는 언제 만나도 매번 흥미진진하다.

어떤 생각은 시대를 앞선다. 어떤 생각이 처음 출현했을 때 사람들이 납득하지 못하거나 반대하고, 기존의 제도, 인식, 질서와 어그러지는 경우가 흔하다. 새로운 생각이 너무나 큰 인식의 변환을 요구하거나, 필요해 보이지 않거나, 당대의 뒤섞인 이해관계를 흔들기 때문이다. 노예제, 민주주의, 여성 투표권 문제도 처음에는 완강한 저항에 맞서야 했다. 마찬가지로 새로운 글쓰기 이론과 학습 방안에 대한 저항도 존재했고, 지금도 새로운 논의, 실험, 방향에 반대하는 목소리를 높이는 학자를 얼마든지 찾아볼 수 있다. 새로운 생각이나 교육론은 수년, 아니 수십 년 후에야 올바르고 마땅한 평가를 받기도 한다.

1966년 여름, 미국 다트머스 대학에서 열린 학교 영어 교과 교육 세미나에 많은 미국과 영국의 자국어 교과 교사와 학자들이 참석했다. 오늘날 다트머스 세미나로 불리고 있는 이 학술 행사는 미국영어교사협회와 영국영어교사협회 주관으로 개최되었고, 자국어로서의 영어 교과를 효과적으로 가르치는 방법을 주로 논의했다. 이 행사를 기획할 때만 해도 영어 교육 과정의 현대화를 목표로 삼았으나, 실제 토론의 주제는 급격히 글쓰기 교육으로 쏠렸다. 그 당시 세미나 참석자들은 교과 이론이나 수업의 많은 면에서 각기 입장 차를 확인했다. 미국 오리건 대학 교수이자 미국대학작문학회 회장이었던 앨버트 키츠하버Albert Kitzhaber는 첫 번째 발표자로 나서 "영어란 무엇인가?" 하는 질문에 대한 답으로 학생 글쓰기를 연구한 결과를 바탕으로 언어, 문학, 작문 세 영역의 합계로 설명했다. 하지만 영국의 제임스 브리튼James Britton은 교실에서 습득한 지식을 어떻게 사용할 수 있는지, 그리고 개인적인 성장까지 어떻게 유도할 수 있는지의 문제에 더 큰 가치를 부여하며, 키츠하버와 달리 최종적으로 완성된 글이 아닌 글쓰기 과정에 주목할 필요가 있음을 힘주어 말했다.

키츠하버와 브리튼으로부터 시작된 영미 학자 사이의 의견 대립은 세미나 내내 이어졌고, 이런 양국 간 인식 차이는 수업 모델에서도 엿볼 수 있었다. 일반적으로 미국 학자들은 문학 수업에 있어서 그동안 문학 작품에 대해 정리된 지식의 전달을 강조했지만, 영국 학자들은 고정된 지식의 습득보다는 문학 작품을 어떻게 읽고 독자의 의견을 개진할 수 있는가 하는 주제에 천착했다. 영국과 미국 출신 참석자 사이에 형성된 공감대는 좁고 얕았다.

하지만 좁혀지지 않을 것 같았던 대립각은 종국적으로 영어 교육의 완전한 재개념화와 대전환의 출발점을 상징하도록 이끌었다. 학교 영어 교과 정체성과 교육론에 대한 서로 다른 입장으로부터 촉발된 많은 물음과 의문, 팽팽한 긴장과 갈등이 수십 년 동안의 풍성한 논의로 이어져 영어 교과에 대한 인식의 지평을 확대했기 때문이다. 흥미롭게도, 다트머스 세미나에서 미국 학자들과 첨예한 대립각을 세웠던 영국 학자 제임스 브리튼의 생각은 1980년부터 1993년까지 미국 대학 글쓰기 교육에 적극적으로 수용되었고 관런 학계에서 가장 많이 인용되었다. 캘리포니아 주립대학 찰스 바제르만Charles Bazerman 교수는 미국의 범교과적글쓰기 (Writing Across the Curriculum, WAC) 운동의 핵심은 브리튼의 생각 에서 출발한 것이라고 평했다. 그리고 제임스 브리튼의 사 상은 미국의 대학 글쓰기 교육이 아예 하나의 독립적인 학 술분과로 발돋움하는 밑바탕이 된다.

브리튼의 리터러시와 쓰기 교육에 관한 생각은 영국이 아니라 미국에서 훨씬 큰 꽃을 피웠다. 이 현상에 대해서 는 일반적으로 교육론과 학술적 논의, 학계 사이의 긴장과 협력, 학술분과의 방향성에 관한 고민이 복합적으로 어우 러진 결과로 해석한다. 다트머스 세미나에서 시작된 팽팽 한 논의는 1970년 영국 요크, 1980년 오스트레일리아 시 드니, 1986년 캐나다 오타와, 1990년 뉴질랜드 오클랜드, 1995년 미국 뉴욕에서 열린 국제 학술대회를 따라 계속되 었다.

새로운 규칙과 이론은 재정적 문제와 논리, 새로운 것에 저항하고 의심하는 인간 본연의 속성 때문에 언제나 느리 게 수용되었다. 다트머스 세미나 결과도 그랬다. 과거의 과 학 혁명은 한 번에 나타난 옳은 이론 덕분이 아니라, 지금 의 시점에서 바라보면 틀린 이론 여럿이 옳은 이론을 압박하여 옳은 이론을 다듬은 결과로 발생한 경우가 많다. 따라서 나중에 틀렸다는 사실이 드러나더라도 나름의 중요한 역할을 담당했음을 역사가 귀납적으로 말해준다. 글쓰기는 너무나 명명백백하고 자연스러운 일상이지만, 이를 정교하게 설명하려는 노력과 그 산물인 이론은 지난 40년 동안 끊임없이 깁고 발전해왔다. 여기에서 잠시 소개한 내용은 영국과 미국 학자들로부터 파생된 이론적 논의의 찰나이지만 그 의의를 다음의 문장을 빌어 매듭짓고자 한다.

한 지점에 오랜 시간 머무른 생각은 살아남지 못한다. 같은 지역 같은 분야 동료뿐만 아니라 당장은 적합하지 않아 보이는 독자층과도 활발히 교류할 때 한 분야의 사상과 이론은 더 번성하고, 더 깊은 사고로 이어진다.

— 《Open Fields: Science in Cultural Encounter》(질리언 비어, Oxford University Press, 1996) 중에서

독자와 접점을 만드는 능력이
글쓰기 능력

그와 나를 이어준 기억과 경험이라는 접점

2012년 겨울 언젠가 영국 동부 스카버러에 잠시 머물렀다. 요크셔 지방의 해안선을 따라 늘어선 작은 마을 스카버러, 겨울의 그곳은 몹시 스산하고 쓸쓸했다. 텅 빈 상점들 사이로 몇몇 카페만 겨우 영업 중이었고 바다의 물결은 크고 사나웠다. 그 와중에 고집스럽게 낚싯대로 고기를 잡는 노인이 보였다. 그 옆으로 파란 간판을 걸어둔 식당이 있는데 '피시앤칩스'라 적힌 간판이 걸려 있었다. 들어가 보니 딱 피시앤칩스만 파는 식당이었다. 대구와 그보다 조금 작은 해덕, 둘 중 하나를 고르라는 선택지만 있었다. 지글거리는 기름 소리와 섞여 낚싯대로 그날그날 잡은 고기를 튀긴다는 설명이 들려왔다.

"저기서 낚싯대 던지고 계신 그분이 잡은 고기인가요?"

"그 사람한테서도 고기를 받아요."

막 튀겨 내준 대구를 한 입 물었다. 재료가 좋으면, 양념이나 기교는 필요 없구나. 그 자체로 달고 맛있었다. 레몬즙을 뿌리니 풍미가 더 진해졌다. 영국 음식은 맛이 없기로 유명한데, 그중에서도 피시앤칩스에 관한 가혹한 평가를 접할 때마다 나는 스카버러에서 먹은, 갓 잡아 올린 물고기를 막 튀긴 피시앤칩스가 떠오르곤 했다.

누군가의 마음을 열기란 얼마나 힘든 일인가. 교사는 자신의 교실을 어지간해서는 공개하기 어렵다. 학부모 참관이나 공개 수업이라도 있으면 전날 꿈자리가 뒤숭숭한 법이다. 하물며 "일 년 내내 수업을 다 들여다보아도 괜찮나요?" 하는 질문에 선선히 그러라고 하기는 쉽지 않다. 게다가 대학원생이 어떤 연구를 한답시고 교실 뒤에 심각한 표정으로 앉아 시종일관 노트에 뭔가를 적고 있으면 교사로서는 더욱 견디기 힘든 이물감이 느껴지기 마련이다.

그런데 나는 그런 연구가 하고 싶었다. 미국 고등학교 국어 선생님은 어떻게 가르치는지, 일상은 어떠한지, 일 년 교육과정은 어떻게 반영되는지 현장 가까이에서 보고 기록하며 연구 자료를 수집하고 싶었다. 친분도 없는데 대뜸 "나

네 수업 봐도 돼?"라고 물을 만큼 얼굴이 두껍지는 못한 것은 타고난 천성이라 누굴 탓할 수 없었다. 그래도 어떻게든 접점을 만들고 싶어 여름 방학에 3주간 현직 교사를 대상으로 진행하는 쓰기 교육 워크숍에 무작정 봉사자로 참가했다. 미국 워크숍은 이런저런 활동과 토론이 많아 자연스럽게 여러 교사와 대화할 기회를 가질 수 있었다.

나는 기회를 엿보다 알맞을 때라고 생각하면 참관을 하고 수업을 녹화할 교실을 물색하는 중이라고 말했다. 교사들은 딱 두 가지 유형의 반응을 보였다. 흠칫 놀라면서 거절하거나, 맑은 미소를 지어 보이며 거절했다. 서운하지는 않았다. 나라도 방금 만난 어느 외국인이 "네 수업을 일 년 내내 녹화하고 녹음하고 인터뷰도 한 달에 한 번씩 하면 좋겠어"라고 말한다면 십중팔구 황급히 시선을 피하거나 환한 미소와 함께 다음에 다시 이야기해보자고 미룰 것 같다. 그러다 글렌이라는 어느 선생님이 영국 출신이란 사실을 알게 되어 반가운 마음에 나도 영국에서 살아보았노라 덥석 과거사를 이야기했다.

글렌은 동양의 검은 머리 학생이 미국 국어 교사 워크숍에 와 있는 것도 신기한데, 영국에도 살아보았다고 하니 호기심을 보이기 시작했고, 나는 나대로 영국이라는 나라에 관하여 이야기할 대상이 생겨 흥미가 붙었다. 서로 어떻게 미국에 오게 되었는지 털어놓다가 고향 마을에 종종 간다는 그녀에게 나는 고향은 어디인지 물어보았다. 그녀는 '스카버러'라는 작은 해안가 마을이 있다며, 아마 처음 들어볼 것이라고 알려주었다.

"넌 아마 모를 거야. 정말 시골이거든. 잉글랜드 동쪽 해안에 있어."

"무슨 말이야, 난 스카버러에서 정말 맛있는 피시앤칩스를 먹어봤는데?"

스카버러. 잊고 지냈던 단어는 그렇게 열쇠가 되어 나를 미국 고등학교 교실로 들어갈 수 있게 해주었다.

미국 교실 참관은 미성년자인 학생들을 관찰하는 일이기 때문에 담당 교사가 동의하더라도 다음 절차가 복잡하다. 대학에서는 연구 윤리 준수를 위한 IRB 인증을 받고, FBI의 신원 확인을 거쳐 교육 지역구 담당관과 교장의 승낙과 찬성 편지를 받아야 했다. 여름 내내 나는 정성껏 내가 어떤 연구를 하려 하고, 이 일이 나에게 어떤 의미가 있는지 편지를 써서 담당관과 교장 선생님에게 보냈고, 적극적으로 지원해주겠다는 답장을 받기까지 발을 동동 구르며, 가끔은 플랜B를 생각하며 초조한 몇 주를 보냈다. 주변을 보면 이런 행정 절차에서 막혀 연구를 진행하지 못해 졸업 시기가 1~2년씩 밀리는 경우도 있었기 때문이다.

글렌은 다 잘될 거라며 학기가 시작되면 바빠진다는 이유로 몇 번이나 학교 근처 카페에서 미리 연구 계획을 청해 듣고, 내게 자신의 교육 방식이나 생각을 공유해 주었다. 여름의 끝 무렵 마침내 담당관과 교장 선생님의 편지를 받았고 나는 이제 정식으로 수업 참관을 할 수 있게 되었다고 글렌에게 기쁨에 찬 이메일을 보냈다. 그 후로도 글렌과 나는 종종 카페에 앉아 눈에 띄는 학생들, 영국과 미국, 독서와 쓰기 수업 이야기를 나누었다. 결과적으로 나는 1년이 아니라 2년 내내 글렌의 수업을 따라다니며 수업을 참관하고 자료를 모았다.

독자의 마음을 여는 '공감', '유머', '신선함'

접점이 적으면 독자는 멀어진다. 독자의 마음이 열리지 않으면 아무리 좋은 내용을 담고 있어도 글은 외면당한다. 같은 뜻을 전하더라도 어떤 형식, 논리, 태도로 전하느냐에 따라 그 뜻은 받아들여지거나 튕겨 나간다. 중고등학생 청중을 향해 지금 물 한 모금이 없어 죽어가는 아프리카 기아 아동을 생각해보라며, 공부만 해도 되는 너희들은 행복하지 않느냐며 열변을 토하는 어느 강연에 나는 그만 강사 대신 주변 청중의 반응을 살펴본 적이 있다. 아프리카 대륙

곳곳의 처참한 현실은 사실이고, 공부에 의미를 두어야 하는 것도 사실이지만 청중의 반응은 싸늘했다.

독자와의 접점은 절대적이거나 불변의 원칙을 따르는 것이 아니다. 신선해야 하지만 지나치게 낯설어서는 안 된다. 닮아서 편안하게 읽을 수 있지만, 독자의 일상과 차별화되는 지점이 없으면 곧 지루하게 느껴진다. 웃음을 자아내면 더할 나위 없이 좋다. 웃음을 터뜨려 마음이 열린 독자는 작가의 메시지를 더 잘 받아들이게 된다. 하지만 억지 유머는 역효과를 일으킨다. 유머는 상황, 시대, 사회, 문화, 연령대, 경험을 고려해야 하는 어려운 영역이다. 남녀노소 모두에게 100% 환영받는 유머란 극히 드물다. 나는 수업 내용과 연관된 똑같은 농담을 고등학교 3학년 1반부터 8반까지 그대로 사용한 적이 있다. 똑같은 교과서, 똑같은 주제와 맞닿은 농담을 똑같이 던졌지만 반마다 반응이 천차만별이었다. 농담에 관한 반응에는 그만큼 여러 요인과 변수가 복합적으로 작용한다.

누구에게나 농담에 관한 안 좋은 기억이 있기 마련이다. 2019년 여름 언젠가 방문한 한 대형 교회 목사가 간 큰 남편 시리즈 농담으로 설교를 시작했다.

"아침에 밥을 달라 말하는 남편은 간 큰 남편, 아내가 텔레비전을 볼 때 채널을 마음대로 바꾸는 남편은 간이 맞이

간 남편 …(중략)… 아내가 외출할 때 따라가도 되느냐고 묻는 남편은 간이 배 밖으로 나온 남편."

나는 처음부터 재미가 전혀 없었다. 성경적이거나 예수님의 가르침에 어울리는 농담도 전혀 아니었고, 설교 내용과 연관도 없었다. 놀랍게도 주위를 둘러보니 목사 연배의 성도들은 연신 웃음을 터뜨렸다. 정말 재미있어서 웃는 것인지, 예의상 웃어 드리는 것인지, 목사의 팬이라 목사가 어떤 말을 해도 재미있는 것인지, 이도 저도 아니면 나의 공감력이나 이해력이 부족한 것인지 분간이 어려웠다. 결과적으로, 틀린 건 나였다. 어쨌거나 간 큰 남편 시리즈는 성공적이었기 때문이다. 교회 건물 밖으로 나가는 길에 사람들이 간 큰 남편 농담을 주고받으며 웃는 소리를 들었다. 그나마 다행인 것은, 나는 이 농담을 잘 기억해두었다가 대학 수업 때 써먹는 실수는 저지르지 않는 선에서 이 소동을 마무리 지은 것이다. 농담이란 어려운 일이다.

다시 스카버러로 돌아가자. 글렌의 배려심 많고 선입견 없는 성격상 내가 스카버러를 모르고 영국 거주 경험이 없었더라도, 기꺼이 교실 문을 열어주었을 것이다. 그래서 스카버러와 글렌 일화는 나의 자랑이 될 수도 없고, 타인과의 공감대를 형성한 모범 사례라 할 수도 없다. 하지만, 무작정 현직 교사 워크숍이 열리던 기관에 3주 내내 숙식할 기세로 출퇴근 도장을 찍었던 것이나 '영국'이라는 낱말 하나에 어떻게든 공통의 관심사나 연결 고리를 찾으려 했던 일은 당시 나로서는 최선의, 어떻게든 상대방과의 접점을 만들고자 했던 노력의 일환이었음은 분명하다.

독자와 접점을 만들고자 하는 여러 시도는 글마다 계속되어야 한다. 글쓰기에서 흔히 저지르는 실수 중 하나가 바로 자기 자신에게만 집중한다는 점이다. 혼자 지난 상처를 자꾸 반복해서 쓰다듬거나 과거의 영광을 되새김질한다. 그런 글에서 독자를 향한 호기심은 찾아볼 수 없다. 나는 공감대를 형성하는 능력이 곧 글쓰기 능력이라는 생각을 하기도 한다. 타인에 관한 애정이 있을 때 충분히 전하고자 하는 이야기를 풀어낼 수 있다. 눈높이가 맞지 않거나 일방적으로 강요하는 이야기는 대개 독자를 전혀 고려하지 않은 데서 비롯된다. 받아들여지지 않는 글은 어휘가 풍성하든, 구조가 탄탄하든, 문장력이 좋든 홀로 남아 쓸쓸할 따름이다.

나의 글은 어휘의 범주만큼
깊고 넓다

조금씩 더 좋은 글을 쓰는 방법 중 하나는 마음에 드는 새로운 단어 하나를 살포시 넣어 문장을 써보는 것이다. 그렇게 새로 알게 된 단어를 이곳저곳에 자꾸만 써보며 내 것으로 만든다. 글을 잘 쓴다는 기준에는 여러 가지가 있는데, 하나는 적확하게 어휘를 사용하는가이다. 즉, 구사할 수 있는 어휘의 폭이 얼마나 넓은가에 달려 있다. 엉뚱한 어휘를 사용하거나 같은 표현이 지나치게 반복되면 글의 가치는 떨어진다.

글을 직접 쓰기 시작하면, 내가 아는 어휘가 얼마나 박약한지 절로 깨닫게 된다. 적절하게 표현하고 싶은데 알맞은 단어가 떠오르지 않으면 그때마다 글쓰기가 지체되고 멈추어 서게 된다. 그만큼 시간은 오래 걸린다. 정확한 낱말을 쓰지 않으면 오해의 소지도 늘리게 된다. 나는 직접 겪었지만 상대방은 접한 적 없는 대상과 사물을 설명하기란 어렵다. 더 큰 문제는 어휘력이 모자라는 글은 글쓴이를 향한 신뢰나 호감마저 떨어뜨린다는 점이다.

적소에 맞는 어휘가 떠오르지만 한두 개에 그치는 수준일 수 있다. 알맞은 단어가 떠오른다면 얼마나 다양하게 떠오르는가? 다양한 어휘가 떠올라야 그중에서 꼭 맞는 낱말을 고를 수 있다. '참가'는 상황에 맞추어 출석, 간섭, 참견, 참석 등으로 바꾸어 쓸 수 있고, '설명'은 강조, 호소, 권유, 추천, 설득, 주장, 공감 등으로 돌려쓸 수 있다. 생각과 느낌을 세밀하고 다양하게 묘사할 어휘가 확보되지 않으면 모든 현상을 특정 단어로만 뭉뚱그리게 된다.

그저 단조로운 표현이냐 아니냐의 문제가 아니다. 자칫하면 폭력인지도 모른 채 결례를 범하기도 한다. 아는 어휘의 폭과 개념의 지평을 늘리는 데 힘쓰는 대신, 콩떡같이 말하고 상대방이 찰떡같이 알아듣기를 요구하는 것이다. 그래서 정확한 어휘를 사용하였는지 주의를 기울여야 한다. 그리 신경 쓰지 않는 사람도 있겠지만, 자신이 쓰는 어휘 때문에 의사소통이 어렵거나 오해가 생기면 관계가 나빠지는 것은 사실이다.

내게 맞는 어휘 강화 도구를 찾아라

어휘를 늘리는 방법으로는 다독이 흔히 권해진다. 이 방법이 좋다면 다독을 통해 자연스럽게 어휘력을 키워도 된다. 나는 책을 읽다가 욕심 나는 어휘, 나중에 활용하고 싶은 어휘를 발견하면 에버노트에 꼭 메모해두는 습관이 있다. 후에 따로 사전으로 찾아보고 뜻풀이, 유의어, 예문을 확인한다. 그리고 에버노트에 찾은 유의어도 같이 적어둔다. 그러면 단어를 고르면서 유의어도 함께 셈하게 된다. 요즘 인터넷 사전은 상위 개념어, 순화어, 지역별 방언을 함께 알려주기도 하고, 사용자가 참여하는 오픈사전을 나란히 볼 수 있어 어휘를 어떤 맥락에서 사용하는지 입체적으로 확인할 수 있어 좋다. 나만의 어휘 노트는 시간이 갈수록 점점 그 길이가 길어지는데, 심심할 때면 한번씩 열어 처음부터 읽어 본다. 말하자면 인터넷 사전과 에버노트가 내 어휘력 강화 도구인 셈이다.

잊지 못할 '국어사전' 사건이 있다. 내 동생 완이에게 일어난 사건이었다. 우리 형제가 초등학생이었던 시절, 완이는 초등 어린이용 국어사전 개정판을 가져오라는 선생님의 전언을 어머니께 전했지만, 언제부터 우리 집에 있었는지 추적이 어려운 오래된 국어사전을 가져가게 되었다. 완이는 표지에서 '어린이용'이라는 문구를 찾을 수 없는 것도, 오래된 종이 냄새가 나는 것도 불안했다고 한다. 이윽고 국어 수업 시간에 선생님은 사전에서 '우뢰'를 찾아보라고 했다. 다들 찾지 못했다. 선생님은 의기양양하게 한글맞춤법이 개정되면서 '우레'가 표준어로 지정되어 '우뢰'는 사전에 실리지 않는다고 설명했다. 그 시간 완이는 자기 사전에 실린 '우뢰'를 자꾸 들여다보면서 어찌할 바를 모르던 참이었다. 갑자기 완이 짝꿍이 손을 번쩍 들고는 큰 목소리로 외쳤다.

"선생님, 얘는 우뢰 있어요!"

모든 눈길이 완이에게 쏠렸고, 몇몇은 가까이서 보겠다며 몰려들었다. 완이는 현명한 대처로 자신을 구원해주기를 바라는 간절한 마음으로 선생님을 쳐다보았다. 안타깝게도 선생님은 본인의 자존심이 더 중요했던 것 같다.

"어지간하면 하나 사라."

완이의 얼굴은 새빨개졌고, 집에 와 오열하며 이 사건을 말했다. 어머니는 그길로 완이 손을 잡고 동네 문구점에 가서 어린이용 국어사전 개정판을 사주었다. 많은 시간이 흘렀지만 완이는 아직도 토씨 하나 틀리지 않고 이 말을 기억하며 산다. "어지간하면 하나 사라."

종이 사전은 이제 잘 쓰지 않는다. 종이사전 대신 전자사전을 들고 다니던 시대를 거쳐 요즘은 어디서든 스마트폰으로 인터넷 사전을 이용할 수 있게 되었다. 이따금 종이사전을 그리워하거나 즉각적으로 검색 결과를 보여주는 인터넷 사전의 아쉬움을 토로하는 사람도 있다. 직접 종이를 넘기며 뜻풀이를 찾아 확인하는 편을 선호한다면 그것도 괜찮다. 나는 인터넷 사전이 등장한 후 줄곧 인터넷 사전을 선호했다. 편하고 효율적이라 시간을 절약할 수 있다는 이유만으로도 충분했다.

청소년의 어휘력이 성인보다 부족할까?

청소년의 어휘력이 부족하다며 혀를 차는 어른이 많다. 강원국 작가는 본인 세대가 어휘력만큼은 젊은 세대보다 앞서 있다고 적기도 했으나, 정작 성인의 어휘력 문제는 더 심각할 수도 있다. 국제성인역량조사(PIAAC: Programme for the International Assessment of Adult Competencies) 결과 우리나라 청소년층(16~18세)의 문해력(literacy proficiency)은 최상위권으로 미국과 일본은 물론, 교육 강국으로 일컫는 핀란드와 독일보다도 앞섰다. 하지만 삼십 대부터는 평균보다 뒤처지고, 45세 이후에는 하위권, 55~56세는 최하위권을 기록했다.

코펜하겐 대학 교수 도르테 알브레트센Dorte Albrechtsen과 그 동료들의 연구에서는 어휘 지식과 문장 이해력 간에 뚜렷한 상관관계가 있음이 입증되었다. 아는 낱말의 개수와 글에 담긴 의미를 이해하는 능력은 밀접한 연관이 있다는 뜻이다. 어른들이 지적하는 청소년의 어휘력 문제는 기성세대가 관심을 두거나 중요하다고 생각하는 분야의 어휘 폭이 상대적으로 좁다는 의미에 가깝다. 연령대마다 자주 쓰이는 어휘는 구분되어 있는데, 특정 세대에서 상식처럼 통용되는 어휘를 잣대 삼는 일이 반드시 온당하지는 않다. 젊은 세대가 가마니, 두름, 배상拜上 같은 단어를 잘 모르는 현상이 정말 손가락질할 만한 일인지는 조금 더 고민해 볼 필요가 있다. 기성세대에게 질문하였더니 핀테크, 클라우드, 사물 인터넷을 전혀 모르더라고 빈정대는 것과 마찬가지 우를 범하는 일과 같은 선상이기 때문이다.

청소년 세대의 어휘력을 옹호하려는 것은 아니다. 교실 수업에서 기초 어휘력 부족으로 교과서 이해에 어려움을 겪는 사례는 꾸준히 보고되었다. 반대로, 기성세대는 시대가 새롭게 요구하는 어휘의 습득에 게을리하고 있는 것은 아닌지 돌아볼 필요도 있다는 것이다. QR체크인을 보여달라는 직원의 요청에 "QR…… 뭐요?"라고 묻더니 직접 도와드리겠다는 직원의 제안도 뿌리치고 "이래서 커피 한잔 마시겠냐"며 버럭 화를 내고 문을 박차고 나가는 어르신을 몇 차례 보았다. 어휘는 그저 개인의 풍성한 표현력에 한정된 문제가 아니다. 어휘는 소외, 시대적 흐름, 사회의 변화와 이리저리 뒤섞이고 맞물려 있다.

유행어의 힘은 직관에 있다. 쏟아져 나오는 유행어를 따라잡기 버겁지만, 이해하면 그 안의 예리한 언어유희에 무릎을 치기도 한다. 그런데 가끔은 너무나 다양한 감정의 결을 몇 가지 단어로만 표현하는 데에 그치는 모습이 역력해 아쉬울 때도 있다. 충격적일 때, 감탄했을 때, 경이로운 모습을 봤을 때, 깜짝 놀랐을 때, 무서울 때, 좌절감이 밀려올 때, 실패했을 때, 성공했을 때, 재미없을 때, 흥미로울 때, 부러울 때, 그리고 여기에 미처 나열하지 않은 여러 다양한 상황에서 우리는 '헐'이라는 단어를 쓰는 것으로 자세한 설명은 생략할 수 있다. 간편하지만 섬세하지는 않다. 때로는 간편함이 필요하지만, 섬세함이 요구되는 상황도 있다.

어휘력을 키우는 일은 남들이 잘 쓰지 않는 표현이나 어려운 낱말을 일부러 발굴해 쓰는 것을 의미하지는 않는다. 우리 조상이 사용했던 풍부한 말을 길어 올려 써보는 것도 의미가 있으나 사전을 옆에 끼지 않고는 도무지 이해하기 힘든 문장, 각주 없이는 읽기 어려운 글보다는 쉬우면서도 아름다운 표현에 더 마음이 머무르는 법이다.

어휘 늘리는 노하우

• 익숙하게 쓰는 어휘도 다양한 의미를 담고 있거나 숨어 있는 비유가 있을 수 있다. 명확하게 알고 있다고 생각했지만 사전을 확인하면 그렇지 않은 경우도 있다. 의미가 명확하지 않다면 틈틈이 사전을 찾아 의미를 확인하고 정리해야 한다. 예를 들어, '일찍'과 '빨리', '틀리다'와 '다르다'를 구분해서 써야 한다. 비슷해 보여도 의미가 다른 표현이 많다. 예컨대, '또', '또는', '또한'은 구별해서 쓴다.

또=거듭하여, 그 밖에 더, 그럼에도 불구하고(또 일이 생기다)

또는=그렇지 않으면(월요일 또는 수요일)

또한=거기에다 더, 어떤 것을 전제로 하고 그것과 같게 (나 또한 그렇다.)

• 직접 고른 어휘가 낱개로는 괜찮았지만 조합이 어색해 보인다면 사전의 용례를 찾거나 구글에서 실제로 그런 조합으로 활용하는지 확인해본다. "이론을 뒤집다"라고 구글에 입력하면 2,040건의 검색 결과가 나타나 실제로 활용하는 표현으로 이해할 수 있다. "이론을 무너뜨리다"는 5건의 검색 결과를 보이는데 흔한 표현은 아

니라고 볼 수 있다.

- 뚜렷한 형상이 떠오르지 않을 때는 검색 엔진의 '이미지 검색' 기능을 활용한다. 외국어 낱말 뜻을 확인하는 데에도 유용하다.

- 외래어는 기계적으로 무조건 우리말로 옮기거나 그냥 원문 그대로 사용해서는 안 된다. 단어는 실제로 그 단어가 쓰인 문장과 맥락 안에서 실질적인 의미를 지닌다. 따라서 맥락과 전달하려는 의미를 고려해서 가장 효과적인 표현을 사용하기 위해 노력해야 한다. 시계 오른쪽이나 왼쪽에 달려서 시간을 맞추거나 태엽을 감는 손잡이는 흔히 '용두龍頭'나 '크라운crown'이라 부른다. 잡지 에디터이자 작가인 박찬용은 국어사전에 용두가 등재되어 있지만 이는 '용의 머리'라는 일본식 이중 비유이기 때문에 영문 표현인 '크라운'을 고집한다고 적었다. 박찬용 에디터의 결정에 동의한다.

언어, 문화, 생각은
서로 얽혀 있을까?

언어의 특성을 함부로 재단할 수 있을까?

언어가 문화를 반영하고 사고의 한계를 결정한다는 '사피어-워프' 가설은 꽤 그럴듯하게 들리기 때문에 폭넓게 수용·전달된다. 언어학자 에드워드 사피어와 벤저민 리 워프는 아메리카 원주민이 무지개색을 구분하는 방법이 다른 것을 관찰한 후, 세계를 바라보는 방식은 언어의 틀 안에 머무른다고 보았다. 하지만 곱씹을수록 언어가 곧 생각의 한계라는 말은 거부감을 일으키기도 해서 부정적인 반응을 끌어냈다. 많은 학자가 언어가 문화를 반영하거나 언어가 생각에 미치는 영향을 부정한다. 워프는 자신의 가설에 힘을 실으려 이누이트어에는 '눈'을 표현하는 어휘가 400개나 된다고 주장하였으나, 후일 영어와 이누이트 언어가 눈을 표현하는 방식에 유의미한 차이가 없는 것으로 드러났다.

언어학자 노암 촘스키는 아예 생득적으로 내재하는 유전적 자질로 모국어를 배운다는 보편 문법 이론을 제시했다. 쉽게 풀어 설명하면, 언어는 유전자에 이미 코딩되어 있기 때문에 모든 인류의 언어는 달라 보이지만 방언에 불과하다. 다시 말해, 언어는 우리의 본성을 표현하는 것이므로 다양한 모국어가 생각하는 방식에 미치는 영향은 무시해도 괜찮을 정도로 미미하다는 것이다. 촘스키는 화성인의 눈에 지구인의 언어는 모두 똑같아 보일 것이라고 주장했다. 그의 주장대로라면, 한국어와 영어는 무척 달라 보이지만 보편적인 원리가 흐르고 방언 정도의 차이만 남는다. 그렇다고 해서 외국어로서 한국어나 영어를 배우는 일이 쉬워지는 것도 아니고, 팥을 두고 갑자기 '콩인데 빨간 콩이야'라고 인지하거나, 고구마를 가리켜 '왜 그 달콤한 감자 있잖아'라고 대화하지도 않는다. 촘스키에 따르면 모국어는 습득(acquisition)하는 것이지만, 외국어는 학습(learning)해야 하기 때문이고, 인지 언어학 관점에서 언어는 인지, 사고, 의도, 경험과 결부되기 때문이다. 촘스키의 이론은 열렬한 지지를 받았지만 그보다 더 많은 사람이 50년 동안 꾸준히 비판했다. 하지만 사실 촘스키가 제안한 언어 습득 모형을 완벽하게 대체할 대안도 마땅하지 않은 상황이다.

높임법과 다양한 색채 표기, 한국어에만 있을까?

지금은 아니겠지만 내가 중고등학생일 때만 해도 국어는 영어와 달리 높임법이 발달했고, 우리는 풍류를 즐기는 낙천적인 민족이라 감각어가 발달했다고 배웠다. 영어에서 노란색은 기껏해야 'yellow' 하나 정도인데 국어에서는 노란색을 다양하게 나타낼 수 있다면서 '노랗다, 노르께하다, 노르스름하다, 노릇노릇하다, 누렇다' 등을 예로 들었다. 당시 국어 선생님은 국어의 우수성을 설명하며 꼭 저 설명을 되풀이했다. 한국어는 분명 훌륭하고 자랑스러운 언어지만, 버트런드 러셀이 영어에는 프랑스어의 'spirituel(영적인)'에 해당하는 단어가 없기 때문에 프랑스인이 더 영적이라고 주장한 것만큼이나 황당한 이야기다. 한편으로는 언어와 인식의 관계를 설명하는 일은 그만큼 복잡하다고 풀이할 수 있다.

다만, '풍류를 즐기는 낙천적인 민족'이기 때문이라는 이유를 나는 참 여러 번 곱씹어보았다. 영국인과 미국인은 흥이 없는 민족인가. 영국의 펍과 축구 경기장, 미국의 바닷가와 거의 매 주말 끊임없이 열리는 온갖 축제마다 넘치는 기운이 흥이 아니면 대체 무엇인가. 높임법 또한 의아하기는 마찬가지다. 문화, 예절, 관습이 있는 사회라면 나이, 사회적 지위, 윤리적 관계에 따라 존대와 공손한 표현의 정도를 달리하기 마련이며, 이는 당연히 영어에서도 마찬가지다.

영화 〈악마는 프라다를 입는다〉의 편집장 미란다(메릴 스트립)는 여러 종류의 파란색을 구분해 설명하고, 하다못해 애플워치 화면 색상 변경 메뉴 중 노란색을 선택하면 비슷비슷하면서도 조금씩 다른 노란색 종류를 갈래갈래 나누어 색과 명칭을 함께 보여준다. 책《우리말 색이름 사전》이나 프로젝트 〈색이름 352〉에서 엿볼 수 있는 우리말 색채 표기는 외래어도 섞어 사용하고 있다. 이는 우리말로는 지칭할 표현이 마땅히 없는 색상이 많다는 방증이기도 하다.

언어를 놓고 어떤 언어는 더 우수하고 어떤 언어는 열등하다는 위계를 설정하려는 시도도 문제다. 색채어 문제는 언어학계에서 그간 많은 논쟁과 실험의 대상이었고, 색채어를 뭉뚱그리는 언어권 화자보다 세세하게 나누어 구분하는 언어권 화자가 색을 더 잘 구분할 수 있을 것으로 흔히 기대하였다. 그런데 실상은 특정한 색을 찾아내는 실험에서 색을 골라내는 능력이 모어와 상관없는 것으로 나타났다. 왜 아니겠는가? 우리가 마땅한 표기 방법을 찾지 못해서 외래어로 표기하는 색채가 있지만 이를 분간할 수 없는 것은 아니다. 프랑스어는 영어보다 시제가 더 세세하게 나누어져 있는데, 이 사실이 프랑스어 화자가 영어 화자보다

시간을 더 섬세하게 인식한다는 증거는 아니다. 그렇게 언어가 생각에 큰 영향을 미친다는 가설은 힘을 잃었다.

언어가 생각에 영향을 미치느냐의 문제는 언어의 어느 특성이 사고의 어떤 면에 영향을 미치는지 학자마다 다른 정의, 기준, 실험 방법을 사용한다는 복잡성도 있다. 언어가 생각을 결정하거나 형성하는 것까지는 아니더라도 때로 영향을 미칠 수 있다는 해석도 가능하다. 〈악마는 프라다를 입는다〉에서 앤디(앤 해서웨이)는 미란다의 일장 연설을 들은 후 그전까지 다 똑같아 보였던 여러 파란색을 구분하기 시작한다. 해외에서 오래 살다 온 학생들은 전형적인 영어 글쓰기 방법과 전략을 문자만 한글로 바꾸어 고스란히 적용하는 모습을 쉽게 보인다. 특정한 하나의 이론으로 언어를 설명하기란 불가능에 가깝다.

외래어를 만나는 것은 새로운 세계관을 형성하는 것

외국어를 배우고 사용하는 일은 익숙하지 않은 외국의 세계관, 생활 규범, 문화, 사회상, 미의식과 마주하는 것이다. 그 과정에서 그간 모어가 형성한 가치관이나 세계관을 한 걸음 물러선 채로 바라보기도 하고, 비교하고, 때로는 기존의 인식이 흔들리는 경험을 하기도 한다. 우리 속담에

'콩 심은 데 콩 나고 팥 심은 데 팥 난다'고 했는데, 이 말은 원인에 따른 결과를 의미하지만, 콩과 팥은 엄연히 다른 사물이라는 전제를 함께 내포한다. 글자가 다르기 때문이다. 팥은 팥이지, 콩이 아니다.

2006년 방영된 EBS 〈콩의 종류와 역사〉 편에서는 콩의 종류로 왕태콩, 울타리콩, 돈부콩, 작두콩, 서리태콩, 매화콩, 완두콩, 강낭콩, 약콩 등을 소개하였으나 어떤 이유에서인지 팥은 찾아볼 수 없다. 네이버와 구글에서 콩의 종류를 검색하면 온갖 이색적인 콩까지 소개하면서도 팥은 빠져 있는 경우가 대부분이다. 그런데 검은콩은 영어로 블랙빈(Black Beans), 팥은 레드빈(Red Beans, 또는 Adzuki Beans)이다. 팥은 영미권 화자의 눈에는 그저 색이 빨간 콩이다.

고구마 역시 스위트 포테이토(Sweet Potato)이므로 영어권 화자에게 고구마는 오랜 역사 내내 '달콤한' 감자였다. '그냥 감자(regular potatoes)'와 '달콤한 감자(sweet potatoes)'로 구분해 설명하기도 한다. 생물학적인 분류 체계를 알고 있던 사람이 아니라면 사물에 관한 인식 체계는 자연스럽게 언어를 따라 형성된다. 그리고 언어에 따라 다른 인식 체계는 익숙한 질서를 흐트러뜨린다. 실제 배달의 민족 후기로 스윗포테이토 피자를 주문했는데 정작 감자가 없어 의아했지만 피자는 맛있었다는 글이 있어 화제가 되기도 했다.

잠시 웃을 수 있는 글로 생각하고 읽다가 '감자를 갈아서 토핑했거나 크러스트 안에 넣었을 수도 있다'는 진지한 댓글을 보고 나까지 진지해지기 시작했다. 글쓴이나 댓글을 단 이나 모두 고구마를 감자로 오해하고 있긴 했지만, 외래어 표기 문제까지 논의 범주가 확장되었기 때문이다. 외래어 표기 문제는 가독성, 운율, 사전적 의미 등을 복합적으로 고려해야 하므로, 브랜드마다 표기 방식을 분명히 고민했을 것이고 나름의 이유를 들어 결정했을 것이다. 적합한 표현 문제는 순수한 우리말과 글을 고수하는 방향으로 간단하게 해결할 수 있는 일이 아니다. 어떤 브랜드는 고구마 피자로 표기하지만, 또 어떤 브랜드에서는 스윗포테이토로 적는다. 외래어를 섞어 쓰거나 한국어로 쓰는 데에는 여러 맥락과 사정이 얽혀 있다.

구약성경 창세기를 보면 에서가 야곱에게 고작 팥죽 한 그릇에 장자권을 팔아버리는 구절이 나온다. 어린이용 성경이나 삽화에는 새알심이 들어간 동지팥죽을 그려놓은 경우도 심심치 않게 발견된다. 어릴 적 나는 이 부분이 항상 의문이었다. 팥죽이 장자권을 포기할 정도로 맛과 향이 좋은 음식인가? 새벽에 팥을 한 알 한 알 따서 끓였다 해도 팥죽은 기껏해야 팥죽 아닌가. 어린 내게 선생님은 내가 뭘 몰라서 그렇지 팥죽은 아주 맛있는 음식이라고 답해주었다. 나는 팥죽 좋아하는 사람 손 들어보라고 외쳤는데, 평소 별명이 '할배'였던 친구 한 명만 손을 번쩍 들었다.

"혹시 야곱은 팥으로 엄청 맛있는 음식을 만들 줄 아는 요리 천재였나요?"

선생님은 꼭 공부 못하는 아이들이 나처럼 쓸데없는 생각을 한다고 핀잔을 주었다.

"그 나라에도 팥이 있나요?"

선생님은 성경은 틀린 게 없다며 더는 방해하지 말라고 하였다. 여러모로 선생님은 내가 많이 귀찮았던 모양이다.

나의 의문은 후일 영어 성경을 보면서 생각보다 간단히 풀렸는데 팥죽의 정체는 다름 아닌 렌틸 스튜였기 때문이다. 렌틸콩과 팥은 식감이 아주 다르다. 게다가 스튜를 죽으로 치환해버리는 것은 케밥이 쌈밥으로 바뀐 격이다. 한글 성경은 그간 몇 차례 개정되었으나 야곱이 만든 음식은 여전히 팥죽으로 남아 있다. 그런데 아직도 많은 선교사나 목사님이 이 대목에서 한국식 팥죽 이야기를 꺼낸다. 팥죽의 유래와 팥의 효능은 애교다. 야곱이 팥죽 맛을 끌어올리기 위해 설탕을 듬뿍 넣었을 것이라는 농담이나, 옛날 동지팥죽의 추억담을 펼쳐놓을 때 나는 무척 견디기 힘들다.

"오늘부터 야곱의 팥죽은 야곱의 렌틸 스튜로 바뀌었습

니다. 기억해두십시오. 팥죽 아니고 렌틸 스튜입니다."

어느 대형 교회에서 나도 모르게 일어나 마이크를 잡고 이렇게 외쳤다. 물론 정말 그렇게 외치지는 않았다. 그냥 상상만 했다. 그러나 상상만으로도 기분이 좋아졌다.

국내 최초의 한글 〈신약전셔〉는 1900년에 번역을 마쳤는데 무려 10년이 걸린 작업의 결과였다. 제대로 된 어문 규범과 국어사전도 없었던 시기에 처음 번역을 하면서 우여곡절과 고민이 많았을 것으로 짐작된다. 1900년 조선시대에 렌틸 스튜를 그대로 옮기면 온전히 이해할 수 있는 독자가 얼마나 되었을까. 고로 팥죽은 고민의 산물이다. 만약 야곱이 렌틸 스튜 대신 굴라쉬나 브라사토, 혹은 뵈프 부르기뇽 같은 음식을 준비했다면 갈비찜으로 번역되었을지도 모른다. 갈비찜은 원래 궁중 음식이었지만 조선 후기부터 서민들의 잔칫상에도 올랐다. 팥죽보다 납득하기도 훨씬 쉽다. 에서가 종일 뛰어다녔지만 빈손으로 터덜터덜 돌아오는 길에 야곱이 준비한 음식이 갈비찜이라면 어땠을까. 피곤한 몸을 이끌고 터벅터벅 돌아오는 길에 어디선가 풍기는 갈비찜 냄새는 참을 수 없지.

자료 조사, 변화무쌍한 글감을 검증하는 기초 공사

10년 전 속옷이 지금의 겉옷이 되었을 때

2012년 10월은 대학원 과정을 위해 영국에 처음 도착했던 때다. 아무리 미디어가 발달해도 타 문화권에 방문하면 미처 예상하지 못한 여러 문화 충격을 겪는 게 당연하다지만, 정말이지 영국에 도착한 첫날부터 문화 충격의 연속이었다. 집 열쇠를 받아 짐을 풀고 시내에 나간 나는 일단 커피를 마시러 카페에 들어갔다. 직원이 환하게 웃으며 주문을 받았다. 충격적이게도 그녀는 하의로 레깅스만 입었고 레깅스 위로 치마나 바지를 덧입지 않은 상태였다. 심지어 레깅스 곳곳은 이리저리 찢어져 있었다. 적나라하게 드러나는 굴곡도 굴곡이지만 주문받은 직원이 뒤돌아 고개를 숙이는 순간 찢어진 레깅스 사이사이로 드러나는 맨살이 일시적으로 더 많이 보였다.

　나는 그녀가 정신 나간 사람이 아닌가 하는 생각이 들어 매장 안에서 커피를 마시려던 계획을 까맣게 잊은 채 주문한 커피를 받아들고 허둥지둥 카페 밖으로 나왔다. 그런데 집으로 가는 길에 정신이 나간 것 같은 여자가 너무나 많았다.

　"왜 다들 속옷 차림으로 돌아다니는 거죠?"

　누구라도 붙잡고 이렇게 묻고 싶었다. 5년 전 영국에 여행을 왔을 때도 속옷만 입고 거리를 활보하는 여자들이 이렇게 많았던가? 진심으로 기억나질 않았다. 나는 종종걸음으로 길바닥만 쳐다보며 집까지 걸어왔다. 어쩐지 스타킹만 신고 집 밖으로 나온 것 같아 민망했던 레깅스였는데, 몇 주가 채 지나지 않아 나는 레깅스 차림이 더는 어색하거나 낯 뜨겁게 느껴지지 않았다. 대학 캠퍼스는 그야말로 레깅스의 물결로 넘실거렸고 사람은 변화와 적응의 동물이기 때문이다. 화용론을 가르쳤던 그레이엄 교수는 가끔 저마다 세상 편한 옷을 입고 앉아 있는 학생들을 둘러보며 이런 말을 중얼거렸다.

　"불과 얼마 전까지만 해도 시험 기간에는 학생들이 모두 정장을 입어야 했지."

　2014년, 유난히 사건사고가 많았던 해에 나는 잠실에 있는 한 여자고등학교에서 국어를 가르쳤다. 한번은 교과서에 문화 충격에 관한 지문이 실려 있기에 영국에 처음 도착하던 날 경험한 레깅스 이야기를 꺼냈다. 반응은 뜨거웠다. 영국 사람들이 레깅스를 바지 대신 입고 다니더라는 이야기에 일부는 아예 대놓고 내 경험담을 믿으려 하지 않을 정도였다. 미친 여자로 치부하기에는 영국에 미친 여자가 너무 많았다는 대목에 깔깔 웃으면서도 레깅스만 입고 밖에 나가면 속옷만 입고 다니는 것 같은 느낌이라 이상할 것 같다고 했다. 그러면서도 해외에서의 일상이 시간 차를 두고 우리나라의 일상이 되는 경우가 많기 때문에 레깅스도 어쩌면 언젠가는 편하게 입는 바지 중 하나가 될지도 모르겠다는 생각을 같이했다. 레깅스가 우리나라에서도 일상복으로 자리한 요즘 그때의 제자들은 우리가 같이 나눈 이야기를 기억하는지 모르겠다.

반대로 외국인의 시각에 우리나라에서 흔히 보이는 옷차림이 생경하게 느껴지는 부분은 없을까? 당연히 있다. 연인이 비슷한 옷, 일명 커플룩을 입는 모습이나 단조로운 한국인의 패션에 관한 이유를 묻거나 설명하는 글은 비즈니스 매거진은 물론, 온라인에도 심심찮게 올라온다. 어느 미국인 네티즌이 업로드한 사진은 한국 지하철 내부를 촬영한 것이었는데, 승객 열에 아홉은 검은색 바람막이를 입고 있었다. 레깅스, 그러니까 국립국어원에서는 순화어로 '양말바지'를 제안하고 있는 이 허리에서 발끝까지 덮는 신축성 좋은 바지는 최소한 2014년까지만 해도 우리나라에서는 치마나 핫팬츠 속에 속바지 개념으로 입는 옷이었다. 한마디로 겉옷보다는 속옷에 가까웠다. 단순해 보이는 바지 하나도 독자, 시대적 배경, 문화권에 따라 바라보고 이해하는 시각이 달라진다. 글쓰기에서도 글감은 고정불변의 대상이 아니다. 독자, 시대적 배경, 문화권에 맞추어 꼼꼼한 자료 조사가 필요하다.

주제, 표현과 연관된 트렌드, 그러니까 특정한 대상, 주제, 표현에 관한 경향과 인식은 시대, 장소, 문화, 독자에 따라 계속 바뀐다. 만약 본격적으로 레깅스에 관하여 글을 쓴다면 시대, 장소, 문화, 독자를 고려한 꾸준한 자료 조사가 뒷받침되어야 엉뚱한 이야기를 하지 않는다는 말이다. 예를 들어, 2021년의 레깅스는 2011년의 레깅스와 같지 않다. 캐나다 밴쿠버에서 탄생한 룰루레몬 레깅스는 10년 전 속바지 개념으로 사고 팔리던 레깅스와 명칭만 같을 뿐 소재, 기능성, 활용도 면에서 완전히 다른 제품이다. 레깅스의 의미는 확장되었다. 운동복으로서의 레깅스냐, 일상복으로서의 레깅스냐는 같은 대상도 장소에 따라 다른 논의가 전개될 수 있음을 보여준다. 나라마다 레깅스를 바라보는 시각에 차이가 있고, 이십 대 독자와 오십 대 독자가 레깅스를 바라보는 시각은 다를 수밖에 없다.

진부하거나 틀린 자료는 검증만이 피할 길

한때 솔개나 독수리의 환골탈태 이야기가 유행이었다. 여러 유명 인사, 기업인, 목사가 자꾸 이야기해서 이제 강연에서 솔개나 독수리라는 단어만 나와도 '설마 그 이야기는 아니겠지?' 하는 마음으로 듣곤 한다. 요약하자면, 솔개는 마흔 살 무렵 부리도 구부러지고 깃털이 무거워져서 큰 결심을 해야 한다는 이야기다. 스스로 바위를 쪼아 부리를 부러뜨리고, 깃털을 뽑아내는 고통스러운 과정을 거치면 부리와 깃털이 새로 자라며 30년을 더 살아 총 70년을 살 수 있다. 하지만 그 잠시의 고통을 견디지 못해 가만히 웅크리고 있으면 마흔 살로 수명을 마감한다는 이야기다. 유명 은행장, 총장, 주필, 기업 인사들이 이 이야기를 하면서 뼈를 깎는 노력과 개혁을 요구했다. 안타깝게도 솔개가 스스로 부리를 꺾고 발톱과 깃털을 뽑아내면 그것들이 재생되고 30년을 더 산다는 이야기는 완전한 허구다. 정확하지 않은 이야기를 의심 없이 전달하고 이 책 저 책에서 충분한 자료 조사 없이 들어다 쓰는 통에 돌고 돌며 반복되었다.

비슷한 허구는 얼마든지 있다. 절벽에서 새끼를 일부러 밀어내고 살아남는 사자만 키운다는 사자의 양육 방법, 둥지에서 새끼 독수리를 떨어뜨려 나는 법을 가르친다는 독수리 이야기, 미꾸라지로 가득한 수조에 메기를 넣어두면 천적을 피해 이리저리 움직이느라 미꾸라지가 더 건강해진다는 원리 등 황당한 설은 지금도 어딘가에서 진지하게 계속된다. 이런 이야기를 통해 억지 감동을 자아내려는 연사를 만난다면 방문자 게시판이나 건의함에 적어두자.

"자료 조사 좀 하십시오."

이 모두가 자료 조사에 관한 이야기라면 우리는 어디서 자료를 구하고, 어떻게 자료를 판단하고 분석해야 할까? 국제도서관연맹(IFLA)에서는 점점 정교해지는 가짜 뉴스와 무분별한 정보의 바다 속에서 비판적으로 정보를 판단하는 여덟 가지 방법을 공개하기도 하였다.

정확한 정보를 골라내는 여덟 가지 방법

① **출처를 고려한다:** 글이나 기사가 등재된 웹사이트와 기관이 하는 일, 연락처를 조사해본다. 신뢰성 있는 기존 웹사이트나 기관과 유사하게 꾸며 놓았을 수도 있다.
② **깊이 읽는다:** 제목은 조회 수를 위해 자극적으로 작성

했을 수도 있고, 우회적 표현이나 반어법일 수도 있다. 내용까지 깊이 읽는다.

③ **글쓴이를 확인한다:** 글쓴이가 누구인지 검색해보고 알아본다. 믿을 만한 사람인가? 해당 분야에 전문성이 있는 사람인가? 실존하는 사람인가?

④ **글의 근거를 확인한다:** 글에 제시된 논문을 실제로 확인해보는 방법도 있다. 실제로는 글의 주장과 상반되는 내용을 담고 있는 논문도 있고, 연관 없는 논문도 종종 발견된다.

⑤ **글이 쓰인 날짜를 확인한다:** 너무 오래된 글은 최근 상황을 반영하지 않고 있다.

⑥ **농담일 수 있다:** 풍자하는 글은 아닌지 확인해본다. 출처와 글쓴이를 찾아보자.

⑦ **당신의 편견을 확인해보라:** 자기 생각이 판단에 영향을 미치고 있는지 생각해보자. 내가 굳게 믿고 있는 신념에 위배되는 내용은 의심하거나 믿고 싶지 않은 것이 당연하다.

⑧ **전문가에게 물어본다:** 사서나 해당 분야 전문가를 통해 확인해보자.

커틴 대학교 교수 매슈 앨런은 자료 출처에 따라 그 특성을 알아두어야 함을 이야기했다. 진지하게 글을 쓰려면 생각해볼 만한 주제다. 자칫하면 보고서나 진지한 글에 네이버 블로그, 위키피디아, 나무위키를 관련 근거로 인용하는 우를 범할 수 있다. 블로그 포스팅과 위키피디아, 나무위키는 나도 즐겨 찾아 읽는 매체이고, 가끔은 '어디서 이런 좋은 정보를 찾아서 여기 다 모아놨지?' 싶은 양질의 글을 마주하기도 하지만, 위키피디아는 본질적으로 신뢰할 수 있는 매체는 아니다. 왜일까? 언제 어느 때고 누구든지 편집 과정에 개입할 수 있기 때문이다. 누구나 관여할 수 있고, 그 시기가 정해지지 않은 집단지성의 원리는 양날의 칼이다. 위키피디아 내의 '위키피디아:학술적 이용(Wikipedia:Academic use)' 부문에서는 위키피디아를 신뢰할 수 있는 근거로 인용하지 말 것을 대놓고 명시하고 있다.

그렇다면 믿을 만한 자료는 무엇일까?

책

많은 연구와 글쓰기에서 주로 인용하는 자료는 아마도 책일 텐데, 대부분의 경우 책은 신뢰할 수 있고 검증된 자료를 포함하기 때문이다. 물론, 개인의 출판이 점점 더 쉬워지면서 하루가 다르게 책이 쏟아지는 오늘날, 책은 차츰 더 면밀하게 검토해야 하는 대상이 되었다. 인터넷이 발달한 요즘, 책을 한 권 한 권 찾아 검토하고 평가하는 일은 더디고 비효율적이라고 느껴질 때도 있다. 그러나 여전히 인터넷으로 찾을 수 없는 값진 정보가 책을 통해 유통된다.

학술 논문

대학 도서관 아이디가 있다면 대학 기관이 유료로 구독하는 학술지를 열람하고 다운로드할 수 있다. 구글 학술 검색(scholar.google.com)이나 한국학술지인용색인(www.kci.go.kr)은 누구나 이용할 수 있다. 학술지는 흔히 신뢰할 수 있는 정보와 지식의 원천으로 간주한다. 대개 해당 분야의 전문가가 원고를 쓰고, 그 원고는 익명의 심사를 통과해야 한다. 익명의 심사란 같은 분야의 다른 전문가가 원고를 읽고 유용성과 타당성을 익명으로 평가했다는 뜻이다. 학술지는 보통 정교한 절차를 통해 실험하거나 탐구한 내용을 토대로 작성된다. 글을 전개하는 마디마다 앞서 출판한 연구와 비교하거나 이전의 연구에서 한 발자국 더 나아가는 식으로 구성되므로 관련 주제에 관하여 참고할 수 있는 다양한 자료를 모아서 보여주는 창구가 되기도 한다. 물론, 연구 결과가 시간이 지난 후 뒤집히거나 추가하거나 보완해야 할 내용이 새로 발견되기도 하고, 옳고 그름의 문제가 아닌 연구 주제도 있으므로 학술 논문이라고 해서 무조건 옳은 정보만 전달한다고 보기는 힘들다. 경제적 이해관계가 얽혀 있다면 더 주의 깊게 살펴봐야 한다. 연구를 진행하며 특정 기업이나 단체의 지원을 받았다는 사실이 작은 글씨로 명시되어 있는 논문이 종종 있다. 후원 기업이나 단체의 이익에 반하는 주장을 펴기란 어려운 법이다.

신문

주요 일간지는 정치적 입장이나 정보를 해석하는 방향을 두고 논란이 있지만 대체로 신뢰할 수 있는 자료로 여겨진다. 신문은 긴급한 내용이나 최신 정보를 다룬다는 장점이 있으나, 때때로 기사 내용이 시간이 지나면서 잘못된 것으로 판명 나거나 수정되기도 한다. 온라인 매체에서는 새로운 정보를 담거나 수정한 시기를 기사에 함께 표기한다. 네이버 뉴스 라이브러리는 신문 아카이브 서비스로, 1920~1999년 기사를 집에서 편하게 찾아볼 수 있다.

잡지

잡지, 특히 〈타임〉지나 〈뉴스위크〉지 같은 시사잡지는 국제 정세나 국지적 이슈를 넓은 시야로 접근하며, 논설과 편집 의견을 함께 싣는다. 상업용 잡지는 특정한 독자층을 대상으로 삼는데, 특정 분야에 특화된 정보와 지식을 전달한다. 최근 들어 광고와 기사의 경계가 모호한 '애드버토리얼(advertorial)'이 늘었다. 언뜻 보기에 편집 기사처럼 보이지만 엄연한 광고이다. 〈모노클〉지처럼 독자적인 시각을 자신 있게 고수하는 잡지는 많지 않으며, 보통 기사 전체가 광고주의 입맛에 맞추어 구성되므로 유의해야 한다.

인터넷

인터넷을 한마디로 정의하고 일반화해서 설명하기란 무척 어렵다. 인터넷은 역동적이고 지금도 계속 변화하는 중이기 때문이다. 감당할 수 없을 만큼 많은 양의 유용한 정보와, 쓸데없거나 해로운 자료가 공존하는 공간이다.

책, 학술지, 신문, 잡지가 반드시 인터넷보다 유용하고 신뢰할 수 있는 정보를 제공하는 것은 아니다. 모든 매체는 한계가 있다. 기껏 산 책 수준에 실망하거나 저자의 얕은 식견에 돈이 아까웠던 경험은 누구나 한번쯤 해보았을 것이다. 나무위키나 수준 높은 블로그보다 모자란 책도 수두룩하다. 인터넷보다 책과 신문 손을 더 들어주는 것은, 익명의 심사나, 출판에 이르기까지 여러 절차를 거치면서 검토하였기에 그만큼 더 신뢰도가 높을 뿐이지 넘을 수 없는 선이 있는 것은 아니다. 위키피디아는 누구든지 글 내용을 수정할 수 있지만, 소수 인원이 제멋대로 어지럽히거나 기존 정보가 한순간에 망실되지 않게 보호할 수 있는 모종의 안전망이 있다. 블로그는 일반적으로 어떤 주제에 관한 개인적인 생각과 감정을 기록하거나 흥미로운 정보를 공유하는 공간이지만, 특정 분야 전문가들이 모여 글을 쓰고 꾸려가기도 한다. 애리조나 주립대학 교수 두에인 로엔과 동료들은 이러한 이유로 위키피디아와 블로그를 전적으로 믿고 의지해서는 안 되지만, 흥미로운 출발점으로는 삼을 만하다고 평가했다. 다른 여러 자료 조사를 병행하고 교차 검토한다면 인터넷을 제외할 필요는 없다. 분명 큰 도움이 된다.

고쳐 쓰기,
꼭 해야 하나요?

왔던 길을 되돌아가면

못 봤던 풍경이 보인다

캐나다에서 장거리 자동차 여행을 할 때였다. 2주 동안의 일정이었는데 숙박할 곳만 예약해 두었다. 그런데 여행 중간에 숙박 예약 순서가 꼬였다는 사실을 알게 되었다. 순전히 내 실수였다. 계산해보니 종일 왔던 길을 200킬로미터 정도 되돌아가서 하룻밤을 잔 후, 그 다음 날에는 500킬로미터가량을 꼬박 운전해야 하는 일정이 되어버렸다. 다급하게 호텔 측으로 전화를 했지만 일정 변경이나 환불이 어렵다는 대답을 들었다. 완전히 풀이 죽은 채 그냥 숙박비를 날리고 동선 위에 있는 다른 호텔을 알아보려는 내게 아내는 그리 큰 문제도 아닌데 애써 힘들이지 말라고 위로해

주었다.

"차 안에서 이야기 많이 나누자. 시간이 지나면 더 기억에 남는 추억이 될 거야. 하루 숙박비를 더 쓰는 대신 그 돈으로 중간중간 맛집을 찾아다니자."

다음 날 우리는 왔던 길을 되돌아갔다. 전날 봤던 풍경을 재확인하는 느낌을 확연히 받는 구간도 있었지만, 같은 지형도 방향이 달라서인지 새로워 보이는 풍경이 많았다. 같은 도로를 세 번이나 탈 필요는 없으므로 그다음 날은 색다른 경로를 골랐다. 그래서 새로운 길과 풍경을 접하는 데에 아무 문제가 없었다. 쉼 없이 운전만 하면 넉넉잡고 여섯 시간이면 도착하겠지만, 우리는 온갖 이야기를 나누었고, 중간중간 명소와 맛집을 들렀고, 멋진 풍광이 펼쳐진 곳에 차를 세워두고 바람을 쐬느라 열두 시간이 넘어서야 겨우 호텔에 도착했다. 하루 종일 운전대를 잡고 있을 때는 몰랐는데 그날 저녁 호텔 침대에 몸을 누이니 그제야 엉덩이가 쑤시긴 했다. 시간이 지난 지금 우리는 아직도 그때를 즐거운 추억으로 회상한다. 우리는 다음 여행에서도 동선이 꼬이는 상황이 발생한다면, 기꺼이 그 동선대로 새로운 여행지를 돌아볼 의향이 있다.

이미 왔던 길을 되돌아가는 일은 그다지 유쾌한 일이 아니지만 생각만큼 제대로 보지 못하고 지나쳐 온 면면을 입체적으로 짚어볼 수 있는 여행길이기도 하다. 글쓰기에서는 고쳐 쓰기가 바로 그렇다. 초고를 쓸 때 놓쳤던 부분, 다시 보니 빼거나 덧대고 싶은 부분, 실수를 찾을 수 있는 기회는 바로 고쳐 쓰기 과정을 통해 얻을 수 있다.

글쓰기 고수는 여러 번, 오래, 전체적으로 뜯어고친다

고쳐 쓰기는 중요하다. 일필휘지하였다는 전설 같은 이야기는 앞으로도 영원히 전설이나 허풍으로 남을 것이다. 일필휘지로 완성한 글은 두 가지다. 머릿속으로 수없이 나열하고 겹겹이 다듬은 생각을 종이 위에 그대로 옮겼거나, 수준이 떨어지는 초고이다. 전자는 머릿속에서 고쳐 쓰기가 여러 번 이루어진 내용을 텍스트로 시각화한 것이므로 일필휘지라 볼 수 없다. 후자는 읽을 가치가 떨어지므로 일필휘지의 의미가 없다.

'고쳐 쓰기'나 '퇴고'의 중요성을 강조하는 책은 많으나 고쳐 쓰기를 문장 단위의 어색하거나 틀린 표현을 고치는 수준으로 한정하거나 단순히 고쳐 쓰기의 중요성을 강조하는 선에 머무르는 경우가 많다. 단어와 문장 단위의 퇴고 또한 중요하지만, 전반적인 글의 구조와 구성을 뜯어고치거나 과감하게 삭제하고 추가하는 고쳐 쓰기가 더욱 중요하다. 결국 완성된 글의 본질은 표현 방식보다는 자신이 전달하고자 하는 생각을 얼마나 뚜렷하게 구체화하는가에 있기 때문이다. 특히 어려운 주제를 다루거나 뽑혀야 하는 글을 쓰는 경우에는 독자가 쉽고 분명하게 이해할 수 있는 글이어야 한다.

글을 잘 쓰는 사람은 초고를 여러 번, 오래 고친다. 못 쓰는 사람은 한 번 쓴 글을 거의 고치지 않고, 피드백을 받아도 반영하지 않는다. 하버드 대학 글쓰기 프로그램을 총괄해온 낸시 소머스Nancy Sommers 교수는 글을 잘 쓰는 사람일수록 고쳐 쓰기 과정에서 더하고 빼는 표현과 어휘가 많은 현상을 발견했다. 다시 말해, 고쳐 쓰기 단계에서 글 구조를 바꾸거나 내용을 더하며 전반적인 글의 형태를 바꾸는 데에 주저하지 않았다. 반면, 글쓰기에 익숙하지 않은 필자는 문장 수준에 머무른 채 틀린 맞춤법 정도를 찾아 고치는 것으로 나타났다. 텍사스 대학교 레스터 페이글리Lester Faigley 교수와 스티븐 위트Stephen Witte 교수의 연구에서도 비슷한 결과를 볼 수 있다. 미숙한 필자는 '고쳐 쓰기'나 '퇴고'라는 것을 한다고는 하지만 의미에 영향을 미칠 정도로 글을 뜯어고치지 않는다. 표면적인 오류 몇 가지만 간신히 찾아 매만진다. 페이글리와 위트의 연구 결과에 따르면, 오히려 글을 잘 쓰는 필자는 초고의 방향, 구조, 의미를 과감히 바꾸기도 하고, 수정하는 양 또한 미숙한 필자가 고친 양의 세 배에 달한다.

소머스의 연구에 따르면, 글쓰기에 미숙한 필자와 능숙한 필자의 고쳐 쓰기 습관에도 일부 공통점이 보이는데, 미숙한 필자와 마찬가지로 능숙한 필자도 고쳐 쓰기 단계에서 가장 많이 집중하는 대상은 문장 단위 표현이다. 차이가 있다면, 글쓰기에 능숙한 필자는 문장 수준의 표현뿐만 아니라 문단, 글의 전개 방식과 구조까지 전방위에 걸쳐서 관심을 갖고 글을 고치는 것으로 드러났다. 이 연구에서 우리가 기억해야 할 점은 무엇일까? 만약 초고를 들여다보면서 글 전체를 뜯어고치고 싶거나, 문단의 위치를 이리저리 바꾸고 싶거나, 과감하게 삭제 또는 더하고 싶다는 생각이 든다면 한숨을 쉬거나 좌절하지 말아야 한다는 것이다. 오히려 자신을 격려해주어야 한다. 초고를 보면서 그런 생각이 드는 것은 글쓰기 능력의 부족이 아니라 일정한 수준의 글쓰기 능력을 갖추었다는 신호이기 때문이다. 아직 글쓰기 능력이 부족한 필자는 본인의 초고를 볼 때 흔히 두 가지 반응을 보인다. 아무 생각이 들지 않거나 내내 감탄한다. "완벽해. 봐도 봐도 명문이야."

글을 고쳐 쓰는 단계에서 스스로에게 던지는 질문 역시

능숙한 필자와 미숙한 필자 사이에 뚜렷한 차이가 있다. 캘리포니아 주립대학 베티 밤베르크^{Betty Bamberg} 교수는 질문의 차이를 다음과 같이 정리했다.

능숙한 필자의 고쳐 쓰기 단계 질문

- 글의 도입부를 어떻게 고치면 독자의 관심을 더 끌 수 있을까?
- 어떻게 고쳐야 더 타당하고 논리적인 논증을 구성할 수 있을까?
- 이 부분에서 전달하려는 메시지를 더 분명하게 하기 위한 예시가 뭐가 있을까?
- 내 논증을 더욱더 논리적으로 배열하는 방법에는 무엇이 있을까?
- 문장을 더 이해하기 쉽게 하려면 어구를 어떻게 바꾸어야 할까?
- 문장을 더 짧게 고칠 수는 없을까?
- 여기에 더 적절한 어휘는 무엇일까?

미숙한 필자의 고쳐 쓰기 단계 질문

- 문법적으로 틀린 부분은 없을까?
- 오탈자는 없을까?

고쳐 쓰기를 할 때 가져야 할 질문 다섯 가지

초고는 일찍 완성하고 잠시 다른 일로 관심을 돌리는 것이 좋다. 하루 이틀 정도 시간이 지나면 새로운 시각으로 초고를 다시 읽을 수 있다. 공백의 시간은 왜 중요할까? 초고를 막 완성한 후 곧바로 글을 다시 읽을 때는 고쳐야 할 부분이 눈에 잘 들어오지 않기 때문이다. 글과 잠시 거리를 두고 다시 읽어보면 새롭게 보인다. 나는 전날 쓴 글을 다음 날 아침에 다시 들여다보면 막혔던 부분을 해결할 묘안이 떠오르곤 했다. 왜 불과 하루 전에는 그런 생각을 하지 못했는지 놀라면서 글을 고친다. 아래와 같은 항목을 염두에 두고 글을 고치면 훨씬 더 나은 글로 차근차근 다듬을 수 있다.

① 이 글을 통해 전하려는 한 가지 핵심 메시지는 무엇인가?

다시 말해, 글에 나타난 요점, 설명, 근거를 요약해보자. 하려는 이야기가 글에서 뚜렷하게 드러나는가? 하나의 주제에 집중하였는가? 다른 사람이 쓴 글로 가정한다면 명료하게 작성된 글이라고 평가할 수 있는가? 각 문단은 글 전체가 가리키는 하나의 주제를 지향하는가?

② 내 글의 목적은 무엇이고, 독자는 누구인가?

이 글을 통해 달성하려는 목적은 무엇인가? 설명, 분석, 평가, 논증, 응용? 아니면 다른 목적이 있는가? 엉뚱한 방향으로 새지 않고 그 목적을 충분히 달성하였는가?

③ 충분한 근거를 포함하였는가?

전달하려는 내용이나 주장을 뒷받침할 수 있는 근거가 포함되어 있는가? 근거는 충분한가? 근거의 타당성과 객관성을 평가하였는가? 올바른 인용법으로 근거의 출처를 정확하게 밝혔는가?

④ 꼭 필요한 내용만 포함하였는가?

아까워서 지우지 못한 표현, 문장, 문단이 포함되지는 않았는가? 글의 주제에 완벽하게 부합하지 않는 문장이나 문단을 억지로 놔두고 있지는 않은가?

⑤ 표현상의 실수는 없는가?

어법과 어휘 측면에서 고쳐야 할 문장은 없는가? 확신할 수 없는 표현은 사전이나 '국립국어원 온라인가나다' 및 상담 사례를 참조하자.

고쳐 쓰기는 꾸준한 연습이 필요한 분야다. 피아노 연습 없이 곡을 연주하거나, 수영 연습 없이 다양한 영법을 활용할 수 있는 사람은 없다. 고쳐 쓰기도 그렇다. 초고를 완성하는 길은 고되지만, 초고를 쓴 뒤에도 가야 할 길이 멀다. 연습은 보통 재미없기 마련이다. 고쳐 쓰기가 재미없는 일이라는 사실은 자명하다. 그러다 보니 나는 초고를 끌어안고 자리에 앉으면 커피 한 잔이 간절해진다. 어느 오후, 고쳐 쓰기를 자꾸 미루고 싶어 나는 애꿎은 커피만 두 잔을 비웠다.

문단 – 고쳐 쓰기

글쓰기의 규칙이자 격식, 문단

스코틀랜드 전통 의상 중에 '킬트'라고 부르는, 일종의 치마가 있다. 고유의 체크무늬로 유명한 이 치마는 남자가 입는 옷으로, 제1차 세계대전에서도 영국 육군 스코틀랜드 출신 병사들은 킬트를 입었다. 당시의 삽화, 포스터, 사진 자료를 보면 스코틀랜드 군인이 총을 들고 용맹하게 뛰는 모습을 볼 수 있는데 다부진 얼굴과 굵은 팔뚝 아래로 펄럭이는 체크무늬 치마의 대조가 몹시 두드러진다. 꼭 근육질 군인 여럿이 교복 치마를 입은 것 같아 기묘하다.

오늘날에도 스코틀랜드를 여행하면 킬트 입은 남자를 숱하게 마주친다. 그러나 킬트, 그러니까 이 상징성 깊은 체크무늬 치마가 좋아 보인다고 이를 입고 대한민국을 활보

한다면 불필요한 주목을 아주 빠르게 끌게 된다. 올바른 착용법으로 알려진, 속에 아무것도 입지 않고 킬트를 입는 방법은 자칫하면 사회적 물의까지 일으킬 수도 있다.

시간, 장소, 상황에 맞는 옷을 입어야 한다는 말이 있다. 조선시대 외출 시 쓰던 관모인 '갓'은 어떠한가. 우리 것이 좋다고 갓을 쓰고 출근하면 상사가 밝은 얼굴로 "오, 자네 갓 썼는가? 오 마이 갓"이라고 드라마 속 대사를 해줄 리 만무하다. 우리 문화에 익숙하지 않은 외국인 상사라면 한국 드라마에서 봤다며 치켜세워줄지도 모르겠다. 기업의 엄격한 복장 규정이 점차 사라지고 있지만, 흔히 '조리'나 '플립플롭'이라 부르는 가락신을 신고 중요한 회의나 면접 자리에 참석하기는 어렵다.

한 가지 더 기억해야 할 사실은 옷차림에 관한 관점과 문화는 시대와 문화권에 따라 끊임없이 바뀐다는 점이다. 지금의 슈트는 격식 있는 옷차림의 전형으로 간주되지만, 서구권에서는 얼마 전까지만 해도 비즈니스 캐주얼, 즉 간편 근무복이었다. 격식 있는 옷차림은 턱시도를 지칭했다. 시대를 더 거슬러 올라가면 풍경이 또 달라진다. 턱시도는 편하게 입는 비즈니스 캐주얼에 가까웠고, 정식 예복은 연미복이라고도 부르는, 모닝코트나 프록코트를 가리켰다.

글쓰기에도 규칙과 격식이 필요하다. 그리고 그 기본은

'문단'이다. 문단도 옷차림처럼 모양새가 변화하긴 하지만, 그 필요성과 의미는 지켜진다. 독자에 대한 예의를 갖추는 격식이란 면에서 말이다.

은빈이는 꼭 수업이 끝나면 앞으로 달려와 시시콜콜한 질문을 수시로 던지는 학생이었다. 궁금한 점 있는 사람 얼마든지 말해보라고 몇 번이나 물을 때는 분명히 아무도 손을 들지 않았는데, 수업이 끝났음을 알리고 와자지껄한 분위기 속에서 꼭 한두 명씩은 쪼르르 달려와 아리송하거나 궁금한 점을 묻기 마련이다.

"문단을 나누라는데, 왜 나눠야 하는 거예요? 굉장히 귀찮은 규칙 같아요."

은빈이는 어릴 때부터 문단을 나눠야 한다는 말은 들었지만 대학생이 된 지금도 문단 나누는 법을 모르겠고, 왜 문단을 나눠야 하는지 한 마디로 '이해불가'라고 토로했다.

시대가 요구하는 글쓰기 형식, 글쓰기를 바라보는 관점 또한 꾸준히 바뀐다. 오늘 글과 옛글은 다르다. 옛글이 더 훌륭하거나, 지금 글이 더 세련되었다는 뜻이 아니다. 시대 변화가 글쓰기 관습에도 영향을 미친다는 말이다. 옛글이라 믿는 글도 그 당시에는 또 하나의 현대문이었다. '문단' 개념도 바뀌었다. 허균許筠의 〈문설文說〉, 이건창李建昌의 〈작문에 관하여 논하여 벗에게 답한 글(答友人論作文書)〉에서 문단 운용 방식에 관한 선조의 제언을 엿볼 수 있는데, 오늘날 우리 글쓰기에서 주로 사용하는 문단 개념은 서구로부터 1910년대를 전후하여 유입된 것으로 추정된다. 지금의 '문단'은 'paragraph'의 번역어로 볼 수 있다. 고등학교와 대학 글쓰기 교육 현장에서 흔히 사용하는 다섯 문단 글쓰기는 영미권 글쓰기 교육에서 전형적으로 사용하는 다섯 문단(five-paragraph theme) 글쓰기 틀을 고스란히 가져온 결과물이다. 그동안 번역어로 '문단' 외에 '단락', '대문'도 혼용했지만 4차 교육과정 이후에는 '문단'이라는 용어를 채택하고 있다.

고리타분한 규칙 같은 문단 나누기는 왜 하라는 걸까? 어떤 내용을 써야 할지 충분히 알고 그에 상응하는 지식을 갖추고 있어도 일정한 격식을 갖추지 않으면 오랜 시간 널리 읽히는 글을 쓸 수 없다. 외양으로 사람을 함부로 판단하지 말아야 하지만, 옷차림 때문에 출입할 수 없는 장소나 상대방에게 결례가 되는 상황은 있기 마련이다. 격식이 글쓰기의 핵심은 아니지만, 격식이 흐트러진 글은 사람들이 외면하거나 무시한다. 글의 존립 역시 때때로 법과 격식에 달리는 셈이다.

문단, 관련된 문장을 모아둔 단위 체계

본격적으로 문단을 알아보자. 실질적인 차원에서 문단은 왜 중요할까? 문단을 제대로 구분하지 않은 글은 어떤 내용을 담고 있는지 빠르게 이해되지 않는다. 한 마디로 독자가 피로감을 느낀다. 종종 4쪽 분량의 글쓰기 과제를 2~3문단으로 쓴 글을 만난다. 문단을 적절하게 나누라는 나의 지시에 5쪽 분량의 글을 '서론, 본론, 결론'의 소제목을 붙여 딱 세 개 문단으로 나눈 상황은 여럿 마주했다. 심지어 단하나의 문단으로 써서 제출하는 학생도 꽤 자주 있다. 나는 그런 글을 접하면 곧바로 종료 버튼을 누르고 싶은 충동을 애써 억누르며 찬찬히 무슨 말을 하고 싶은지 찾는 심정으로 글자 숲을 파고든다. 글쓰기를 가르치면서도 그런 감정이 든다면, 무수한 글 가운데 고작 몇을 뽑아야 하는 상황—경시대회, 논술, 입사 시험, 공모전, 프로젝트 등—에서는 더 말할 것도 없다.

'문단'이란 관련된 문장을 모아두어 주제의 일부를 다룬 내용 단위 체계이다. 하나의 글 전체가 다루는 주제를 뒷받침하는 작은 단위로 이해할 수 있다. 문장이 모여 하나의 문단을 형성하고, 문단이 모여 한 편의 글을 이룬다. 문단과 문단을 나누는 경계는 들여쓰기다. 들여쓰기란 쉽게 말해서 일정한 간격을 벌려 들여 쓰는 것인데, 문단이 끝나고 줄을 바꾼 후 새로운 문단이 시작된다는 의미를 독자에게 전달한다. 문단의 시작 부분에서 빈칸을 두어 새로운 문단의 시작을 알리는데 워드프로세서에서는 단축키를 쓰거나, '문단 모양' 대화상자에서 들여쓰기 값을 미리 지정하거나, 가로 눈금자로 여백을 정할 수 있다. 단축키, 대화상자, 눈금자가 복잡하면 그냥 새로운 문단 맨 앞마다 스페이스 바를 원하는 만큼 눌러 간격을 두어도 된다.

기본 원칙, 하나의 문단에 하나의 중심 생각을 담는 것

문단의 주요 내용을 쉽게 파악할 수 있는 핵심 주제 문장이 문단의 처음이나 마지막에 배치된다면 독자가 글을 쉽게 읽는다. 원칙만 놓고 보면 무척 간단해 보이지만 모든 문단에서 이런 원칙을 준수하기란 그리 쉽지 않다. 잠시 곁가지로 흐르는 문단이나 짧은 문단에서는 이 원칙을 지키지 않아도 무방하다. 그러나 문장 개수가 일고여덟 개를 넘어서는 문단에서 문단의 골자를 미리 알려주거나 요약하는 핵심 주제 문장이 제시되지 않으면 독자가 글을 읽기 힘들어진다.

핵심 주제 문장을 제외한 나머지 문장의 역할은 뭘까?

나머지 문장은 핵심 주제 문장을 뒷받침해야 한다. 문단에서 전달하려는 중심 메시지가 끝나고, 다른 소주제를 다루려면 줄을 바꾸어 새로운 문단을 시작한다. 이 말을 다르게 표현하면, 초고를 다시 읽었을 때 한 문단 안에 중심 생각 두 가지가 담긴 것을 발견했다면 그 문단은 둘로 나누어야 좋다는 뜻이다.

서론의 다양한 역할

글의 앞부분인 도입부, 즉 서론은 한 개의 문단일 수도 있고, 글 전체 분량에 따라 여러 문단일 수도 있다. 서론은 독자가 관심을 갖고 글을 계속 읽을 동기를 부여하거나, 본문에서 이야기할 내용을 간략하게 제시해서 독자가 글 내용을 예측하도록 안내한다. 보통 핵심 메시지를 잘 숨겨 두었다가 마지막 부분에 제시해야 한다는 생각을 하기도 하는데, 그래야 하는 뚜렷한 이유가 없다면 서론에서 주장이나 문제의 해결책을 제시하거나 본론에서 펼칠 내용을 소개해도 좋다. 독자가 김새지 않을까 하는 걱정은 내려놓아도 된다. 서론의 역할은 글 전반에 걸쳐 주제를 어떻게 풀어나가는지 판단하면서 글을 읽도록 도와주는 것이다.

시카고 대학 글쓰기 센터의 기초를 구상한 시카고대 영어영문학과 교수 조셉 윌리엄스Joseph Williams도 쉽고 짧은 도입부에 핵심 메시지를 제시하라고 장려했다. 읽기 쉬운 글이 되기 때문이다. 윌리엄스는 문법과 수사학에 조예가 깊고 그의 저작은 명작으로 손꼽히지만 서론 구성에 관한 그의 제안이 유일한 정답은 아니다. 펜실베이니아 주립대학 에릭 하욧Eric Hayot 교수는 결론을 포함한 너무 많은 정보를 섣불리 서론에 담아버리면 독서의 긴장감, 흥미, 사고의 재편성 같은 유익함이 사라질 것을 공개적으로 우려했다.

문체를 연구하는 학자 간 의견이 엇갈리는 모습에는 결국 모든 문단 구조가 그렇겠지만, 서론도 글의 종류, 예상 독자, 명료성과 불분명함을 다면적으로 고려하여 유연하게 배치할 수 있다는 함의가 있다. 읽기 쉬운 글을 쓰고 싶으면 서론에 핵심 메시지를 드러내는 편이 안전하고, 독자가 글을 읽으며 일종의 기대감과 긴장감을 느낄 수 있는 탄력적인 글을 구성할 자신이 있으면 핵심 메시지를 서서히 흘려보내거나 마지막에 공개하는 방법도 생각해보자.

결론을 쓰는 네 가지 단계

결론은 서론보다 훨씬 다양한 형식으로 쓸 수 있다. 그래도 구체적인 묘수를 원하는 이들을 위해 윌리엄스 교수는 결론 쓰는 간단한 방법을 네 단계로 설명했다.

① 자신의 핵심 메시지를 결론의 첫 문장으로 서술한다.

② 핵심 메시지를 따랐을 때의 혜택이나, 그러지 않았을 상황의 손실을 제시하여 문제의 중요성을 설명한다.

③ 아직 밝혀지지 않은 문제나 추후 풀어나가야 할 질문을 적는다.

④ 서론에서 소개한 인용, 사실, 일화 등을 다시 활용하거나 반복하여 마무리한다.

앞에서도 말했지만 결론은 서론보다 더 다양한 형식으로 구성할 수 있다. 윌리엄스 교수의 제안보다 적절한 방법이 떠오르지 않는다면, 일단 그의 조언을 충실히 따르는 것으로도 충분히 결론을 쓸 수 있다.

문단과 문단은 탄탄하게 결속되어야 하고, 글 전체 메시지를 지지해야 한다

문단을 구성할 때는 문단 간 뚜렷한 경계를 보여주어야 독자가 쉽게 읽는다. 글 전체를 통해 전달하려는 의미는 각 문단의 소주제가 단단하게 받쳐주어야 한다. 달리 말하면, 문단의 메시지가 글 전체의 주제와 연관이 없다면 불필요한 문단이라는 뜻이다. 고치거나 삭제해야 한다. 문단 안에서는 각 문장이 문단에서 전하려는 소주제에 집중해야 한다. 문장을 적당히 모아 중간중간 대충 줄만 바꾼다고 문단이 만들어지지는 않는다. 한 가지 주제를 하나의 문단에 담는 연습을 해야 한다. 또한 하나씩 완성한 문단이 모두 모여 글 전체 주제를 빈틈없이 지지하도록 구성해야 한다. 이론적으로는 간단해 보여도 실상은 그리 쉽지 않다. 김정선 작가의 책 《열 문장 쓰는 법》은 열 문장 정도를 이어 놓기가 만만치 않다는 사실을 제목으로 표명한다.

문장 – 고쳐 쓰기

문장 고쳐 쓰기가 필요한 이유는 초벌로 쓴 문장은 대체로 읽는 이가 별도의 노력을 기울여야 이해하기 쉽기 때문이다. 고쳐 쓰기는 독자가 도중에 포기하지 않고 계속 읽거나 글쓴이가 전하려는 의미를 정확하게 이해하는 밑바탕이 된다. 문장 쓰기의 두려움을 떨쳐내라거나 어렵지 않다고 안내하는 작가가 많지만, 나는 문장을 쓰거나 고치는 일이 그렇게 쉽다고 느껴진 적은 없었다. 이렇게만 하면 고쳐 쓰기가 너무나 쉽다며 가벼이 말하거나, 이전의 교육이 잘못되었기 때문이라는 손쉬운 남 탓도 하지 않으련다. 읽는 이가 힘들이지 않고도 곧잘 읽고 이해할 수 있는 문장으로 재구성하는 일은 쉽지 않다. 꾸준한 노력, 아니 각고의 노력이 필요하다.

문장의 기본 원칙:
주어, 목적어는 서술어와 호응해야 한다

문장의 주체는 문장 안의 주어와 술어다. 글쓴이는 문장의 주체가 아니다. 글을 쓰는 내가 주체가 되어버리면 문장에 포함해야 할 요소와 내용을 곧잘 건너뛰어 버린다. 내가 잘 아는 내용을 문장으로 옮기다 보면 이것저것 빠뜨리기 쉽다. 그렇게 엉성한 문장을 내밀고는 한 번에 이해 못 하는 상대방을 답답해하기도 한다. 문장의 중심을 내가 아니라 문장 안에 두어야 한다.

주어나 목적어가 빠져서 의미가 불분명하면 채워 넣어야 한다. 존재만으로 끝나지 않는다. 주어와 서술어는 호응해야 한다. 호응이란 무엇일까? 논리적으로 매끄럽거나 서로 어울리는 낱말을 사용하는 것이다. 주어와 서술어 호응 문제만큼 목적어와 서술어가 호응하지 않는 문장도 자주 보인다. 목적어와 서술어가 서로 어울리고 뜻이 통하도록 고쳐야 한다. 목적어가 여럿인 문장에서는 서술어에 모든 목적어가 똑같이 호응하는지 확인해야 한다.

예시 서울 모 대학 수시 입학 전형에서 돈을 받고 추천서를 작성한 것이 밝혀졌다.

주어가 생략되었다. 추천서를 쓴 사람은 그래서 누구일까?

(수정) 서울 모 대학 수시 입학 전형에서 심사위원이 돈을 받고 추천서를 작성한 것이 밝혀졌다.

(예시) 내가 마스크를 쓰는 이유는 나와 타인을 보호한다.
주어 '이유는'과 서술어 '보호한다'가 호응이 되지 않는다.

(수정) 내가 마스크를 쓰는 이유는 나와 타인을 보호하기 위해서이다.

(예시) 이 책의 저자가 독자에게 말하려는 요점은 사람은 생각을 정확하게 나눌 줄 알아야 한다.
'요점은'과 '나눌 줄 알아야 한다'가 호응이 되지 않는다.

(수정) 이 책의 저자가 독자에게 말하려는 요점은 사람은 생각을 정확하게 나눌 줄 알아야 한다는 것이다.

(예시) 내일은 비와 바람이 많이 불겠습니다.
이 문장은 '비가 많이 불겠습니다'와 '바람이 많이 불겠습니다'로 나눌 수 있다. 비는 불지 않으므로 서술어를 추가해야 한다.

(수정) 내일은 비가 내리고 바람이 많이 불겠습니다.

(예시) 나는 침이나 뜸을 떴다.

목적어 '침이나'는 '놓았다' 혹은 '시술했다'와 호응하지 '떴다'
와 호응하지 않는다.

(수정) 나는 침을 놓거나 뜸을 떴다.

군더더기를 줄인다:
불필요한 접속어, 지시어, 접미사, 의존명사, 조사, 중복

'그래서, 그러므로, 그리고' 등의 접속어는 문장을 연결
할 때 쓴다. 우리말에서는 문장 안에 접속어의 의미를 이
미 담은 경우가 많고, 문장의 내용이 다음 문장으로 자연스
럽게 연결되면 접속어를 쓰지 않는 간결함을 추구한다. 꼭
필요한 상황이 아니라면, 접속어는 쓸데없이 덧붙은 표현
이다. 영어 글쓰기 학습이나 영미권 정규 교육 경험이 있
는 이들은 문단 쓰기 학습에서 구체적인 접속사 사용을 중
시했던 경험이 있어 다소 헷갈리는 경향이 있다. 실제 미국
중고등학교 글쓰기 채점 기준에도 접속사의 적절한 사용
여부를 따로 구분하고 있을 정도로 영어 글쓰기 교육에서
는 올바른 접속사 용례를 가르치는 데 공을 들인다.

영어 학습이나 영어 교육 경험에 기대어 일부러 '그리고,
그러나, 그래서' 등의 접속어를 쓰거나 강조하는 모습을 마
주할 때마다 영어와 한국어는 다르다는 간단한 설명으로

지나갔지만, 사실 수준 높은 영문일수록 우리글과 마찬가지로 접속사를 쓰지 않는다. 영어 글쓰기 연구로 눈부신 성과를 남긴 시카고 대학 교수 조셉 윌리엄스는 중요한 것은 접속사가 아니라 논리적 흐름이라는 점을 강조했다. 윌리엄스는 문장 자체가 논리적이라면 접속사는 거추장스러운 장식에 불과하다고 부연했다. 접속사를 쓰지 않아도 된다면, 없는 편이 낫다. 접속사는 문장의 활력을 없앤다. 접속사 없이 의미를 명확하게 전달하는 문장을 구사할 수 있는 작가의 문체는 문장의 경제성, 섬세한 문장 구성력, 어휘 선택의 신중함을 그대로 보여준다.

군더더기는 떼어내자. 두 개 이상 사물을 나열할 때 쓰는 의존명사 '들'(쌀, 밀, 콩들), 복수를 나타내는 접미사 '-들'(학생들), 조사 '-의'(문제의 해결), 의존명사 '것'(것이다)은 반드시 써야 하는 상황이 아니라면 쓰지 않는 편이 깔끔하다.

예시 구운 고등어구이, 이 기간 동안에, 미리 예상하다, 다시 재고하다, 남은 여생

중복되는 문장 성분은 생략한다.

수정 고등어구이, 이 기간에, 예상하다, 재고하다, 여생

예시 명절이라 그런지 부엌에 쌀, 밀, 콩들이 가득 있다.

'들'을 쓰지 않아도 곡식이 많이 있다는 의미는 충분히 전달된다.

(수정) 명절이라 그런지 부엌에 쌀, 밀, 콩이 가득 있다.

(예시) 정류장에 많은 학생들이 열을 지어 서 있다.

복수를 의미하는 접미사 '-들'을 붙이지 않아도 뜻이 살아있다.

(수정) 정류장에 많은 학생이 열을 지어 서 있다.

(예시) 빈곤층 문제의 해결은 심각한 난관에 직면했다.

'-의'가 없이도 의사소통에 문제가 없으면 빼는 편이 낫다.

(수정) 빈곤층 문제 해결은 심각한 난관에 직면했다.

(예시) 작가 마루야마 겐지가 산다는 것은 싸우는 것이라고
주장하는 것을 읽었다.

틀린 문장은 아니지만 '것'을 쓰지 않아도 문장이 자연스럽다.

(수정) 작가 마루야마 겐지는 삶은 싸움이라고 주장했다.

(예시) 좋은 글은 글쓴이가 의도한 내용이 독자에게 명확하게
전달되는 글이다. 그러나, 독자들이 글을 읽고 난 뒤에
글쓴이가 무슨 이야기를 하려 했는지 파악하지 못한다
면 글쓴이는 글의 목적을 달성하지 못한 것이 된다.

'그러나'를 쓰지 않아도 문장의 흐름에 지장이 없다. 오히려

'그러나'를 일부러 집어넣으면 속도감이 떨어진다.

(수정) 좋은 글은 글쓴이가 의도한 내용이 독자에게 명확하게 전달되는 글이다. 독자가 글을 읽고 난 뒤에 글쓴이가 무슨 이야기를 하려 했는지 파악하지 못한다면 글쓴이는 글의 목적을 달성하지 못한 것이 된다.

한 문장에는 하나의 정보를 담는다

같은 내용을 두세 문장으로 나눌 수도 있고 이를 모아 한 문장으로 표현할 수도 있다. 저마다 장단이 있으므로 상황에 맞추어 선택하면 된다. 그런데 하나의 문장에 담긴 문장 성분이 많아질수록 잘못된 문장으로 이어질 공산이 크다. 문장을 분리하면 스스로 오류를 잡아내기도 쉽고 독자가 글을 읽는 속도도 빨라진다. 문장에 여러 정보나 생각이 담겨 있다면 문장을 나누는 편이 좋다. 그래야 독자가 불편함 없이 쉽고 빠르게 읽는다.

(예시) '이터널스'는 MCU(마블 시네마틱 유니버스)를 이끌 새로운 세계관 페이즈 4의 메인 테마 작품 중 하나로 마동석 외에 안젤리나 졸리, 리차드 매든, 쿠마일 난지아니, 로런 리들로프, 브라이언 타이리 헨리, 셀마 헤이

엑, 리아 맥휴 등이 출연하고 올해 열린 미국 아카데미 시상식에서 작품상, 감독상을 수상한 클로이 자오 감독이 메가폰을 잡은 작품이다.

한 문장에 너무 많은 정보가 담겼다. 이대로 두어도 상관없지만 문장을 나누면 한결 쉽게 이해할 수 있는 글이 된다.

수정 '이터널스'는 MCU(마블 시네마틱 유니버스)를 이끌 새로운 세계관 페이즈 4의 메인 테마 작품 중 하나다. 마동석 외에 안젤리나 졸리, 리차드 매든, 쿠마일 난지아니, 로런 리들로프, 브라이언 타이리 헨리, 셀마 헤이엑, 리아 맥휴 등이 출연한다. 올해 열린 미국 아카데미 시상식에서 작품상, 감독상을 수상한 클로이 자오 감독이 메가폰을 잡은 작품이다.

문장 고쳐 쓰기에 필요한 요소를 세세하게 집대성하지는 않았다. 여기에 제시한 세 원리 외에도 문장을 세심하게 들여다보고 다듬고자 한다면 염두에 두어야 할 자잘한 요소는 많다. 문장과 어법에 관심이 많은 사람은 위의 수정 예문도 더 깁고 더하거나 빼고 싶다는 생각이 꿀떡 같으리라. 일단 위에서 설명한 세 가지 관점을 반영해서 문장을 고치는 습관을 들이자. 그렇게만 해도 훨씬 읽기 쉬운 문장으로 바꿀 수 있다. 비문은 넘치고, 바른 문장은 귀하다.

맞춤법,
문장을 정교하게 벼리는 일

"첫째 제목을 반드시 부치라고 한다. ……주장이 분명한 제목을 부치도록 한다."

처음에는 실수라고 믿고 싶었다. 그러기에는 틀린 어법이 너무나 많았다. 대학 교수인 글쓴이는 정서법을 글쓰기의 가장 중요한 기본으로 강조하면서 정작 본인은 자꾸만 제목을 '부치라고' 강조하였다.

처음 국어교육 전공을 맛보면서 놀랐던 점은 국어교육이나 국문학 전공자가 쓴 글에서도 비문을 찾기 쉽다는 사실이었다. 누군가를 흠잡는 이야기가 아니다. 당장 내가 쓴 초고가 그렇다. 오늘도 내 초고는 누구에게도 보여줄 수 없다. 엉성해도 초고를 빨리 완성해놓고 여러 번 고쳐 쓰는 습관이 있어서이다. 《에디터도 많이 틀리는 맞춤법》에서는 국어 교사가 저자인 책에도 수많은 오자를 발견할 수 있음을 밝혔다. 이미 출판한 글을 오랜만에 다시 꺼내 보면서 중간중간 더 좋은 표현이 떠오르면 그나마 다행이다. 누가 보아도 틀린 표기를 발견하면 그때는 어찌할 것인가. 내 실수는 이미 박제되었고 앞으로 누구나 읽어볼 수 있다. 두려운 일이다.

헷갈리는 문법, 더 헷갈리는 교육 효용성

문법 공부를 간단한 일, 재미있는 일, 서너 시간 공부하면 끝낼 수 있는 일로 간주하는 작가들이 있는데 어쩐지 나는 그런 글이나 말을 접하면 거리감이 느껴진다. 나와는 다른 사람들이다. 고등학교 교단에서 문법 수업도 해보았고, 어문규정이나 문법책을 이리저리 들여다볼 때도 많았지만, 그때마다 내 표정은 재미있어 어쩔 줄 모르는, 그런 모습은 단연 아니었을 것이다.

이를테면 '해 질 녘'은 띄어 써야 하는데 '저물녘'과 '새벽녘'은 붙여 써야 한다는 설명 앞에 나는 웃음 짓기 힘들다. 금방 해결될 것 같은 문제가 생각만큼 쉽지 않을 때도 있다. 옳고 그름의 문제가 아닌, 선택의 상황도 있기 때문이다. '그러나' 같은 접속사 뒤에 쉼표를 써야 하는지 찾아보면 접속사와 쉼표의 기능이 비슷하므로 '그러나' 뒤에 쉼표를 쓰지 않는 것이 자연스럽다는 설명을 찾을 수 있다. 그런데 쉼표는 접속의 기능만 있는 것이 아니므로 필요하다는 판단이 있다면 쉼표를 써도 된다는 부연이 있다. 필요하다는 판단의 준거는 무엇인가. 학부 과제에서 같은 표현을 두고 접속 부사 다음에 쉼표를 넣지 말라는 피드백을 받았는데, 다른 과목 수업에서는 접속 부사 뒤에 쉼표를 넣는 게 좋겠다는 평을 들으며 더욱 혼란스러워졌다.

문법 지식이 글쓰기에 도움이 된다는 명제는 자명하다. 그러나 글쓰기 관점에서의 문법 공부는, 문법 교육 분야에서의 논의나 학습 방향과 결이 조금 다르다. 문법은 왜 가르쳐야 하는가? 문법을 언제 가르쳐야 하는가? 문법을 어떻게 가르쳐야 하는가? 어떤 문법 요소를 가르쳐야 하는가? 학교 문법에서는 이러한 물음에 어느 정도 합의에 이른 답안을 제시하지만, 글쓰기 학자들의 관점과 반응은 몇 가지로 갈린다. 글쓰기 능력 신장을 위해 문법을 얼마나, 어떻게 가르쳐야 하는지는 학자마다 의견이 다르다.

문법 교육이 글쓰기에 도움이 되지 않는다는 주장도 있다. 일례로 영국 요크대학교 교수 리처드 앤드루Richard Andrew는 문법 교육이 글쓰기의 유창성과 정확성을 향상한다는 상정을 뒷받침하는 뚜렷한 근거는 없다고 못 박았다. 앤드루는 "어순이나 구문에 관한 원리를 가르치는 일이 5세부터 16세 사이 학습자의 쓰기 수준이나 정확도에 미치는 영향은 사실상 없는 것이나 진배없다"고 결론 내렸다. 시카고 대학 교수 조지 힐록스George Hillocks는 문법 규칙을 직접 가르치고 각종 용어를 암기하는 방식은 글쓰기 능력 증진에 도움이 되지 않는다는 점을 분명히 하고, 문장 조합 연습 등 일상적인 글쓰기 맥락 안에서 문법을 자연스럽게 습득하고 가르치기를 권장하였다.

그렇다면 문법을 배우고 익히는 일은 글쓰기에 아무런 도움이 되지 않는다는 말인가? 단순하게 맞거나 아니라고 답하기 어려운 문제다. 한 가지 짚고 넘어갈 점은, 문법 교육에 반대하는 쓰기 분야 연구 결과를 면밀히 살펴보면 용어 암기 위주의 문법 교육이 들이는 시간과 노력에 비해 글쓰기 능력 증진에 미치는 영향은 기대만큼 크지 않다는 비효율성을 지적한 경우가 대부분이라는 사실이다.

언어 활동은 단순히 선을 긋고 구분할 수 있는 대상이 아니라 복합적이고 아직 밝혀지지 않은 면면이 많다. 문법 교육은 학습자의 문법 지식을 확장하는 데 영향을 미치는데, 확장된 문법 지식은 여러 문장 구조를 이해하는 토대가 된다. 그리고 시간이 지나면 다른 사람이 쓴 문장을 인식하고 이해하는 것뿐만 아니라 같은 생각도 여러 방법으로 표현할 수 있게 된다. 이런 식으로 논리를 확장하면 결과적으로 문법 교육은 글쓰기 능력 증진에 도움이 된다는 결론에 이른다. 그런데 이제까지 문법 교육이 글쓰기에 도움이 되는지 밝히고자 했던 연구가 활발하게 이루어졌으나 결과는 제각각이었다. 즉, 문법과 글쓰기 간 관계를 직선적으로 규명하기가 그리 만만하지 않고, 앞으로도 많은 후속 연구가 필요하다는 뜻이다. 개인적으로 어문 규정을 어떤 방법으로 얼마나 공부를 해야 하느냐를 일률적으로 제시하기보다 개인의 수준과 관심사에 따라 방향을 나눌 수 있다고 생각한다.

검사기만 한번 돌려도 중간은 간다

한컴오피스 2018부터는 오피스 프로그램에 부산대학교 맞춤법 검사기로 알려진 '나라인포테크' 검사기가 내장되어 있다. 한컴오피스를 쓰지 않더라도 개인과 학생에게 무료로 공개하고 있어 같은 검사기를 직접 사용할 수 있다(https://speller.cs.pusan.ac.kr). 네이버(베타)와 다음(https://alldic.daum.net/grammar_checker.do)에서도 맞춤법 검사기를 자체 개발해서 공개하고 있는데 손에 익어 익숙한 부산대 맞춤법 검사기를 사용하는 편이다.

초고를 맞춤법 검사기로 확인하면 그냥 지나칠 뻔한 오탈자나 띄어쓰기 문제를 제법 잡아낼 수 있다. 기초 국어가 부족한 학생들한테 문법 기초부터 설명하거나, 문법책을 권하면 너무 막막하게 느끼거나 포기해버리는 경우가 많다. 그래서 초고를 그냥 내는 대신 맞춤법 검사기로 한번 꼭 확인해보고 과제를 제출하도록 안내한다. 검사기가 모든 오류를 잡아내지는 못하고, 종종 엉뚱한 지시를 내릴 때도 있다. 하지만 한번 글 전체를 확인한 글과 그렇지 않은 글에는 분명히 차이가 있다.

맞춤법을 쉽게 설명한 책은 없을까

본격적으로 맞춤법을 공부해보겠다는 결심이 선다면 맞춤법 책을 살펴보는 것을 권한다. 비교적 쉽게 쓴 책들이 많다.

• 《오빠를 위한 최소한의 맞춤법》(이주윤, 한빛비즈, 2016)
깊이 있는 설명이나 전통적인 정공법보다 일단 쉽고 재미있는 접근을 원한다면 추천한다.

• 《**친절한 국어 문법**》(김남미, 나무의철학, 2016)

학술적 이해와 강의 경험에서 우러나는 설명이 돋보인다. 저
자의 다른 책들도 참고할 만하다.

• 《**한판 붙자, 맞춤법!**》(변정수, 뿌리와이파리, 2019)

어문규범의 내용을 설명하는 대신, 방향을 조금 바꿔 '규범
은 왜 이럴까'에 관한 설명이 있다.

• 《**끝내주는 맞춤법**》(김정선, 유유, 2021)

워크북 형식의 맞춤법 책. 원리 위주 설명을 읽다 보면 절로
졸음이 쏟아지거나, 원리보다는 자주 쓰는 단어와 표현 형
태에 익숙해지는 편을 선호하는 이들에게는 워크북이 적격
이다.

사전을 끼고 살아야 하는 이유

맞춤법은 결국 스스로 자주 찾아 읽고 정리하는 노력이
수반되어야 한다. 단번에 완성할 수 없기 때문이다. 위에서
소개한 책들이 나름대로 평소 어렵게 느끼는 맞춤법을 쉽
게 설명하였지만 결국 사전을 잘 활용하기 위한 안내서라
고 할 수 있다. 저마다 자주 구사하는 표현이나 문장이 다

르다. 맞춤법이라는 여행지를 둘러보기 위한 가이드북을 읽어도 결국 여행하면서 만나고 접하는 풀, 꽃, 공기, 음식, 물은 여행자마다 겹치면서도 다른 법이다. 여행 가이드북이 여행지에서 마주할 모든 경관과 식당 정보를 수록하지는 못한다. 표준국어대사전(stdict.korean.go.kr)은 그 흠결을 지적하는 사람들도 많지만 확실한 대안이 등장하지 않는 한 앞으로도 가장 많이 참조하게 될 사전이다. 네이버나 다음 사전도 표준국어대사전 데이터에 기반한 검색 결과를 보여준다. 맥용 앱인 '올ㅋ사전'을 설치하면 단축키 설정을 활용해 무시로 사전을 열어볼 수 있어 무척 편리하다.

표준국어대사전은 표제어의 쓰임 이해에 도움이 되는 문법 정보를 '(( ))' 기호 안에 제시한다. 검색 내역을 살펴보면 활용 정보를 함께 볼 수 있다. 또한, 용례를 같이 수록해서 표제어가 실제로 어떻게 쓰이는지 확인할 수 있다. 몇 가지 기호 및 약어를 알아두면 사전 활용성이 더 높아지는데, 예를 들면 붙임표는 복합어의 최종 분석 단위 경계를 표시한다. '첫-눈'은 곧 '첫'과 '눈'이 합쳐진 단어라고 이해할 수 있다. 띄어 쓰는 것이 원칙이지만 붙여 써도 무방한 표현에는 '^' 표기를 더한다. '성격^묘사'는 '성격묘사'와 '성격 묘사' 둘 다 가능하다는 의미이다. 더 자세한 정보는 표준국어대사전의 '일러두기'란에 실려 있다.

마지막으로 사전을 찾아보는 것으로도 해결이 쉽지 않은 상황에서는 국립국어원의 온라인가나다를 이용할 수 있다. 어문 규범, 어법, 표준국어대사전 내용 등 국어를 쓰면서 생기는 궁금점을 질문하면 답변을 받을 수 있다. 내가 궁금하거나 헷갈리는 부분은 대개 다른 사람도 막히거나 답답해하는 부분이다. 누군가 이미 내가 궁금한 점을 질문했고 그에 대한 답변이 달린 경우가 비일비재하다. 그래서 사례를 검색해보는 것으로도 금방 답을 얻을 수 있는 경우가 많다.

대학원 과정에서 평소 미문을 쓴다고 생각한 교수님과 같이 책을 쓸 일이 있었다. 교수님이 실수로 초고를 보내준 적이 있었는데, 영어가 모어가 아닌 내 눈에도 문법적 오류가 글 전체에 그득했다. 고쳐 쓴 글을 곧 다시 받아보니 초고에서 비롯된 글로는 도저히 믿기지 않을 정도로 글 면면이 뒤바뀌어 있었다. 오탈자나 동사 표기 같은 사소한 문제가 바로 잡혀 있는 것은 물론, 글 전체에 걸쳐 문장 표현이 수없이 바뀌어 있었다. 교수님의 초고를 우연히 엿본 일로 나는 더 힘을 얻었다. 평생 글을 쓴 교수의 글쓰기도 이러한데, 하물며 내 글이야.

피드백 받기,
피드백 없는 성장에는 한계가 있다

오다가다 쌍둥이용 유모차를 보게 된다. 쌍둥이와 마주쳤을 때 내 반응은 보통의 반응과 크게 다르지 않다.

'오! 쌍둥이다. 귀엽다. (부모는) 고생하겠다.'

대학교 1학년일 때 미드 〈위기의 주부들〉 시즌 1을 봤다. 르넷의 쌍둥이 아들은 장례식장에서 수영을 하거나, 마트에서 카트를 타고 다니며 온갖 물건을 바닥으로 떨어뜨리고 카트에 담는 등 말썽을 피운다. 웃으며 봤다. 멀리서 바라보면 세상은 평화롭고 아름다운 법이다. 르넷이 마트에서 마주치기 싫었던 옛 동료를 만나게 되는데, 육아는 어떤지 묻는 동료에게 그녀는 밝게 대답한다.

"이건 내가 가져본 직업 중 최고의 직업이야."

물론 진실은 미처 감추지 못한 쓴웃음에 담겨 있다.

내게 쌍둥이를 낳고 키우는 일에 관한 막연하면서도 강

렬한 이미지는 르넷의 쓴웃음으로 남아 있었다. 의사는 뱃속 우리 아이가 쌍둥이 중에서도 의학적으로 드문 사례라고 하였다. 거두절미하고 나는 쌍둥이 아빠가 되었다. 예정일이 다가오면서 여러 복잡한 생각이 오갔지만, 분만실에서 갓 나온 두 아이를 마주했을 때 그런 걱정은 온데간데없이 사라지고 나는 조건 없는 사랑에 빠졌다.

날카로운 피드백은 비난이 아닌 선물

글쓰기를 출산이나 산고에 비유한 작가가 많다. 내 짧은 경험으로는 암만 봐도 출산과 육아가 훨씬 더 어려운 것 같은데 어쨌든 그만큼 글쓰기에 고통이 수반된다는 비유적 표현으로 받아들이면 충분할 듯싶다. 문제는 자신이 쓴 글을 산고 끝에 낳은 아이로 여기다 보니 타인의 비판을 쉽사리 받아들이지 못한다는 데에 있다.

언젠가 후배의 부탁으로 그의 글을 첨삭해준 적이 있다. 샛별을 보며 퇴근하고 해가 뜨기 전에 출근하는 일상을 보내던 터라 시간이 없으니 고치면 좋을 것 같은 부분만 간단히 언급하겠다고 미리 설명해두었다. 국어가 전공이므로 어법을 비롯한 기본 바탕은 당연히 타 전공 출신보다 나을 것이고 서로가 그 부분을 알고 있으니 개선해야 할 부분만

짚고 넘어가자는 제안이었다. 그런데도 후배는 내 피드백에 적잖이 상처를 받았다. 이런 일이 두어 번 있고 난 뒤로 나는 지인이 피드백을 요청하면 다른 핑계를 대며 피하거나, 칭찬만 돌려주거나, 내 배움이 짧아 이해하기 어려운 주제라고 답하였다. 피드백은 그만큼 국어 교사 사이에서도 어려운 일이다.

찬사가 아닌 피드백은 비난이나 트집처럼 느껴질 수 있다. 미국 털사대학 교수 졸리 젠슨Joli Jensen은 처음 책 원고를 쓰면서 받아본 피드백을 읽고 난 후 겪은 정신적 고통을 솔직히 털어놓기도 했다. 그녀는 당시 편집자가 써서 전달해 준 25쪽 분량의 평과 조언이 온통 마음에 생채기를 내는 가시덤불처럼 느껴졌다면서, 당시 쓰라린 가슴을 다독이며 의기소침해 있던 자아를 회고했다. 어느 정도 시간이 지난 후 다시 원고와 피드백을 번갈아 보면서 그녀는, 자신의 초고를 훨씬 더 나은 방향으로 발전시킬 수 있다는 사실을 알게 되었다.

이후 졸리 젠슨은 자신에게 피드백을 주었던 편집자와 직접 만나 대화를 나눌 기회가 생겼다. 피드백만으로는 차갑고 냉정하게만 느껴졌던 그가 실제로는 무척 따뜻하고 열정적인 성향인 것을 알게 되었다. 더욱더 놀라운 점은 출판계에서는 25쪽 분량의 피드백을 두고 편집자가 그녀에게 안겨준 선물 꾸러미라 여겼다는 사실이다. 점차 경험이 쌓이면서 그녀 역시 저자를 존중하는 마음과 원고에 대한 애정이 있을 때 그만큼 자세하게 피드백을 전하는 것임을 알게 되었지만, 첫 원고를 쓸 때 그 피드백은 그녀를 한동 안 괴로움 속으로 몰아넣은 주범이었다.

심사자의 판단이
항상 옳지는 않다

때로 피드백은 내 글을 잘못 판단하였거나, 너무 냉혹할 때가 있다. 두 가지 상황 모두 내 글을 발전시키는 데에 도 움이 된다는 면에서 귀중한 피드백이다. 심지어 내가 전달 하고자 하는 의미를 제대로 이해하지 못하고 오독하였다면 내 표현이 명확하지 않다는 신호로 볼 수 있다. 그런데도 때로는 솔직한 피드백으로 관계가 서먹해질 수 있다. 장강 명 작가는 지금도 흠결을 지적하는 아내 앞에서 표정 관리 를 못 한다고 적었다. 강원국 작가는 "칭찬을 갈구하며" 아 내에게 글을 보여준다. 나도 지인이 한번 봐달라고 부탁한 글을 사정없이 난도질하기보다는 적당한 칭찬으로 돌려보 내는 편이 서로 마음 편하다.

연구자로서 논문을 투고하면 익명의 심사자로부터 '심

사결과서'라는 이름의 피드백을 받게 된다.* 국내 학술지든 국제 학술지든 보통 세 명의 심사자가 한 편의 원고를 심사하고 그 결과를 투고자에게 알려주게 되어 있다. 지금의 원고 상태로는 게재하기 어렵다는 내용의 심사결과는 처음에는 실망(내가 이 정도밖에 안 되나?)이나 분노(심사위원이 내 연구를 제대로 이해를 못 했어)를 일으키기 마련이다. 이 시기를 제대로 보내지 못하면 애꿎은 학회 간사를 들볶으며 익명의 심사자가 누구인지 알려 달라거나 위대한 논문을 제대로 알아보지 못하였다고 항의하는 사례를 남길 수 있다.

이미 감정적으로 흔들린 상태에서 심사결과서를 자꾸 붙들고 있어 봐야 객관적으로 읽히지 않는다. 가끔은 놓아주어야 한다. 맛있는 것도 먹고 영화도 보며 몇 날 묵혀두었다가 감정을 추스르고 다시 심사결과서를 차근차근 읽어보면 대부분 수긍할 수 있는 허점과 보완할 수 있는 방향을 조목조목 일러준 피드백인 경우가 많다. 내 아이 같은 원고지만 더 멋진 아이로 성장할 방안을 부모인 내게 조목조목 알려준 것이므로 도리어 감사할 일이다.

이따금 모순적인 심사결과를 받을 때가 있다. 첫 번째 심사자는 이론적인 배경이 지나치게 기본적인 내용부터 자세

---

* 일반적으로 학술지 투고자와 심사자는 서로에 대해 알 수 없다.

하게 기술되어 있어서 분량을 줄일 필요가 있다고 하였는데, 두 번째 심사자는 이론적인 부분이 아직 충분하지 않으므로 해당 부분을 보충할 필요가 있다고 지적하는 식이다. 심사자가 실수했다는 의미가 아니다. 심사자마다 지닌 평소의 관점, 지지하는 이론에 따라서 충분히 일어날 수 있는 상황이다. 이런 상황에서는 원고를 자세히 검토해서 글쓴이로서 최종적으로 어떤 방향으로 글을 끌어갈지 결정해야 한다.

가끔은 흥미로운 피드백을 받는 경우도 있다. 박사과정 지도교수 뉴웰은 박사학위를 받은 후 처음으로 투고한 논문을 두고 심사자가 표본 삼은 학생 수 59명이 너무 적다는 이유로 게재 불가 판정을 내렸다는 이야기를 전해주었다.** 내게도 기억에 남는 "게재 불가" 판정이 있다. 보통 심사평은 아무리 짧아도 한 쪽, 길게는 여러 쪽에 걸쳐 빼곡하게 적혀 있기 마련이다. 그 심사결과서에는 단 한 문장이 적혀 있었는데 자신의 박사학위 논문을 읽고 공부하라는 내용이었다. 나는 그의 박사학위 논문 다운로드 횟수를 기꺼이 1회 늘려주었지만, 왠지 맥이 빠져 내 원고를 다른 학

** 질적 연구 논문이었다. 질적 연구는 한 명을 일 년 이상 연구하는 사례도 얼마든지 찾을 수 있다.

술지에 다시 투고했고 그대로 게재되었다. 사람이 하는 일이기에 심사자의 판단이 항상 옳지만은 않다. 취향 차이가 관건인 상황도 더러 있다.

피드백을 앞둔 마음의 준비

이론적으로는 피드백의 중요성이나 필요성을 이해하더라도, 날카로운 피드백이 글쓴이를 낙담시키는 것은 사실이다. 그러니 피드백을 받을 때는 마음의 준비를 하자. 부정적인 피드백과 거절이라도 발전을 위한 필수 요소로 받아들일 수밖에 없다. 모든 출판 이력 이면에는 수많은 거절과 낙담이 함께 실려 있다. 겉보기에 성공 가도만 달려온 작가나 학자도 다들 숱하게 실패했던 출판, 펀딩, 자리의 경험이 있다. 결국 좋은 글을 위해서 피드백은 피할 길이 없으므로 피드백을 심리적으로(낙담과 우울), 전략적으로(고쳐 쓰기) 수용하는 방식에 주목할 필요가 있다. 분야에 따라 나보다 경험이 많은 편집자나 동료, 선배에게 피드백을 어떻게 받아들이고 대응해야 하는지 조언을 청하는 게 빠른 길이기도 하다.

석사과정 때 영국인 지도교수님은 매번 내 글을 조목조목 지적하고 더러 모질게 혼내셨다. 영어 좀 이렇게 쓰지 말라는 말을 수차례 듣기도 했다. 남의 나라 말로 혼나면 더 서러운 법이다. 학기 초에는 면담 전날부터 밥맛이 별로 없었다. 석사과정 논문이 한창 진행될 무렵 이제까지 쓴 글을 주욱 늘어놓고 같이 볼 때가 있었는데, 내 글이 눈에 띄게 나아졌다고 예의 그 무표정한 얼굴로 말씀하셨다. 그만큼 칭찬에 박한 분이었다. 박절하다는 생각은 하지 않았다. 매주 두 시간씩 외국인 학생을 붙들고 면담하기란 결코 쉬운 일이 아니기 때문이다. 석사학위 논문은 심사위원회로부터 최우수 등급을 받았다. 박사과정의 미국인 지도교수님은 격려와 칭찬을 아끼지 않는 분이셨다. 내가 정말 글을 잘 쓴다고 착각할 정도로 추어올렸다. 칭찬 말고 그냥 지적을 해주어도 괜찮다고, 고쳐야 할 부분을 알려달라고 거듭 부탁드려도 결정적인 순간 외에는 에둘러 말하며 내 마음을 살피셨다.

칭찬에 기대거나 스스로 우쭐하지 않아야겠다고 생각하며 가끔은 석사과정 지도교수님 연구실 문을 긴장된 마음으로 두드리던 시절을 떠올려본다.

피드백 주기,
피드백 과정에서 기억해야 할 것들

피드백은 그 시간과 노력이 무색하게 충분히 환영받지 못할 때가 아주 많은데다 피드백에 관한 인식도 제각각이다. 고등학교에서 가르칠 때 한 학생은 그냥 고쳐야 하는 부분만 딱딱 짚어서 어떻게 고치라고 말해주면 안 되냐는 요구를 하기도 하였다. 솔직히 선생님이 그냥 다 고쳐서 돌려주면 좋겠다고도 덧붙였다. 대학이라고 크게 다르지는 않다. 국어국문학 전공의 한 학생은 면담 도중 그동안 다른 수업에서 받았던 피드백을 가리켜 '기분 나쁘고 내 창작물을 무시하는 행위'라고 드러내놓고 반감을 표하며 자신은 자신만의 길을 걸어왔고 앞으로도 그럴 것이라 공표했다.

저런 상황에 놓이면 내가 딱히 무슨 도움을 줄 수 있을지 잘 모르겠다는 회의감이 들곤 한다. 영혼 없는 칭찬 몇 마디 해서 돌려보내고 그냥 커피나 한 잔 내리고 싶다는 생각이 든다. 물론 상상하는 것으로 만족하고, 애써 학생을 붙들고 부연하고 관점을 달리해가며 설명을 더 하는 이유는 이렇다. 드물지만 간혹 놀라울 정도로 큰 변화를 보여주는 학생이 있기 때문이다. 하지만 대부분의 학습자는 피드백이란 고쳐 쓰고 다시 쓰는 일을 전제로 제안하는 조언이 담겨 있음에도, 명백한 오류가 아니라면 바로 잡지 않거나, 성적만 확인하고 넘어간다. 학기와 학년은 대개 그렇게 지나간다.

피드백을 받아도 제대로 활용하지 못하는 모습은 동서양을 막론하고 보편적인 현상인데, 스트래스클라이드 대학 교수 데이비드 니콜은 쓰기 능력 증진에 기여하는 피드백의 중요성을 강조하는 한편 학습자 대다수는 피드백을 받아도 어떻게 활용해야 하는지 모른다는 점을 지적했다. 사리타 로빈슨 교수 연구팀은 글에 대한 피드백은 피드백만으로 끝나는 것보다 왜 그런 평가를 받게 되었는지, 그리고 앞으로 피드백에 기반하여 어떤 식으로 고쳐 나갈 수 있는지 학습자가 이해하도록 차근차근 설명해 주어야 그 효과가 높다는 점을 추가로 밝히기도 하였다.

하버드 대학에서 글쓰기 교육 프로그램을 20년 넘게 총괄한 낸시 소머스 교수는 더 과감한 주장을 했다. 그녀의 연구 결과에 따르면, 많은 학습자가 피드백을 받으면 제안인지, 관찰 결과인지, 명령인지, 요청인지 혼란스러워하는 데다 여러 제안을 동시에 받으면 우선순위를 정하지 못한다는 것이다. 사실 여러 학자의 연구 결과를 소개할 필요도 없다. 전문 작가도 피드백을 제대로 수용하지 못하는 일이 비일비재하기 때문이다.

"저는 피드백을 받기만 하지 다른 사람의 글을 보고 평가할 일은 없는데요?"이런 질문이 솟아오를 수 있다. 항상 받는 사람으로 자리하는 건 아니다. 검토자가 되어야 할 순간은 갑작스럽게 찾아오기도 하고, 피드백을 주는 관점에 관한 이해는 곧 피드백 과정의 복잡성을 이해하고 자신이 쓴 글을 입체적으로 검토하는 훈련이기도 하다. 텍사스 대학 레베카 배브콕Rebecca Babcock 교수 연구팀은 자기표현 수준의 글에서 벗어나 앞으로 나아가기 위해서는 능숙한 교사의 관점을 헤아려볼 필요가 있다고 강조하였다. 글쓰기 피드백 과정을 체계적으로 이해하는 일은, 더 나은 글로 도약할 수 있는 단계와 전략을 스스로 찾아 적용하는 토대를 마련하는 길이기도 하다. 더 나아가 동료, 친구, 가족의 글을 읽고 세심하게 피드백해 줄 수 있다면 그야말로 금상첨화다.

글쓰기 피드백은 보통 면담이나 서면 형식으로 이루어진다. 때로는 이메일이나 토론 형태로도 이루어진다. 핵심은 잘한 부분은 칭찬하고 개선이 필요한 부분은 짚어주는 것이므로 상황에 따라 알맞은 양식을 택해 피드백을 전달하면 된다. 효과적인 글쓰기 피드백은 다음과 같은 원리를 기반으로 이루어진다.

반복되는 문제를 찾아
한 번에 하나의 메시지에 집중한다

대학 수준의 글쓰기는 무엇인가? 효과적인 직장 업무 보고서는 무엇인가? 이는 해당 분야 경력이 많든 적든 몇 마디로 쉽게 답할 수 있는 성질의 질문은 아니다. 낸시 소머스는 추상적이거나 원론적인 피드백이 아니라 글쓴이 각자의 현재 글쓰기 수준과 분야에 따라 구체적인 답이 달라진다고 설명했다. 피드백의 목적은 여러 가지가 있을 수 있지만, 항상 기억해야 할 가장 중요한 목적은, 보다 더 나은 글을 쓰기 위해 어떻게 해야 하는지 일러주는 것임을 기억해야 한다.

글쓴이를 향한 애정이 가득할수록 내 눈에 띄는 모든 단점과 문법적 오류를 빠짐없이 찾아서 커다란 종합 선물 세트처럼 안겨주고 싶은 마음이 들기 마련이다. 그럴수록 그런 마음을 잘 참아야 한다. 하버드 대학 글쓰기 교육 연구 결과에 따르면 너무 많은 평가와 제언은 도리어 해롭다. 피드백해 주는 사람도 지치거니와, 피드백 받는 사람이 좌절한다. 내 눈 속의 들보는 보지 못하면서, 타인의 티는 잘 잡아내는 것이 사람의 속성이기 때문에 다른 이가 쓴 글에서 허술한 점 찾기는 무척 쉬운 일이다. 참아야 한다.

　하나의 글에서 문단 나누기, 맞춤법, 인용, 구문, 표현의 구체성, 정확성, 명료성 면에서 다양한 문제를 거론할 수 있겠지만, 학습자가 하나의 글을 통해 그 모든 내용을 습득하기에는 무리가 있다. 따라서 가장 크고 중요한 문제, 그중에서도 연거푸 반복되는 패턴을 찾아서 개선하도록 일러주는 것이 중요하다. 단순히 고치고 넘어가는 것으로 끝나지 않고, 적용할 수 있어야 한다. 글 앞부분에서 예를 들어 원리를 설명하고, 뒷부분에서 직접 찾아 적용해보도록 안내하는 것도 한 가지 방법이다.

초고냐, 완성된 글이냐에 따라 피드백은 달라진다

　초고나 완성된 글 모두 일정한 격려와 강점에 관한 칭찬이 필요하다. 그런데 초고는 글의 주요 생각도 바꿀 수 있고, 부족한 부분은 논의를 통해 어떻게 고쳐나갈 것인지 더 집중할 수 있다는 면에서 차이가 있다. 낸시 소머스 교수는 완성된 글에 관한 피드백은 다음 글쓰기에 반영할 수 있는 요소를 고려해서 제공할 것을 추천했다. 메릴랜드 대학 리 라이언Leigh Ryan 교수와 메릴랜드 로욜라 대학 리사 짐머렐리Lisa Zimmerrelli 교수는 초고 단계를 더 세분해서, 글 계획 단계와 초고 작성 단계로 나누었다.

글 계획 단계에서는 주요 생각, 독자, 대략적인 글의 전체 구조, 글쓰기 계획에 초점을 맞추어 피드백할 수 있다. 이 단계에서 활용할 수 있는 몇 가지 전략으로 브레인스토밍, 자유롭게 쓰기, 클러스터링이 있다. 브레인스토밍에도 여러 종류가 있는데 글의 주제와 연관된 무엇이든 목록을 만들어 보며 생각을 정리하는 것이 대표적이다. 이 목록을 두고 글쓴이가 생각을 더 구체화하도록 후속 질문을 할 수 있다. 자유롭게 쓰기는 5분에서 10분 동안 낱말이나 문장 형태로 종이나 컴퓨터 화면 위에 생각을 자유롭게 쏟아내는 것으로 맞춤법은 신경 쓰지 않고 말 그대로 자유롭게 쓸 수 있는 분위기를 조성해주어야 한다. 클러스터링은 주제를 탐색하면서도 생각을 조직적으로 정리할 수 있는 전략인데, 다이어그램 형식으로 주제와 연관된 낱말을 제시하고 그 관계를 선으로 그으며 도식화하는 것이다.

라이언과 짐머렐리 교수는 초고 작성 단계에서는 세 단계 층위로 나누어 피드백할 수 있다고 안내하였다.

① **전반적인 고쳐 쓰기(글의 내용과 구성)**: 글이 주제를 논리적이고 효과적으로 조명하고 있는가에 초점을 맞춘다. 다음과 같은 질문을 던져보자. "독자가 이 글을 쉽게 읽고 이해할 수 있는가?" "충분한 정보를 포함하고 있는가?"

② **문장 수준의 고쳐 쓰기(표현상의 강조와 명료함)**: 각 문장에서 불필요한 표현은 지우고, 불분명한 어휘는 정확한 표현으로 바꾼다. 글쓴이는 배운 내용을 바탕으로 글의 나머지 부분에서 스스로 문제점을 찾고 수정할 수 있어야 한다. 글쓴이가 주도적으로 자기 글을 고쳐 쓸 수 있어야 하기 때문이다.

③ **편집과 교정(문법상의 오류, 철자, 빠진 낱말 등의 실수 교정)**: 전반적인 고쳐 쓰기와 문장 수준 고쳐 쓰기 단계에서 미처 발견하지 못한 사소한 실수를 교정한다. 흔히 '첨삭'이나 '교정'이라는 표현을 사용하지만, 이는 단지 익숙한 표현이기 때문에 널리 사용되는 표현일 뿐이다. 대부분의 글은 전반적인 고쳐 쓰기가 필요한 경우가 많다는 점을 기억해야 한다.

인정, 존중, 칭찬은 피드백의 기본 자세

글쓰기 피드백에는 정해진 하나의 형태가 존재하지 않는다. 피드백의 중요성을 강조하는 의견이야 아주 쉽게 찾을 수 있지만, 무엇보다도 중요한 것은 피드백을 주고받는 과정에서 글쓴이가 기운을 잃고 풀이 죽는 일은 반드시 피해야 한다는 사실이다. 더 나은 글을 쓸 수 있는 필자로 성장하라고 피드백을 하는 것인데 피드백 과정에서 글쓰기 자체가 싫어지면 이게 다 무슨 소용인가?

미국에서 가장 큰 규모의 기초 글쓰기 프로그램을 총괄했던 미나 쇼너시Mina Shaughnessy는 기본적인 글쓰기 능력이 부족해서 애먹는 학습자의 고충을 세심하게 살펴보면서 교사의 태도, 학습자의 정체성, 글쓰기에 관한 인식을 재조명하였다. 글쓰기를 어려워하는 학생들을 어딘가 덜떨어진 학생으로 간주하던 '글쓰기 보충 수업'이라는 명칭을 '기초 글쓰기'라는 용어로 바꾸어 쓰게 된 것도 쇼너시의 학생을 향한 애정이 깃든 업적이다.

글쓰기의 기초가 약한 학생들은 오래전부터 반복되는 낮은 성적이나 평가로 좌절감이나 패배감을 맛보며 성장한 경우가 많기 때문에 격려, 응원, 인내, 존중의 분위기를 만들어주는 것이 다른 무엇보다도 좋은 피드백이다. 마지막으로 타인을 칭찬해본 적이 언제인지 생각나시는지. 칭찬에 관한 책은 끊임없이 출판되고 있는데, 이는 그만큼 제대로 된 칭찬을 할 줄 아는 이가 드물다는 방증이기도 하다. 칭찬은 타인을 인정하는 행위이다.

독일 철학자 악셀 호네트Axel Honneth의 사회이론에 따르면, 인정의 반대는 무시이고 이러한 무시가 반복되면 모욕으로 치환되며 도덕적 분노를 일으킨다. 피드백 역시 타인에 대한 반응이자 상대방을 존중하는 방법이기에 중요하다. 글의 전체 구성 같은 큰 과제든, 적절한 어휘 같은 상대적으로 작은 과제든 잘한 점을 찾아 인정해주고, 글쓰기 자체나 글을 쓰는 과정에 대해 어떤 인상을 받고 있는지 대화를 나누어 보는 것도 큰 도움이 된다. 글쓰기 과정을 잘게 나누어 접근하고, 단계마다 적용해볼 수 있는 글쓰기 전략을 소개하거나 잘못된 인식, 불안, 걱정하는 부분을 차근차근 다루는 초석이 되기 때문이다.

어린 나의 글쓰기를 바꾼 선생님의 피드백

말콤 글래드웰의 《아웃라이어》는 끝없는 반복의 중요성을 재확인한 책으로 평가되는데, 핵심은 1만 시간 정도 연습하면 한 분야에 통달할 수 있다는 솔깃한 이론이다. 문제는 이 책이 1만 시간에 관한 오해를 연이어 낳았다는 점이다. 동일한 행동을 1만 시간 반복하는, 한 마디로 반복의 양을 추구하는 연습은 '그럭저럭 잘하는' 수준으로 도달하는 데에는 무리가 없지만 훌륭한 수준에 도달하는 원동력이 되진 못한다. 피드백 없이 성장하는 데에는 한계가 있기 때문이다.

내 초등학교 일기장을 꺼내 보면 굉장히 놀라운 풍경이 펼쳐진다. 먼저 피드백을 살펴보자면, 당시 담임 선생님이 찍어준 별 도장이나 사인이 피드백이랄 수 있는 흔적의 전부다. 별은 하나일 때도 있고, 두 개나 세 개가 찍혀 있을 때도 있지만 다섯 개의 별이 찍힌 날도 있다. 암만 들여다봐도 별 개수를 정하는 기준 같은 건 없는 것 같다. 나의 모든 일기가 거의 똑같은 글이었기 때문이다. 6학년이 되어 숙제였던 일기장을 돌려받고는 화들짝 놀랐던 기억이 있다. 처음으로 담임 선생님으로부터 피드백다운 피드백을 받았기 때문이다.

초등학생 시절 나의 일기는 빠짐없이 '나는 오늘'로 시작하였는데, 다른 방법으로 첫 문장을 시작해보라는 조언도 6학년이 되어서야 처음으로 받아보았다. 내용 역시 단출해서 매일 그날의 급식 메뉴가 기록되어 있는 것이 전부였다. 개인 컴퓨터가 있었더라면 그냥 Ctrl+C, V를 누르고 급식 메뉴만 바꾸면 굉장히 빠르게 일기를 쓸 수 있을 뻔했다. 한번은 담임 선생님이 이런 논평을 남겨 주셨다. '급식 말고 다른 이야기를 써보고 싶은 생각은 없니?' 선생님의 도발적인 질문에 대한 내 대답은 '아니요'였기 때문에 어느 날 담임 선생님은 친절하게도 나를 따로 불러 다양한 글감과 주제의 아름다움을 설명해주었다.

　아마 6학년 이전의 담임 선생님 중 아무도 내 일기를 좋아하거나 흥미롭게 읽지는 않았을 것이다. 그런데 누구도 내게 다른 표현을 써보는 것은 어떤지, 다른 주제에 대해 써보는 것은 어떨지, 그로 인한 효과는 무엇일지 설명해주지 않았기 때문에 나는 매일 똑같은 방식으로 똑같은 수준의 글을 생산했다. 급식 메뉴만 꼬박꼬박 멍청하게 적는 나를 왜 아무도 제지하지 않은 걸까. 정말 바보 같았지만 나는 내가 제대로 일기를 쓰고 있는 줄 알았다. 6학년 담임 선생님의 피드백이 없었더라면 나는 요즘도 일기장에 매일 교직원 식당 메뉴만 뿌듯한 마음으로 옮겨 적고 있을지도 모른다. 나를 성장하게 이끌어 주신 6학년 담임 선생님의 세심한 피드백에 깊이 감사드린다.

선물을 포장하는 마음으로
제목 짓기

식당 메뉴에도 '이름 짓기'가 중요한 이유

나는 지금의 학교에 몸담은 뒤로 줄곧 교직원 식당 영양사의 전공을 궁금해하고 있다. 문예창작과를 졸업한 것이 아닐까 하는 생각을 멈출 수 없기 때문이다. 이런 의심을 하기 시작한 것은 다름 아닌 메뉴 작명 솜씨에 연거푸 빠져들기 때문이다. 메뉴는 끼니마다 한 가지가 아닌데 매번 교직원 식당 메뉴에 단연 압도적인 점수를 매기곤 했다. 학생 식당이나 교수 식당 메뉴 이름보다 월등히 뛰어나다. "아무리 그래도 그렇지, 문창과 출신 영양사라니?" 이런 반문이 있을 수 있다. 박찬일 셰프의 학부 전공은 문예창작과 소설이다. 검증된 사례는 이미 있다.

이를테면, 교직원 식당 메뉴 중 '볶음밥'은 그냥 볶음밥이었던 적이 단 한 번도 없다. '팬 불고기 필라프'라거나, '고깃집볶음밥+김가루', '숯불돼지불밥', '나시고랭볶음밥' 등의 이름이 화이트보드에 적혀 있었다. 아아, 김 가루를 뿌린 고깃집 볶음밥이라니, 메뉴를 읽다 말고 절로 군침이 돌아 고깃집 볶음밥을 먹으러 향했다. '칼국수' 역시 심심하게 그냥 '칼국수'라 적지 않는다. '명동교자식칼국수.' 나는 추억의 명동교자가 떠올라 생각지도 않은 국수 한 그릇을 말끔히 비웠다.

물론 표기에 오류도 있다. 필라프의 규범 표기는 필래프이고 나시고랭은 볶은 밥이라는 뜻이기 때문이다. '나시고랭볶음밥'은 곧 '볶은 밥 볶음밥'이라는 말이 된다. 하지만 그게 무슨 큰 대수란 말인가.

교직원 식당 영양사의 손길을 거치면, 돈가스의 종류도 다양해진다. 어느 주에는 '남산왕돈가스'가 나오더니, 어느 날에는 '아쿠아돈가스'가, 또 한번은 '경양식까스정식SET', 뒤이어 '리얼멕시칸돈가스'가 적혀 있었다. '멕시칸 돈가스?' 게다가 '리얼'이라고?

호기심이 동한 나는 멕시칸 돈가스를 주문했다. 살짝 들뜬 마음으로 음식이 나오기를 기다렸다. 직원은 무표정하게 아주 익숙한 모양의 한국식 돈가스를 접시 위에 놓고는 그 위에 잘게 부순 나초 한 줌과 살사 소스를 뿌려 내밀었다. 나초와 살사 소스. 그것이 핵심이었고, 멕시칸이라는 수식어를 붙일 수 있는 이유이자 전부였다. '아, 이것이 멕시칸 돈가스⋯⋯.' 이게 정녕 멕시칸이냐 따지기도 모호하고, 순순히 받아들이기도 애매한 돈가스 앞에서 나는 말을 잃고 나초와 돈가스가 동시에 씹히는 신통한 조합을 음미했다.

돈가스 메뉴 작명의 정점은 '인도풍 치킨 마크니 커리 돈가스'였다. 메뉴 이름에 쉽게 현혹되지 않겠다고 거듭 다짐했음에도, 나의 동공이 또 흔들렸다. 돈가스를 그렇게 좋아하지도 않으면서, 나는 또 신묘한 작명에 이끌려 인도풍 치킨 뭐시기 커리 돈가스라는, 꽤 긴 이름의 돈가스를 주문했다. 잠시 후 직원이 내민 큰 쟁반을 내려다보며, '돈가스에 코코넛 칩이랑 코코넛 가루를 뿌리는 발상은 누가 한 거지?' 이런 생각을 하면서 나는 또 잠시 멍한 표정을 지었다. 이날은 꼭 영양사 선생님을 직접 뵙고 평소 많은 가르침을 받고 있노라 인사드리고 싶었다.

글의 핵심을 담는 것이 제목의 핵심

제목은 이토록 중요하다. 제목을 정하는 일은 이름을 짓는 일이다. 제목은 독자의 시선을 사로잡는다. 일단 독자는 제목에 이끌려 기사와 게시물을 클릭하고, 책을 집어 든다.

글의 첫 문단에서 흥미를 자아내거나 독자가 계속 읽도록 글을 쓰라는 주문은 다시 제목의 중요성으로 이어진다. 애써 포스팅한 글을 독자가 클릭하지 않거나, 책을 집어 들지 않으면 글의 서론을 아무리 고심해서 써도 무용하다.

제목을 붙이는 일은 귀찮고, 고단하고, 어렵다. 학생들에게 글쓰기 과제를 내주면서 꼭 제목을 붙이라고 당부하는데, 깜박하고 예시를 몇 가지 들지 않으면 'ㅇㅇㅇ수업 첫 번째 글쓰기 과제', 'ㅇㅇㅇ에 관하여' 같은 제목의 과제물을 무수하게 받게 된다. 제목을 공란으로 두어 '(제목 없음)'으로 날아드는 이메일을 받는 경우가 매해 점점 늘어난다. 이따금 나도 학술논문을 출판하면서 '2021년 첫 번째 글쓰기 논문', 이런 제목을 붙이거나 '무제'를 붙이고 싶기도 하다. 무미건조한 제목은 낚시꾼에게 걸려든 느낌을 주지 않는다는 면에서 조금의 미덕은 있지만, 그런 제목을 마주한 독자가 흥미와 기대감을 느끼지 못하게 만든다는 문제가 있다.

자신이 쓴 글을 돌아보면서 제목을 붙이는 일은 일종의 지적인 훈련이다. 살면서 이름을 지어야 하는 상황은 불쑥불쑥 계속된다. 이메일, 보고서, 프레젠테이션, 상품, 브랜드, 가게 이름, 반려동물, 스타트업 프로젝트, 2세에 이르기까지 이름의 문제는 계속 따라다닌다. 제목은 간결하면서

도 글의 핵심을 잘 담는 것이 중요하다. 그런 이유로, 제목
은 글을 완성하기 전부터 강렬하게 영감이 오지 않는 한,
글을 거의 다 완성할 무렵 써보는 것이 좋다. 그렇지 않으
면 처음에 정한 제목을 글을 쓰는 중간이나 끝에 가서 다시
바꾸는 일이 많아진다. 글을 쓰는 과정에서 윤곽이 뚜렷해
지기 때문이다. 펜실베이니아 주립대학 비교 문학 교수 에
릭 하요트Eric Hayot는 글이 완성되기 전에 붙인 제목은 어차
피 글쓰기 과정 중이나 글이 완성된 후 마음에 들지 않거나
글의 핵심을 제대로 전하지 못하기 때문에, 글을 다 쓴 다
음에 제목을 붙일 것을 권했다.

제목을 붙이는 방법을 몇 가지로 나누어 정리했다.

- **핵심 키워드라 할 만한 단어를 중심으로 구성한 제목**: 이 책의
  제목은 핵심 키워드인 '글쓰기'가 들어갔다. 책 제목을
  '인도풍 치킨 마크니 커리 돈가스'라 붙이고 싶기도 했
  지만 그런 제목으로 독자의 선택을 받으려면 여러 조건
  과 운이 따라야 한다.
- **직관적이고 기억하기 쉬운 제목**: '애플'
- **구체적인 수치를 포함한 제목**: 추상적인 표현보다 구체적
  인 숫자를 제시하면 더 명확하게 다가오는 법이다. '1등

의 습관', '성공하는 사람들의 7가지 습관'
- **호기심을 자극하는 가정, 질문, 문제 해결 방안이나 비결이 담겨 있는 듯한 제목:** '만약 시간이 존재하지 않는다면', '어떻게 원하는 것을 얻는가', '월급쟁이 부자로 은퇴하라'
- **독자를 구체적으로 한정한 제목:** '서른 살이 심리학에게 묻다', '20대를 위한 심리학'

끌리는 제목은 저마다 다른 법이라 모두를 만족시키기는 어렵다. 다만 '돈가스'와 '남산왕돈가스'가 다르고, '칼국수'와 '명동교자식칼국수'는 분명히 다르다는 점은 알고 있어야 한다. 그리고 내가 끌리는 제목이 어떤 형식과 논리로 구성되었는지 주의 깊게 들여다보아야 한다. 구체적인 정보를 함께 전달하고 싶다면 부제를 활용하는 양상을 눈여겨 보아도 좋다. 또한 나는 보통 어떤 뉴스를 클릭하게 되는지, 어떤 제목과 글에 끌리는지 살펴보아야 한다. 나는 서점에서 보통 이 책 저 책을 집어 들어 제목과 목차를 본다. 출판된 책에서 주로 아이디어를 얻는 이유는 저자가 여러 번 고쳐 쓴 글인데다 출판 과정에서 편집자를 포함한 여러 사람의 손을 거쳐 제목과 본문을 다듬었기 때문이다. 표지의 제목과 본문의 소제목인 목차만으로도 읽고 싶어지는 책들이 분명 있다.

좋은 제목도 때로는 취향의 문제

글쓰기 교육을 연구하고 논의하는 학계에서도 제목을 어떻게 붙여야 하는가에 관한 주제는 다른 주제에 밀려 주목받지 못했다. 스탠퍼드 대학 영문학 교수 안드레아 런스포드Andrea Lunsford의 대표 저작 《The St. Martin's Handbook》은 교사와 학생이 곁에 두고 수시로 참고할 수 있게 만든 일종의 글쓰기 종합서인데 1,000쪽을 넘는 방대한 분량이지만 제목 쓰는 방법에는 겨우 네 문장으로 구성된 한 문단을 내주었다. 아주 형편없는 제목이 아니라면, 일정 수준 이상의 제목은 어쨌든 봐줄 만한 제목이고, 그다음부터는 취향의 문제이기 때문이다.

제목은 완전히 무시하기도 힘들고, 그렇다고 너무 많은 힘을 기울이기는 애매한 부분이다. 일반적으로 통용되는 좋은 제목에 관한 몇 가지 원리는 있지만, 원리를 따른다고 반드시 성공으로 연결되지는 않는다. 이런 상상은 해볼 수 있다. 아스트라제네카 백신을 애당초 옥스퍼드 백신으로 불렀다면 '아재(AZ) 백신' 조롱은 피할 수 있었을지도 모른다. 해외 언론에서는 실제로 옥스퍼드 백신, 옥스퍼드-아스트라제네카, 옥스퍼드 대학교-아스트라제네카 백신이라는 용어도 꽤 많이 쓴다. 아스트라제네카는 영국 케임브리지에 있는 유명 제약사이지만 일반 대중에게 옥스퍼드 대학만큼 알려져 있지는 않다. 바이오엔테크는 터키 출신 이민 2세대 과학자 부부가 설립한 기업이지만 '바이오엔테크 백신'이라는 이름표 대신 기민하게 공동 개발사인 '화이자'의 이름을 붙였다. 같은 백신을 두고 던지는 "화이자랑 아재 중에 뭐 맞을래?"라는 질문과 "바이오엔테크랑 옥스퍼드 중에 뭐 맞을래?"의 느낌은 상당히 다르다.

제목은 중요하지만 나는 제목에 너무 큰 의미를 두려고 하지는 않는다. 영화 제목 〈미나리〉의 의미를 미국 청중이 제대로 아느냐를 묻기 전에 한국에서 나고 자란 사람조차 세대에 따라 미나리의 특성과 의미를 온전히 알고 영화를 보는 사람은 많지 않다는 사실을 알아야 한다. 하지만, 영화를 보면서 그 내용과 전개에 흠뻑 빠져들기 마련이다. 제목이 영화와 책의 흥행을 좌지우지한 사례도 많지만, 나는 제목의 목표를 최소한 '이거 뭐야, 재미없을 것 같아'라는 마음은 들지 않도록 하는 데에 둔다.

오늘의 교직원 식당 메뉴는 라따뚜이 치킨 스테이크란다. 라따뚜이는 또 뭐야. 나는 또 머리를 긁으며 라따뚜이 치킨 스테이크를 먹으러 간다.

글쓰기에도
체력이 필요합니다

"이건 다이너마이트의 주요 성분이에요." 약사는 니트로글리세린의 폭발성을 설명하며 주의해야 할 점을 알려주었다. 살상 무기로도 쓰이는 다이너마이트의 원료는 돌연사로 이어질 수 있는 위기의 순간에 혈액순환을 원활하게 하는 응급약이기도 하다. 새벽에 흉통으로 깨는 일이 부쩍 늘어 대학병원에 방문했다. 전문의는 경련성 협심증을 의심했고, 자다가 깰 정도의 통증은 정도가 심한 통증이라고 덧붙였다. 앞으로 그런 상황이 또 오면 지체 말고 먹으라며 니트로글리세린을 처방해주었다.

이렇게 무시무시한 응급약을 내가 먹을 일이 있을까, 생각했다. 우습게도 바로 다음 날 퇴근길, 나는 그 응급약을 허겁지겁 찾아 삼켰다. 흉통은 가시지 않고 오히려 구토 증상과 어지럼증까지 덮쳐왔다. 내 손으로 119에 연락했고,

응급실로 이송되었다. 구급차 안에 누워 생각했다. 덧없구나. 내가 그날 연구실에서 종일 붙들고 있던 문제가 하찮게 느껴졌다. 응급실에서 처치와 검사 후 인제 그만 집에 돌아가도 좋다는 판정을 받았다. 그날 밤 아이들 곁에 누워 잠든 얼굴을 오래 들여다보았다.

죽음은 언제나 멀리 있는 이야기였는데, 생각만큼 멀리 있지 않았다. 박사과정 중에 같은 수업을 듣던 미국인 학생 한 명이 갑작스러운 심장마비로 세상을 떠났다. 그러다 한 번은 한국인 학생이 과로사했다는 이야기가 들려 왔다. 평소보다 늦잠을 자기에 피곤해서 그런가 보다 하고 놔두었더니 그대로 세상을 등졌다는 이야기, 평소 지병이 있었던 것도 아니고 나이도 삼십 대 초중반이라는 이야기, 이제 막 태어난 아이가 있다는 이야기가 회자되었다. 얼마 후 갓 대학을 졸업한 이가 역주행하는 차 때문에 도로에서 즉사했다. 아랫집에 살던 대학원생은 까닭 없이 돌연사했다. 유가족이 슬피 우는 소리가 우리 집까지 들렸다.

아픈 날 글쓰기란 그저 사치일 뿐

글쓰기는 체력이다. 건강해야 한다. 엉뚱하게 들릴 수 있겠지만 글 쓰는 일로 고심하고 씨름한 이들은 모두 공감할 것이다. 공감하지 못하는 이는 두 부류로 나누어 볼 수 있다. 체력이 뒷받침되어야 할 정도로 글 쓰는 일에 골몰해보는 경험을 아직은 해보지 못한 부류거나, 타고난 체력이 좋아 건강 문제를 전혀 신경 쓰지 않고 글을 써온 부류다. 타고난 사람을 따라갈 방법은 없다. 이웃사촌 상이의 남편은 샤워를 일주일에 한 번 하고, 로션 따위는 귀찮아서 바르지 않는 남자였지만 내가 본 피부 중에 가장 환하고 깨끗한 피부를 가졌다. 초면부터 나는 하마터면 "실례지만, 얼굴 한 번 만져봐도 괜찮겠습니까?"하고 물어볼 뻔했다. 너무나 고운 살결에 아내와 나는 상이의 남편 피부 이야기를 종종 대화 주제로 올릴 정도였다.

좋은 체력 역시 타고난다. 타고난 사람은 뭐랄까, 체력이 달리는 느낌을 모르고 사는 것 같다. 학교 선배 금이는 미국 출장을 와서 시차적응하느라 힘드실 텐데 시간 내주어 고맙다는 내 인사에 시차적응이 뭐냐고 반문했다. 그는 타고난 체력에 마음먹고 머리를 기대면 순식간에 잠들 수 있는 능력까지 갖추고 있었는데, 출장 와서도 그 능력을 십분 발휘해 시차적응으로 인한 피로감에 절절매는 동료와 달리 펄펄 날아다녔다.

10년 전에 글쓰기가 체력이라는 이야기를 누군가 했다면 나 또한 귓등으로 흘렸을 것이므로 공감하지 못하는 이들을 나무랄 생각은 없다. 무슨 일이든 직접 겪어보거나 비슷한 상황에 처하기 전에는 마음 깊이 공감하기가 쉽지 않은 법이다. 나한테는 이십 대 초반에 생긴 허리디스크가 있다. 의사가 보여준 사진에서 4-5번 디스크가 불거져 나와 신경을 누르는 모습이 선명했다. 이십 대 초반에는 통증이 시도 때도 없이 밀려와 재활 운동에 시간을 많이 들였다. 지금은 통증이 많이 줄어서 평소에는 멀쩡하지만 두세 달에 하루 이틀 정도는 발 한 걸음 옮기는 데에도 숨이 턱 막힐 정도로 큰 통증이 밀려온다.

어느 여름 미국 뉴욕주를 돌아보고 로체스터에서 하루 머물렀다. 그리고 새벽 3시에 끔찍한 통증이 밀려와 잠에서 깼다. 공교롭게도 진통제가 없었던 나는 호텔 로비까지 벽을 잡고 기다시피 가야 했다. 어렵게 당도한 리셉션 데스크에서 직원은 다른 구급약은 있지만, 진통제는 없다고 말해주었다. 그럴 테지, 미국은 진통제 남용이 큰 사회적 문제인 나라다. 나는 하릴없이 다시 벽을 붙들고 힘겹게 내 방으로 돌아와 밤새 끙끙 앓았다. 이런 날 글쓰기란 그저 사치에 가깝다. 계단을 오르는 것도, 대중교통을 이용하는 것도 '도전'이라는 말을 써야 할 정도로 통증이 심한 날이면, 나는 가능한 모든 약속을 취소하고 그저 종일 무력감에 휩싸인다.

학생들을 가르치면서 알게 된 사실 하나는 정말 건강해 보이는 사람도 어딘가 아프거나 시원찮은 구석이 하나쯤은 다들 있다는 것이었다. 고등학교에서 통증에 관한 글을 다룰 때 내 두피에 생긴 아토피며 허리디스크 이야기를 먼저 나누었다. 아이들도 저마다 나름의 고충을 털어놓기 시작했는데 콧물이 줄줄 흘러 휴지를 달고 사는 비염, 망치로 뒤통수를 두들겨보고 싶어지는 지끈지끈한 두통, 어디를 가도 화장실 위치부터 확인해야 하는 과민성 대장증후군, 문제집이 축축해질 정도로 땀이 나는 다한증, 꼬박꼬박 하루 두 시간을 변기에 앉아 보내게 만드는 변비까지……, 병명도, 증상도, 대처법도 다양했다.

환기, 충전, 체력의 바탕이 되었던 달리기

몸 상태가 좋은 날이면 나는 달린다. 보통 웨이트 트레이닝을 먼저 하고 달린다. 웨이트 후에 씻는 것보다 달리기를 마친 후에 샤워할 때 성취감이 더 많이 느껴져서 그렇다. 미국에서는 주로 집 주변 아스팔트 길을 뛰었는데 내가 주로 달리던 길에서 총격 사건이 벌어진 후 실내 체육관의 트레드밀에서 뛰었다. 일 층 트레드밀에서 달리면 유리 벽 앞으로 오리, 다람쥐, 고양이가 오가는 모습이 보여 지루함이

덜했다.

달리는 재미는 영국이 더 좋았다. 영국에서는 캠퍼스 주변에 숲과 작은 호수가 있어 트레일러닝을 하곤 했다. 영국에는 우산을 쓰기 애매한 비가 내리는 날이 있다. 물방울 입자가 아주 작아 구름이 계속 분무기로 물을 뿌리는 느낌이다. 우산을 쓰자니 우산에 빗방울 떨어지는 소리가 전혀 들리지 않는다. 주변을 둘러보면 아무도 우산을 쓰지 않는다. 머쓱해져 우산을 도로 접고 한참 걸으면 어느샌가 안경에 물방울이 맺혀 자꾸 안경을 닦아줘야 하는 그런 애매한, 왜 이 나라에서는 모자 달린 후드 티가 인기가 많은지 절로 알게 되는 그런 비. 그런 날이면 습윤한 공기를 들이마시며 달리는 느낌이 색다르다. 비 내리는 날이면 숲길이 미끄러워 학교 경기장 트랙을 돌곤 했는데, 수요일이면 중세 검술 동아리 학생들이 무거운 중세 시대 의상을 갖춰 입고 짝을 지어 롱소드를 둔탁하게 휘두르곤 했고, 금요일에는 축구화, 정강이 보호대, 유니폼까지 모두 갖춰 입은 여자 축구 동아리 학생들이 거칠게 소리 지르며 몸싸움하고 점핑 헤더 하는 모습을 보며 달릴 수 있었다.

어떤 일이든 체력이 달리면 금방 지쳐 멈추는 구간이 생긴다. 손에서 오래 놓으면 다시 원래 궤도로 돌아가기가 쉽지 않다. 나 자신에게 실망스럽고 주변 사람들에게 짜증을 내게 된다. 속상해진다. 악순환이다. 달리기는 잠깐의 일탈이기도 한데, 모든 고민과 일을 내려놓고 호흡, 주법, 눈앞에 보이는 풍경에만 집중하기 때문이다. 넉넉한 체력은 넉넉한 마음가짐과 태도의 밑바탕이 된다. 스트레스 해소, 혈액순환, 요통 방지 효과는 여러 매체를 통해 소개되었다.

달리기는 체력 증진에만 도움을 주는 것이 아니다. 글쓰기에도 도움이 된다. 글이 막힐 때, 어디서부터 풀어가야 할지 감도 오지 않을 때, 잠시 다 내려놓고 달리다 보면 문득 묘안이 떠오를 때가 있다. 달리기가 익숙해지면 멍 때리기와 비슷한 정신 상태로 그저 눈앞에 펼쳐지는 풍경을 응시하며 달릴 때가 있는데, 꼭 그때면 부여잡고 고민하던 문제들의 해법이나 글을 쓰다 막힌 부분을 해결할 방안이 떠오르곤 했다. 그런 일이 여러 번 있고 난 이후 나는 문제와 고민으로 허덕일 때면, 혹시나 하는 기대감으로 러닝화를 신을 때도 있다. 이는 나만의 고백이 아니다. 무라카미 하루키가 달리기를 즐긴 것은 익히 알려져 있고, 김연수, 에릭 시걸, 조이스 캐롤 오츠 역시 달리기를 즐기고 은근히 권했다. 코로나와 미세먼지로 마스크가 일상이 된 오늘은 맑은 공기와 나무 냄새를 마음껏 들이마시며 뛰었던 영국의 숲길이 더없이 그립다.

빠르고 쉽게 글 쓰는
'공식'은 없다

약장수 선전과 프랜차이즈 버거 같은 글쓰기 공식

할머니는 종종 생각지도 못한 방식으로 웃음을 안겨준다. 할머니는 내가 대학을 졸업하면 선상님이 될 줄 알았는데, 대학원에 다니려 영국에 간다는 이야기를 듣고는 서울에 학원이 그리 많은데 왜 머나먼 영국까지 가냐고 물었다. 말문이 막혔다. 어디서부터 뭘 어떻게 설명해야 할까 하다 그냥 문맥을 이어 답해드렸다. "할머니, '대'학원이잖아요. 아주 큰 학원이에요. 그래서 영국에 가야 해요."

고등학생일 때는 할머니가 어디선가 약장수를 만나고 오셨는지 앞치마를 하나 가져오셨다. 그냥 회색 싸구려 천 조각을 엉성하게 박음질한 앞치마의 효능은 정말이지 놀라웠는데, 할머니의 설명에 따르면 이 앞치마는 전자파를 차단하고, 피로를 풀어주고, 일 년 내내 감기에 걸리지 않게 해준다. 그 천 조각을 비싼 거라면서 컴퓨터 앞에 앉아 있는 내게 둘러 주셨다. 할머니의 손주 사랑에 감동한 나는 할머니가 우리 집에 오실 때마다 그 회색 앞치마를 두르고 있어야 했다. 앞치마 없는 내 모습을 보시면 호통치셨기 때문이다. 게다가 할머니는 예고 없이 불시에 찾아오셨기 때문에, 할머니 들어오시는 소리에 허겁지겁 앞치마를 찾아 목에 걸었던 적도 있다. 이 앞치마 덕분에 감기 한 번 안 걸리고, 피곤함이 느껴지지 않는다는 나의 능청스러운 반어법에 할머니는 한동안 흡족해하셨다.

떴다방이라고도 불리는 약장수들은 조잡한 물건을 사탕발림해 파는 재주가 뛰어났다. 할머니는 이 세상 모든 허리 통증을 낫게 해준다는 약장수의 광고를 그대로 읊으며 가족의 반대를 무릅쓰고 500만 원을 주고 안마 매트를 샀다. 그 요술 매트는 두 달 만에 부모님 집으로 옮겨졌는데, 부모님 집에 들른 김에 한번 누워서 작동시켰다가 거대한 고릴라가 주먹으로 등허리를 인정사정없이 때리는 듯한 충격에 깜짝 놀라 억 소리를 내며 바로 꺼버렸다. 섬세한 강도 조절 옵션 따위는 없었다. 그저 강력하게 허리를 때려대는 요망한 매트였다. 조금만 인터넷을 검색하면 훨씬 더 디자인도 세련되고 옵션도 다양한 안마 매트가 1/10도 안 되는 가격에 팔리고 있었는데, 약장수 표현대로라면 인터넷에서 파는 매트들은 허리디스크나 암을 치료하지는 못하기 때문에 그렇게 싼 것 같다. 할머니의 500만 원짜리 안마 매트는 몇 달 가지 않아 전원이 영영 꺼졌고 그냥 500만 원짜리 투박하고 두꺼운 매트가 되었다.

외지인의 방문이 드문 미국 시골 마을에 처음 가더라도 맥도날드에 들어가면 익숙한 테이블에서 익숙한 맛의 버거를 먹을 수 있다. 몇 시간이고 미국 도로를 달리다가 높게 솟은 프랜차이즈 표지판을 보면 안심하고 들를 수 있는 이유가 여기에 있다.

주문받은 메뉴를 조리하고 포장하는 모든 절차는 철저하게 매뉴얼대로 진행되기 때문에 달걀부침 하나 제대로 못 하는 이도 빅맥을 만들 수 있다. 어느 지점을 가도 비슷한 환경에서 맛보는 균일한 맛. 이런 정서적 편안함의 비결은 표준화된 절차에 있다. 맥도날드의 모든 절차는 표준화되어 있다. 서울, 런던, 뉴욕은 물론 미국 켄터키주의 이름 모를 소도시 맥도날드에 가도 통일된 실내장식과 메뉴를 볼 수 있다. 물론 나라마다 속재료 한두 개를 슬쩍 바꾼 스페셜 메뉴가 곁가지로 있긴 하다.

특정 양식, 표본, 템플릿을 강조하는, 다시 말하면 이 '공

'식' 하나면 글쓰기를 완성할 수 있다는 부류의 글쓰기 책을 볼 때마다 나는 빅맥을 비롯한 프랜차이즈 버거와 약장수가 절로 떠오른다. 물론 작가 나름의 노하우나 10년, 20년 경험 운운하며 본인만의 비법을 알려주겠다는 분위기를 풍길 것이다. 그러나 찬찬히 읽어보면 실상은 빅맥에 재료 한두 가지 바꿔치기한 스페셜 버거에 불과한 것을 알게 된 것처럼 허탈해진다. 영어 글쓰기 책에서는 이런 현상이 더욱 심해진다. 특히 영어 시험 대비 책은 아예 주요 단어를 뺀 전체 글 구조를 템플릿(template)으로 제시하고, 학습자는 이를 통째로 외운다. 아예 경험과 사례까지 만들어주는 강사도 있다. 이런 식이다.

가장 행복했던 시기에 대해 써보라고 하면 어학연수라고 하세요. 가장 힘들었던 시기에 관한 문제가 나와도 어학연수 이야기를 쓰세요. 리더십을 보여주어야 하는 글을 써야 할 때도 어학연수 이야기를 쓰세요. 리더십과 어학연수가 무슨 상관이냐고요? 어학연수 갔더니 각국에서 온 학생들이 싸우길래 여러분이 중간에서 잘 듣고 정리해서 휘어잡았다고 하세요. 양념은 여러분이 재주껏 치는 겁니다. 어학연수는 만능입니다. 네, 어학연수 다녀온 적이 없다고요? 괜찮아요. 채점관이 여러분이 어학연수를 실제로 다녀왔는지 한 명 한

명 확인한답니까? 그냥 어학연수라고 쓰세요.

그렇게 시험지 빈칸에 문제 유형에 맞는 단어를 떠올려 끼워 넣는 식으로 영혼 없는 텍스트 제조기를 자처하는 것이다. 내가 경험하지 않은 일을 경험한 것처럼 쓰고, 내 마음에 없는 타인의 생각을 자기 생각인 양 글로 쓴다. 독자를 속이고 나를 속인다. 그런 글을 쓰고 읽는 일이 본인과 독자에게 무슨 의미가 있고, 그런 글로 하나의 시험이나 취업이라는 관문을 넘는 것은 또 어떤 의미가 있을까.

여행 중 익숙한 맛이 보고 싶다면, 프랜차이즈 식당에 가면 된다. 하지만 진짜 현지인들이 좋아하고, 현지인이 운영하는 식당의 분위기와 고유의 음식을 체험할 기회는 놓칠 것이다. 빅맥은 언제 먹어도 맛있지만, 어렵게 휴가를 내 춘천, 전주, 부산을 돌아보면서 음식은 빅맥만 먹었다는 이야기는 크게 맥이 빠지는 일이다. 글쓰기를 배우고자 하는 이에게 템플릿을 던져주며 암기를 강요하는 것은 제주도에 가보려는 이에게 자칭 제주도 전문가라는 양반이 꼭 들러야 할 맛집으로 맥도날드를 추천하는 것만큼 황당한 일이다.

유명 대학 글쓰기 교육 프로그램 운운하면서 결국 골자는 본인이 개발한 템플릿인 글쓰기 책도 있다. 조악한 약장수의 수법이다. 한 세기 넘게 글쓰기 프로그램을 운영하는 유명 대학에서 한갓 템플릿이나 가르칠 리 만무하다. 해당 대학 글쓰기 교육 총괄 교수의 논문과 저서를 읽어보면 템플릿 류 글쓰기 방법론을 노골적으로 비난하는 의견을 금방 찾을 수 있다. 이 책 이전에도 쏟아졌고, 이후에도 글쓰기 책은 다양하게 쏟아져 나올 것이다. 미리 짜인 틀을 제시하며 빈칸 채우기 놀이하듯 글을 써보기를 권유하거나, 공식을 강조하는 책은 조심하자. 응용도 정도가 있지, 기계화된 레시피 하나로 모든 음식을 다 해먹을 수는 없다.

영국에서 동양 음식이 그리울 때면 가끔 초밥이나 롤을 사 먹었다. 맨체스터 출신의 키 큰 백인 남자가 운영하는 일식 코너였다. 어설프지만 아쉬운 대로 동양 음식을 먹는 것으로 위안 삼았다. 한번은 먹음직스러운 참치 초밥이 있길래 기대감 가득한 마음으로 두 팩을 집어 계산했다. 장을 보고 집으로 돌아와 기분 좋게 간장에 찍은 참치 초밥 한 점을 입안에 넣었다. 그런데 생전 처음 느껴보는 질감과 맛이었다. 참치라고 믿었던 재료의 정체는 다름 아닌 토마토였다. '아니, 왜 토마토로 스시를 만드는 거야?'

맨체스터 남자가 일부러 나를 골탕먹이려고 만든 초밥은 아니지만, 어쩐지 속은 느낌을 지우기 힘들었다. 나는 영국에서 초밥을 고를 때면 참치 같은 녀석은 진짜 참치인지 참치처럼 올라간 토마토인지 자세히 살펴보는 버릇이 생겼다. 템플릿이나 공식을 권유하는 글쓰기 책을 볼 때마다 약장수와, 프랜차이즈 버거와, 토마토 초밥이 뒤엉켜 떠오르곤 한다. 왜 진짜 글쓰기인 척했냐고.

빠른 글쓰기 공식은 완벽한 허구에 불과하다. 이미 누군가 쓴 글과 차이가 없는 또 하나의 글을 세상에 내놓고 싶다면, 특히 언뜻 보았을 때 외양만 그럴듯한 글을 빠르게 완성하는 능력이 필요하다면, 그런 쓰기 능력이 이루고 싶은 목표라면 글쓰기 공식을 사용해도 좋다. 그런데 글이란 보편적인 주제를 다루더라도 새롭거나, 기발하거나, 부재한 무언가를, 아니면 최소한 한 가지만큼은 자신만의 관점을 얹을 수 있어야 사회적 의미가 있다. 이미 알려진 정보나 주장을 형식적인 틀에 넣어 반복하는 글은 관심을 얻지 못한다. 아마 헤밍웨이가 쓰기 공식을 봤다면 더 거칠게 몰아붙일 듯싶다. '똥'이라고. 본인의 초고조차 '똥(shit)'에 빗대었는데 공식에 대입해 제조한 글은 똥도 과분하다. 결국 글쓰기는 당장은 엉성하고 서툴러도 여러 시도, 실패, 피드백과 고쳐 쓰기를 통해 발전한다. 쉬워 보이는 엉뚱한 길에 의존했다가는 멀리 돌아간다.

나는 나의 글이
계속 불안하다

도심지에서 나고 자란 이들은 두메산골에서 군 생활을 하거나, 여행으로 산과 숲을 찾아다닐 때 처음으로 자연을 마주한다. 나도 애니메이션이나 컴퓨터 그래픽으로만 접하던 별똥별이나 반딧불을 이십 대 후반이 되어서야 제대로 보았다.

도시 촌놈인 나는 자연을 어림짐작하거나 허황한 선입견으로 대하다 곤경에 빠진 적이 많다. 영국에서 숲길을 따라 조깅을 하던 중 떼 지어 모여 있는 오리들을 발견한 적이 있다. 코스를 변경하기 싫어 그냥 그 곁을 지나쳤다. 내가 무심하면 오리도 나한테 별 관심을 두지 않을 거라는 계산이었다. 물론 나의 오산이었다. 어린 새끼를 데리고 있던 오리들은 잔뜩 성이 나 괴성을 지르며 전속력으로 나를 따라 달렸다. 영국 오리는 청둥오리처럼 귀여운 아이들이 아니다. 날개를 펄럭이며 연거푸 부리를 벌려 위협하는 영국 오리는 인간 성인과 엇비슷할 정도로 몸집이 크다. 나의 의도는 그런 게 아니었다고 정중하게 타일러 보려 했지만 좀처럼 대화가 통하지 않았다. 한 마리가 아니고, 여러 마리가 일제히 내 뒤를 쫓아왔고 나는 인적 드문 숲길을 혼자서 꽤 오랫동안 달음박질쳤다.

한번은 숲길을 걷는데 덤불 속에서 거대한 생물체가 거친 숨소리를 내며 머리를 쑤욱 내밀었다. 너무나 갑작스러워 숨도 못 쉬고 보고만 있던 내 앞으로 다가온 녀석의 정체는 웅장하고 터질 듯한 근육질의 사슴이었다. 이때부터 나는 우리나라 고라니의 외모는 어딘가 귀여운 구석이 있다고 느끼게 되었다. 북미 사슴은 개체차는 있지만 소처럼 커다란 덩치에 근육이 울룩불룩해서 귀엽다는 생각이 여간해서는 들지 않는다. 이 녀석들은 우아하게 걸을 때도 있지만 덤불에서 도로 쪽으로 갑자기 뛰어들 때가 있다. 특히 발정기에 그런 경향이 더 심해지는데, 평화로이 운전하는 내 차 앞으로 육중한 몸집의 수사슴이 뛰어든 적이 있다. 갑자기 거대한 덩어리가 앞 유리를 다 가리며 쿵 하고 충돌하는 소리가 났다. 다행히 저속 주행 중이어서 살짝 닿은 것 같았다. 운동 경기에서 일어날 수 있는 가벼운 몸싸움 정도의 느낌이었달까. 수사슴은 멀쩡한 모양이었다. 녀석은 분이 풀리지 않는지 뿔로 자동차 보닛을 몇 번 들이받는 시늉을 하더니 제 갈 길을 갔다. 내려서 보니 분명히 가볍게 닿기만 한 것 같았던 자동차 엔진룸이 형편없이 찌그러지고 박살 나 있었다. 이후로 나는 운전 중에 덩치 큰 사슴을 보면 혼자 움찔움찔하며 접촉하지 않으려 애썼다.

고등학교 3학년일 때 아주 부지런하고 의욕이 충만한 교감 선생님을 만났다. 반마다 돌며 매주 빽빽하게 영어 단어를 손으로 쓴 깜지를 열 장씩 제출하게 하셨다.

"영어 단어를 당연히 손으로 쓰면서 외워야지, 눈으로만 외우는 사람이 어디 있어?"

그의 불벼락 같은 호통에 펜 세 개를 묶어 잡아 한 번에 세 단어씩을 기계적으로 써서 그야말로 검사 목적으로만 깜지를 쓰곤 했다. 나는 깜지가 싫다. 깜지가 싫은 것은 내 친구 함이도 마찬가지였다. 함이는 이번에도 용기를 내어 말했다.

"선생님, 저희가 고3인데 지금 시점에서 깜지는 시간 낭비인 것 같아요."

교감 선생님은 친절하게 말로 설명하는 대신 함이에게 다가가 몸의 언어로, 따뜻하고 두툼한 손바닥으로 그의 뜻을 관철했다. 함이의 뺨이 벌겋게 부었다.

개인적으로 고등학교와 대학, 영국 석사와 미국 박사과정을 거치는 동안 손으로 쓰면서 영어 단어를 외운 적은 없다. 깜지로 외우라면 나는 하찮고 조그마한 존재가 된다. 단어 서른 개를 알아서 외우라면 10분이면 외울 수 있는데, 깜지 방법으로는 한 시간에 단어 세 개를 외우기도 버겁기 때문이다. 그리고 그 세 개마저도 하루가 지나면 도무지 기억나지 않는다.

깜지를 하다 보면 화가 난다. 아무래도 일단 손이 아프고, 손을 고문하면서 공부하기는 싫다. 깜지에도 딱 한 가지 아름다운 덕은 있는데 인내심이 길러진다는 점이다. 성미 급한 디지털 세대에게 꼭 필요한 부분이다. 철저하게 인내심'만' 길러진다. 영어 공부에는 하등 도움이 되지 않는다. 좌우지간 깜지는 시간만 오래 걸리는 멍청하고 비효율적인 방법이다. 감정에 치우친 비난이 아니다. 캘리포니아 대학교 어바인 캠퍼스의 자카리야 레이와 마이클 야싸 교수팀은 2014년에 깜지는 그저 시간 낭비에 불과하며 결국 암기를 방해한다는 결론의, 세상을 조금 더 따뜻하게 만들어 주는 논문을 발표하였다. 내 이럴 줄 알았다. 깜지는 숙제도 공부도 아니다. 체벌이고 폭력이다.

나는 나의 글이 계속 불안하다. 글쓰기 달인을 만들어주겠다거나 이렇게만 하면 된다며 정말 글쓰기는 쉽다는 책을 보면 무엇보다 저자의 자신감이 부럽다. 글쓰기 공부에 끝이 있을까? 한 권의 책으로 글쓰기의 모든 것을 알 수 있을까? 이 책을 읽으면 모든 글쓰기 문제를 단숨에 해치울 해법을 알 수 있다고 말하고 싶지만 그런 설명은 사기꾼과 약장수의 화법이다. 교감 선생님이 우리에게 깜지를 강권했던 실수는 나름의 애정 어린 마음에서 비롯된 일이었다. 나는 어쩌면 이 책에서 교감 선생님과 진배없는 행동을 하고 있지는 않은가. 깜지는 그저 내게 맞지 않는 방법이었을 뿐, 누군가는 깜지 덕분에 좋은 성적을 거두었을지도 모른다. 글쓰기의 깜지란 베껴 쓰기일 텐데, 종일 베껴 쓰는 일이 다른 어느 방법보다 잘 맞는다면 그 사람에게는 베껴 쓰기가 최고의 글쓰기 공부법이다.

나는 나의 글이 계속 불안하다. 글쓰기는 어딘지 꼭 야생 동물 같다. 안전하게 공존하는 원칙이 있지만, 원칙대로 행한다고 반드시 안전이 보장되지는 않는다. 내 글도 능숙하게 다루지 못하는데, 글쓰기를 설명하는 글을 감당하는 일이 온당한가. 좋은 글, 훌륭한 글이 무엇인지 쉽게 정의하는 작가와 학자도 많지만, 내게 정의해보라고 묻는다면 나는 선뜻 입이 떨어지지 않는다. 분명히 다른 글보다 더 낫거나 중요한 글이 있다. 하지만 특정 글을 선호하는 이유를 설명하는 것은 복잡하다. 감동적이다, 재미있다, 매력적이다, 아름답다, 흥미롭다, 정갈하다고 말할 수 있지만 완벽한 설명은 아니다. 논제로 제기하거나 논의할 수 있는 측면이 있지만 거론하기 어려운 측면도 있고, 끝까지 논의하지 않고 남겨두는 면도 있다. 그래서 때때로 많은 독자가 선택하는 글, 마지막 순간에 선택받은 글, 잘 팔리는 글을 두고 누구도 그 이유를 명쾌하게 설명하지 못하기도 한다.

이 책 한 권만으로 글쓰기에 관한 큰 그림을 구석구석 빈틈없이 이해할 수는 없을 것이다. 글쓰기에 본격적으로 관심을 두고 진지하게 공부하고자 한다면 각 쓰기 요소별로 꾸준히 노력하고 배워야 한다. 글쓰기를 이루는 요소는 많다. 각 요소를 더 깊고 세밀하게 파고들 수 있는 책을 몇 권 골라보았다.

《글쓰기의 전략》(정희모·이재성, 들녘, 2005)

당시 연세대학교에서 글쓰기와 독서, 토론을 가르쳤던 정희모, 이재성 선생님이 그간의 강의 내용을 정리한 책으로 글쓰기의 기본에 집중하였다. 글 한 편을 쓰는 과정을 정리하였고 예문이 함께 수록되어 있어 이해하기 쉽다.

《강원국의 글쓰기》(강원국, 메디치미디어, 2018)

전작과는 달리 저자 자신의 이름을 넣은 글쓰기 책으로 오랜 글쓰기 경험을 한 권에 쏟아 넣었다는 인상을 준다. 글쓰기 전반에 관하여 경험에서 우러나오는 조언을 얻을 수 있다. 쉽게 읽힌다.

《글쓰기 생각쓰기》(윌리엄 진서 지음·이한중 옮김, 돌베개, 2007)

영미권 글쓰기 책의 고전으로 1976년 초판이 나온 이후 꾸준히 사랑받았다. 1부에서 소개한 좋은 글쓰기의 원칙과 2부에서 설명한 알아두어야 할 방법들이 특히 흥미롭고 설득력 있다. 3부는 우리나라 맥락에 다소 맞지 않는 부분이 있어 발췌독해도 무방하다.

《어른의 어휘력》(유선경, 앤의서재, 2020)

어휘력의 쓸모와 어휘력 늘리는 법을 담았다. 글쓰기와 독서를 가르치는 입장에서 보았을 때 일상에서 쉽게 활용하기 힘든 어휘가 더러 있다는 아쉬움은 있다. 정확하고 풍부한 표현력을 위해 어휘의 폭을 늘려야 한다는 저자의 취지에는 공감한다.

《문장력 향상의 길잡이》(서정수, 이가출판사, 2017)

한양대학교 국어국문학과 교수로 평생 문장을 연구한 저자가 문장의 기초부터 안내한 책이다. 여러 문종마다 다른 글쓰기 방법과, 고쳐 쓰는 방법까지 함께 다룬다. 풍성한 예문을 곁들여 짜임새 있는 문장과 글을 구성하는 방법을 설명하였다.

《내 문장이 그렇게 이상한가요?》(김정선, 유유, 2016)

20여 년 동안 단행본을 교정교열한 경험을 토대로 문장을 다듬는 방법을 담았다. 어색한 표현은 피하면서 좀 더 정확하고 효과적인 문장을 구성하는 비결을 배울 수 있다.

글쓰기 능력의 성장 단계는 사람마다 다르다. 누군가에게 글쓰기는 사회적 활동이다. 어떤 이에게 글쓰기란 수사학이다. 글쓰기는 고립되어 철저히 혼자서 쓰는 행동이기도 하고, 독자가 어떤 사람일지를 줄곧 염두에 두고 어휘를 고르는 일이기도 하다. 가끔 글쓰기는 머릿속에서 부유하는 상념을 글자로 옮기는 작업이다. 이런 여러 개념이 혼재되어 있거나 뒤죽박죽이기도 하다. 다양한 지식과 경험이 어우러져 기존에 알고 있던 쓰기 지식이 바뀌거나 정교하게 다듬어지기도 한다. 그러면서 불과 얼마 전에 쓴 글을 다시 읽으면 '왜 이렇게 썼을까'라거나 '지금의 나라면 이 부분은 이렇게 쓸 텐데' 싶은 부분이 자꾸 눈에 띈다. 성장하고 있다는 중요한 신호다. 부족하지만 흔들리면서도 한 걸음씩 옮겨본다. 우리의 할 일은 설피게 앞으로 발을 내디디며 그 모든 과정을 받아들이고, 새로운 글을 꿈꾸는 것이다.

결국 선생들은 글쓰기를 가르치기만 할 뿐이다. 실천을 통해, 시행착오를 통해 배우는 것, 글로 자신의 적절한 목소리, 자신만의 독특한 목소리를 직접 찾는 것은 온전히 학생들의 몫이다.

—《작가의 시작》(바버라 애버크롬비 지음·박아람 옮김, 책읽는수요일, 2020) 중에서

책을 닫으며

유치원생일 때 온 가족이 어느 공원으로 나들이를 가던 중 일어난 일이었다. 지하철 승강장 계단을 열심히 올라간 나는 도착한 지하철 문이 열려 있는 모습을 보고 열차 안으로 기분 좋게 뛰어 들어갔다. 부모님이 열차로 걸어오는 순간 전동차 문이 스륵 닫혔다. 처음 겪는 일이라 잠시 멍해진 나는 곧 울음을 터뜨렸다.

그때 약속이라도 한 듯 문 옆에 서 있던 아저씨 네 명이 달라붙어 양옆으로 전동차 문을 잡고 힘껏 당겼다. 안간힘을 쓰며 문을 당기던 아저씨들이 아빠가 출근할 때 입던 양복과 비슷한 양복 셔츠 차림이었던 것까지 기억난다. 아빠 또래의 처음 보는 사람이 읽던 신문도 팽개치고 문 손잡이를 잡고 힘주어 당기는 모습에 놀랐다. 문은 곧 열렸다. 부모님도 형도 삼촌도 아닌, 처음 보는 어른들이 나를 신경 쓰고 배려해주었다는 느낌이 그날 종일 선명했다.

캐나다 서부 앨버타주의 재스퍼 마을에 며칠 머무를 때

였다. 춥고 아름다운 이 작은 마을에는 유명한 빵집이 있다. 곰돌이 발바닥을 마스코트로 쓰는 이 빵집에서 빵을 살 기회를 호시탐탐 노렸지만 매양 줄이 길어 떠나는 날 아침에야 이것저것 빵을 집어 줄을 섰다. 마침내 내 차례가 되었을 때 별생각 없이 카드를 내밀었다. 그러자 직원은 현금만 받는다고 하였다. 하필이면 수중에 현금이 없었다. 미안하다는 직원 앞에 덧없이 고심해서 고른 빵들을 내려놓고 나서야 했다. 주차해둔 차로 맥없이 향하던 우리 부부를 누군가 다급하게 불러세웠다. 처음 보는 중년의 캐나다 여인이 자신이 빵값을 내주겠노라고, 오래 기다렸는데 그냥 가면 너무 아깝지 않으냐며 우리를 붙잡는 것이었다.

학부생일 때 외국인 유학생을 돕는 봉사활동을 하면서 만난 학생은 대부분 일본인이었다. 그런데 시간이 흐르면서 조금 깊은 대화를 나누다 보면 감정과 생각을 숨기는 일본인 특유의 와(和) 문화로 한 겹 포장되어 있음에도 어딘지 모르게 우리 역사에 깊이 패인 상처가 건드려질 때가 있어 일본과 일본 문화에 좋은 마음을 가졌다가도 거푸 차게 식었다. 그러다 동생과 일본 간사이 지방을 여행한 적이 있다. 어느 날 동생과 오사카의 로쿠센이라는 식당에 들어가 자리에 앉았다. 우리가 한국인이라는 사실을 알자마자 갑자기 양옆에 앉은 아주머니 아저씨가 부지런히 간장이며 물,

젓가락을 챙겨주고 주문을 도와주었다. 이 모습을 지켜보던 한 할아버지는 주방장에게 뭔가 이야기하더니 새로 나온 접시를 양손으로 받쳐 우리에게 내밀며 고개 숙여 수줍게 인사했다. "프레젠또." 할아버지가 선물이라며 건넨 것은 해마 스시였다. 귀한 음식이라 접하기 힘들다고 했다. 그 이후로 알게 된 일본인 친구마다 해마 스시 이야기를 하면 그들도 그런 스시가 있느냐며 신기하게 여겼다.

　가끔 생각한다. 나는 그만큼 생면부지의 타인을 배려하면서 지내는지. 매 순간까지는 아니더라도 가끔은 호의를, 웃음을, 손을 타인에게 나누어 주는지. 상대를 배려하는 태도는 글쓰기에서도 중요하다. 독자와의 접점이 적으면 독자는 글을 읽지 않거나 때로는 화가 난다는 이야기를 앞에서 적었다. 막노동꾼 출신으로 명문대 합격 이야기를 담은 책을 통해 희망을 읽은 이도 있겠지만, 나는 처음 공부를 시작한 지 몇 달 만에 고려대와 연세대에 입학 가능한 모의고사 점수가 나오기 시작했다는 대목에서 책을 잠시 덮었다.
　내 이력의 면면을 두고 이 책이 같은 느낌을 전달할까 걱정이 앞선다. 대한민국은 어느 위치에서 바라보느냐에 따라 극동의, 북쪽의, 남쪽의, 서쪽의 한 나라일 수도 있듯이, 소위 서울 소재 명문 학부, 영국과 미국 대학원 경험은 누군가에게는 박탈감을 느끼거나 실상을 모르고 이상적인 이야기를 늘어놓는다는 비판의 소재가 될 수 있다. 또 어떤 이에게는 제깐에는 이것저것 해봤네, 정도일 수도 있다.

학위는 해당 분야의 전문가라는 보증이 아니다. 앞으로 해당 분야에서 독자적으로 연구를 수행할 수 있다는, 같은 분야 연구자의 인정과 공표에 가깝다. 최근 받은 독서와 쓰기 교육 분야의 학위는 '독서와 글쓰기 전문가'라는 뜻이 아니라, 이제 독서와 쓰기 분야 연구의 첫걸음을 떼기 시작해도 좋다는 선배 연구자들의 격려, 위로, 응원이 실린 인정이라고 할 수 있다. "그 주제에 대한 어떤 지식도 최종적 결론이 될 수는 없다"는 존 스튜어트 밀의 선언은 이 책에도 똑같이 적용된다.

나름대로 최선을 다해 '글쓰기'라는 주제에 관하여 연구 내용을 근거로 쉽게 풀어 쓰려 노력하였으나 여기에 담긴 내용이 고정된 지식이나 진리는 아니다. 논문이 아니기 때문에 학술적인 논의를 덜어내고 쉽게 풀어 쓰려 노력했다. 그러면서도 개인적인 의견을 드러내는 데에는 조심하고 뒷받침할 수 있는 연구 결과가 있는지 확인하였다. 답답한 속이 그야말로 시원해지는, 간단하면서 과감한, 파격적인 해결책을 제시하는 대신 '글쓰기'라는 실체 주변을 맴도는 느낌을 받았다면 그 또한 나의 부족함 때문이다. 글쓰기 관련 논문을 검색하면 금방 수백, 수천 건의 연구물이 검색된다. 나는 그중 일부만을 신중하게 선택해서 이 책을 썼다.

사실이 뒤죽박죽 섞여 있는 것이 정보이고 논문과 보고서 더미라면, 지식은 뒤죽박죽 뒤얽힌 정보 더미를 요연하게 정리한 것이다. 지혜는 정보 더미를 체계적으로 이해하고, 풀어내고, 응축해 적재적소에 알맞게 적용하는 방법을 제시할 줄 아는 것이다. 따라서 지식이 늘어난다고 해서 반드시 지혜가 늘어나지는 않는다. 우리가 원하는 것은 지식보다 지혜일 것이다. 내가 알고 나눈 것은 약간의 지식에 지나지 않는다. 지혜는 실천과 노력이 필요한 부문으로 나도 이제 막 걸음마를 떼고 배우는 상황이기 때문이다. 같은 이유로, 조심하고 조심했지만 이 책은 완벽하지 않다. 여러 자잘한 결점이 있다. 인문사회 분야 연구가 그렇듯, 반박의 여지도 있다. 이 책에서 선별한 연구 결과를 반박할 수 있는 연구 결과 역시 이미 존재하거나 앞으로 발표될 것이다.

디지털 기술은 우리를 꾀어내어 전통적인 읽기와 쓰기는 예전만큼 중요하지 않다고 믿게 한다. 유튜브가 있는데 왜 글을 읽고 써야 하는가? 시리Siri는 삶의 사소하고 작지만 중요한 질문에 금방 답을 내놓는 능력이 뛰어나다. 연구실 근처의 가장 맛있는 피자 가게가 어디냐고 물으면 곧바로 가게 목록과 지도, 리뷰 내역, 별점을 나열해준다. 하지만 치즈 피자를 먹을지 말지, 매장에 가서 먹을지 배달 주문을 할 것인지는 알려주지 않는다. 물론 글쓰기도 그에 대한 답을 내놓을 수 있는 것은 아니다. 하지만 글을 쓰면서 우리는 주변을 둘러보고 세상을 더 세밀하게 이해한다. 거기에 큰 가치가 있다. 석사과정의 마스든 교수가 엄격한 수사학적 관점에서의 글쓰기를 가르쳐 주었다면, 박사과정의 뉴웰 교수는 글쓴이가 가져야 할 마음가짐부터 동료 교수와 다양한 배경의 선생님과 함께 공동의 목표를 가지고 일하는 방식을 아낌없이 가르쳐 주었다. 언제나 좋은 사람들로 둘러싸여 배우며 살아온 것 같다. 지하철 문을 낑낑대며 열던 아저씨 넷, 캐나다 재스퍼 마을 베이커리와 일본 오사카 식당에서의 인연처럼, 이 책 역시 몇 가지 이야기를 따뜻하게 전하는 통로가 되기를 바란다.

참고문헌

곽수범(2018). 영국 대학작문교육의 동향 및 쟁점 분석 - Academic Literacies
를 중심으로. 리터러시연구, 9(4), 301-332.

곽수범(2021). 대학생 글쓰기 도구 사용 양상 및 인식 연구. 작문연구 50, 65-95.

김규림(2019). 아무튼, 문구. 위고.

김소영(2020). 어린이라는 세계. 사계절.

김영민(2020). 공부란 무엇인가. 어크로스.

김영하(2019). 여행의 이유. 문학동네.

김정선(2020). 열 문장 쓰는 법. 유유.

김중혁(2017). 무엇이든 쓰게 된다. 위즈덤하우스.

다카바타케 마사유키(2016). 궁극의 문구. 벤치워머스.

데이비드 리스(2013). 연필 깎기의 정석. 프로파간다.

문경연(2020). 나의 문구 여행기. 뜨인돌.

박종진(2013). 만년필입니다! 엘빅미디어.

석지영(2013). 내가 보고 싶었던 세계. 송연수 역. 북하우스.

심채경(2021). 천문학자는 별을 보지 않는다. 문학동네.

알랭 드 보통(2009). 공항에서 일주일을: 히드로 다이어리. 정영목 역. 청미래.

와쿠이 요시유키, 와쿠이 사다미(2017). 문구의 과학. 유유.

정민(2019). 파란 1. 천년의 상상.

정민(2020). 오늘 아침, 나는 책을 읽었다. 태학사.

정윤희(2021). 문구는 옳다. 오후의서재.

제임스 워드(2015). 문구의 모험. 어크로스.

조세익(2016). 더 펜. 미호.

캐롤라인 위버(2019). 펜슬 퍼펙트. A9Press.

헨리 페트로스키(2020). 연필. 서해문집.

Abercrombie, B. (2012). A Year of Writing Dangerously. Novato, CA: New World Library.

Andrews, R. (2005). Knowledge about the teaching of [sentence] grammar: The state of play. English Teaching: Practice and Critique, 4, 69–76.

Andrews, R., Torgerson, C., Beverton, S., Locke, T., Low, G., Robinson, A., & Zhu, D. (2004). The effect of grammar teaching (syntax) in English on 5 to 16 year olds'accuracy and quality in written composition. London: EPPI Centre, Social Science Research Unit, Institute of Education.

Arana, M. (2003). The Writing Life. New York, NY: Public Affairs.

Babcock, R. D., Manning, K., Rogers, T., Goff, C., & McCain, A. (2012). A Synthesis of Qualitative Studies of Writing Center Tutoring, 1983-2006. New York, NY: Peter Lang.

Bamberg, B. (2012). Revision. In I, Clark (Eds.), Concepts in Composition (pp. 79-99). New York, NY: Routledge.

Bazerman, C. (2005). An essay on pedagogy by Mikhail M. Bakhtin. Written Communication, 22(3), 333-338.

Beer, G. (1996). Open Fields. Oxford, UK: Oxford University Press.

Bereiter, C. (1980). Development in writing. In L. W. Gregg & E. R. Steinberg (Eds.), Cognitive Processes in Writing (pp. 73-96). Hillsdale, NJ: Erlbaum.

Bereiter, C., & Scardamalia, M. (1987). The Psychology of Written Composition. Hillsdale, NJ: Lawrence Erlbaum Associates.

Berry, W. (2018). Why I Am Not Going to Buy a Computer. London: Penguin Books.

Bryson, B. (2016). The Road to Little Dribbling: More Notes from a Small Island. London: Transworld.

Buck, A. M. (2016). Physically present and digitally active: Locating ecologies of writing on social networks. In P. Thomas & P. Takayoshi (Eds.), Literacy in Practice (pp. 98-114). New York: Routledge.

Chokshi, N. (2007, February, 15). Out of the Office. More People Are Working Remotely, Survey Finds. The New York Times. https://www.nytimes.com/2017/02/15/us/remote-workers-work-from-home.html

Cohen, M. (2018). I Think, Therefore I Eat: The World's Greatest Minds Tackle the Food Question. New York: Turner.

Compton-Lilly, C. (2014). The development of writing habitus: A ten-year case study of a young writer. Written Communication, 31(4), 371–403.

Dahlström, H. (2019). Digital writing tools from the student perspective. Education and Information Technologies, 24(2), 1563–1581.

Dickinson, G. (2002). Joe's rhetoric: Finding authenticity at Starbucks. Rhetoric Society Quarterly, 32(4), 5–27.

Duke, N. K., & Pearson, P. D. (2009). Effective practices for developing reading comprehension. Journal of Education, 189(1–2), 107–122.

Durst, R. K. (2015). British invasion: James Britton, composition studies, and anti-disciplinarity. College Composition and Communication, 66(3), 384–401.

Faigley, L. (1980). Names in search of a concept: Maturity, fluency, complexity, and growth in written syntax. College Composition and Communication, 31(3), 291–300.

Faigley, L., & Witte, S. (1981). Analyzing revision. College Composition and Communication, 32(4), 400–414.

Fischer, S. R. (2001). A History of Writing. London: Reaktion Books.

Fitzgerald, J., & Shanahan, T. (2000). Reading and writing relations and their development. Educational Psychologist, 35(1), 39–50.

Friedman, R. (2014). The Best Place to Work: The Art and Science of Creating an Extra ordinary Workplace. New York: Perigee.

Goldberg, N. (1986). Writing Down the Bones. Berkeley, CA: Shambhala Publications.

Hampton, K. N., & Gupta, N. (2013). Community and Social Interaction in the Wireless City: Wi-Fi use in Public and Semi-Public Spaces. In Tjora, A., and Scambler, G. Café Society (pp. 147-172). New York: Palgrave Macmillan.

Hayot, E. (2014). The Elements of Academic Style. New York: Columbia University Press.

Hillocks, G., & Mavrognes, N. (1986). Sentence combining. In G. Hillocks (Ed.), Research on Written Composition: New Directions for Teaching (pp. 142-146). Urbana, IL: National Council for the Teaching of English.

Kellogg, R. T. (1994). The Psychology of Writing. New York: Oxford University Press.

Kellogg, R. T.(2006). Professional writing expertise. In K. A. Ericsson, N. Charness, P. J. Feltovich, & R. R. Hoffman (Eds.), The Cambridge Handbook of Expertise and Expert Performance (pp. 389-402). New York: Cambridge University Press.

Kellogg, R. T. (2008). Training writing skills: A cognitive developmental perspective. Journal of Writing Research, 1(1), 1-26.

Keyes, R. (1996). The Courage to Write: How Writers Transcend Fear. New York, NY: Henry Holt and Company.

Kiefer, M., Schuler, S., Mayer, C., Trumpp, N. M., Hille, K., & Sachse, S. (2015). Handwriting or typewriting? The influence of pen-or keyboard-based writing training on reading and writing performance in preschool children. Advances in Cognitive Psychology, 11(4), 136–146.

Kitzhaber, A. (1966). What Is English? Working party paper no. 1. In Working papers of the Anglo-American seminar on the teaching of English at Dartmouth College.

Knobloch-Westerwick, S., Mothes, C., & Polavin, N. (2020). Confirmation bias, ingroup bias, and negativity bias in selective exposure to political information. Communication Research, 47(1), 104–124.

Kolln, M., & Gray, L. S. (2012). Rhetorical Grammar: Grammatical Choices, Rhetorical Effects (7th ed.). New York: Pearson Education.

Kominars, S. (2007). Write for Life. Cleveland, OH: Cleveland Clinic Press.

Krementz, J. (1996). The Writer's Desk. New York, NY: Random House.

Levitin, D. (2015). The Organized Mind. New York: Penguin Random House.

Mangen, A., Anda, L. G., Oxborough, G. H., & Brønnick, K. (2015). Handwriting versus keyboard writing: effect on word recall. Journal of Writing Research, 7(2), 227–247.

Morrison, T. (2020). The Source of Self-Regard. New York, NY: Alfred A.

Knopf.

Morton, J. (2019). Moving Up without Losing Your Way. Princeton, NJ: Princeton University Press.

Nicol, D. (2008). Quality enhancement themes: the first year experience: transforming assessment and feedback: enhancing integration and empowerment in the first year. Scottish Quality Assurance Agency for Higher Education. https://www.reap.ac.uk/reap/public/papers/QAA_DN_Paper_final_08.pdf.

Nunez, S. (2014). Sempre Susan: A Memoir of Susan Sontag. New York, NY: Riverhead Books.

Reagh, Z. M., & Yassa, M. A. (2014). Repetition strengthens target recognition but impairs similar lure discrimination: evidence for trace competition. Learning & Memory, 21(7), 342–346.

Robinson, S., Pope, D., & Holyoak, L. (2013). Can we meet their expectations? Experiences and perceptions of feedback in first year undergraduate students. Assessment & Evaluation in Higher Education, 38(3), 260–272.

Root-Bernstein, R., & Root-Bernstein, M. (1999). Sparks of Genius. New York: Houghton Mifflin Company.

Shaughnessy, M. (1977). Errors and Expectations. New York: Oxford University Press.

Silvia, P. (2018). How to Write a Lot (2nd ed.). Washington, DC: APA

LifeTools.

Smith, T. S. (1998). Attraction of brown bears to red pepper spray deterrent: Caveats for use. Wildlife Society Bulletin, 26(1), 92-94.

Sommers, N. (2003). Revision strategies of student writers and experienced adult writers. In V.Villanueva (Eds.), Cross-Talk Comp Theory (pp. 43-54). Urbana, IL: NCTE.

Sommers, N. (2013). Responding to Student Writers. New York, NY: Bedford/St. Martin's.

Tjora, A., & Scambler, G. (2013). Café Society. New York: Palgrave Macmillan.

Webb-Johnson, G. C. (2002). Strategies for creating multicultural and pluralistic societies: A mind is a wonderful thing to develop. In J. S. Thousand, R. A. Villa, & A. I. Nevin (Eds.), Creativity and Collaborative Learning: The Practical Guide to Empowering Students, Teachers, and Families (2nd ed., pp. 55 - 70). Baltimore, MD: Paul H. Brookes.

Wolf, M. (2018). Reader, Come Home. New York: Harper Collins.

Yancey, K. (1998). Reflection in the Writing Classroom. Logan, UT: Utah State University Press.

이 도서는 한국출판문화산업진흥원의 '2021년 출판콘텐츠 창작 지원 사업'의
일환으로 국민체육진흥기금을 지원받아 제작되었습니다.

탄탄한 글쓰기 공부

초판 1쇄 발행   2022년 1월 12일

지은이   곽수범

펴낸곳   (주)행성비
펴낸이   임태주

책임편집   이윤희
디자인   페이지엔

출판등록번호   제2010-000208호
주소   경기도 파주시 문발로 119 모퉁이돌 303호
대표전화   031-8071-5913
팩스   0505-115-5917
이메일   hangseongb@naver.com
홈페이지   www.planetb.co.kr

ISBN 979-11-6471-176-5 03800

행성B는 독자 여러분의 참신한 기획 아이디어와 독창적인 원고를 기다리고 있습니다.
hangseongb@naver.com으로 보내 주시면 소중하게 검토하겠습니다.